Le Blues de Buddy Bolden
Boréal, 1987
repris sous le titre
Buddy Bolden, une légende
Éditions de l'Olivier, 1999

La Peau d'un lion
Payot, 1989
et « Points », n° P1109

Un air de famille
Éditions de l'Olivier, 1991
et « Points », n° P457

Billy the Kid, œuvres complètes
Éditions de l'Olivier, 1998
et « Points », n° P1756

Écrits à la main
poèmes
Éditions de l'Olivier, 2000

Le Fantôme d'Anil
prix Médicis étranger 2000
Éditions de l'Olivier, 2000
et « Points », n° P906

Divisadero
Éditions de l'Olivier, 2007
et « Points », n° P2045

Conversations avec Walter Murch
L'art du montage cinématographique
(en collaboration avec Walter Murch)
Ramsay, 2009

L'Homme aux sept orteils
Le Noroît, 2011

La Table des autres
Éditions de l'Olivier, 2012

Michael Ondaatje

LE PATIENT
ANGLAIS

ROMAN

*Traduit de l'anglais (Canada)
par Marie-Odile Fortier-Masek*

Présentation de Tahar Ben Jelloun

Éditions de l'Olivier

Une première édition a paru sous le titre
L'Homme flambé en 1993 aux éditions de l'Olivier
et en 1995 dans la collection « Points ».

TEXTE INTÉGRAL

TITRE ORIGINAL
The English Patient
ÉDITEUR ORIGINAL
Knopf
© Michael Ondaatje, 1992

ISBN 978-2-7578-3205-9
(ISBN 2-87929-032-5, 1re édition)

© Éditions de l'Olivier, 1993, pour la traduction française

Le principe des *Mille et Une Nuits* est ce qui fonde la littérature. Le prince sanguinaire dit à Schéhérazade : « Raconte-moi une histoire ou je te tue. » La menace de la mort fait de cette jeune et belle femme une conteuse à l'imagination exceptionnelle. Le principe du *Patient anglais* pourrait être la deuxième étape de cet exercice, puisque le patient anglais, l'homme de toutes les brûlures, dit à Hana, la jeune femme qui veille sur lui : « Lis-moi des livres, sinon je mourrai. » Il lui indique jusqu'à la manière de lire : « Kipling se lit lentement. Guettez attentivement les virgules et vous découvrirez les pauses naturelles. C'est un écrivain qui utilisait une plume et de l'encre. »

Le Patient anglais fait partie de ces livres dont la lecture est indispensable. Pour cet homme mystérieux, à l'identité incertaine, au visage effacé par le feu, on pourrait paraphraser Jorge Semprún et dire : « La lecture ou la vie ; la littérature ou la mort. » Car il s'agit de survie et de mémoire à ramener au présent, un présent encore plus cruel, plus hideux que le passé des ancêtres morts dans des guerres de Religion.

L'histoire est inventée par un écrivain aux origines différentes, aux attaches multiples : Michael Ondaatje est né au Sri Lanka, a étudié en Angleterre et enseigne actuellement à Toronto. Il est *dans* plusieurs cultures et non pas *entre* deux cultures. Quand on est *entre*, on n'est nulle part.

Et pourtant, comme certains écrivains ne s'exprimant pas dans leur langue maternelle, il est le lien, le pont entre deux entités. Il a assez de distance par rapport à son identité d'emprunt pour dire ce qu'il faut dire et pour prendre ce qu'il est urgent de prendre. Sa terre natale n'apparaît pas vraiment dans ce roman. Disons qu'il a chargé un jeune Sikh, Kip, de dire le fond de sa pensée à propos de ces civilisations dites blanches et dont le casier judiciaire au tribunal des nations est des plus chargés. La barbarie n'a pas de port privilégié. Elle est là où l'homme se penche sur son passé bestial, là où il en exprime quelque nostalgie.

Le patient anglais, par les déchirures de sa peau, par la perte de son apparence physique, est renvoyé à la pureté des pensées et au dépouillement des souvenirs. Lire lentement, reconstituer le livre échappé des flammes, distinguer ce qui vient de Kipling et ce qui appartient à la Bible, tel est, entre autres, le devoir de l'infirmière qui le soigne, infirmière, non pas tombée du ciel comme son malade, mais venue de l'arrière-pays de l'écrivain, celui qui nous raconte cette histoire étrange et simplement passionnante.

« Quelle était la civilisation qui savait prévoir le temps et la lumière ? El-Ahmar ou Al-Abiyadd, car ce devait être une des tribus du désert du nord-ouest », se demande l'homme au visage masqué d'herbes. Une tribu civilisée capable de sauver un homme voisin de la mort. Coup de chapeau pour les bédouins ou les Touaregs, les hommes du désert qui obsèdent le corps brûlé. Mais le roman va au-delà de ces considérations interculturelles. Le roman est à lire lentement. Il faut être attentif à chacun des personnages, parce que l'histoire se dévoile par étapes. Et, surtout, parce qu'elle a été fabriquée comme ces bombes que le jeune Sikh vient désamorcer. Ce sera un quatuor, « saisi dans un élan intime », en un lieu, une villa au-dessus de Florence, transformée en hôpital de fortune. Le sol est piégé comme un roman. Le démineur est un artiste. Le lecteur doit avoir du talent. Et Michael Ondaatje s'amuse, car il aime les puzzles, il aime les histoires, il aime l'écriture.

Nous avons là, réunis, plusieurs destins élaborés dans des pays différents (l'Italie, le Canada, l'Inde, l'Angleterre et bien sûr le Sahara, le désert des déserts) et sur différents registres littéraires. Les références classiques (Hérodote) sont prétextes à citer les noms de vents : l'Aajei, l'Africo, l'Arifi, le Bist Roz, le Ghibli, le Haboub, l'Harmattan, l'Imbat, le Khamsin, le Datou, le Nafhat, le Mezzar-Ifouloussan, le Beshabar, le Samiel, etc. Tout cela pour nous suggérer de choisir le vent qui balaiera la civilisation occidentale. Car des livres sont abîmés, des pages manquent, des basiliques, des statues, des êtres, des mémoires sont blessés. Et Kip, le démineur, de rappeler ce que lui disait son frère : « Ne tourne jamais le dos à l'Europe. Ces gens qui font des affaires, des contrats, des cartes. Ne fais jamais confiance aux Européens. » Et les bombes atomiques furent lâchées sur Hiroshima et Nagasaki. « Une bombe. Puis une autre. »

Livre sur la cruauté des hommes, destructeurs par enchantement, réparateurs par égoïsme, des hommes sans scrupules et qui découvrent que le désert n'est pas qu'un amas de sable, mais un lieu magique qui abrite une grande civilisation, celle des bédouins, des Touaregs ou des hommes bleus. Le patient anglais a perdu son visage, et c'est le désert qui le lui rendra, même si la mort est là, même si le souvenir de la guerre proche est violent, même si le mystère est omniprésent chez chacun des personnages.

III

Michael Ondaatje est un conteur qui connaît parfaitement cet Occident qu'il brûle. Son écriture est précise, ses mots recherchés, l'architecture du roman complexe et astucieuse, son style est multiple. La narration n'est jamais linéaire ; elle utilise aussi bien la poésie que la légende, les métaphores que les mythes. C'est un Oriental qui a beaucoup lu et vécu en Occident. Quand il fait dire à l'Anglais (dans le souvenir de Hana) : « L'amour est si petit qu'il peut se déchirer en passant par le chas d'une aiguille », c'est bien une image qu'un Oriental peut convoquer pour résumer en quelques mots la conception de l'amour avec l'invention d'un personnage mystérieux au nom qui fait rêver, Zerzura. Il fait de chaque être une planète qui dérange et sème le désordre. Et la femme dira à l'homme : « Si tu me fais l'amour, je ne mentirai pas. Si je te fais l'amour, je ne mentirai pas. »

Ce roman est un aveu, Michael Ondaatje le laisse entendre. Mais ce qui est certain, c'est qu'il ne nous livrera pas la clef. Elle est en nous, lecteurs attentifs et étonnés. A la fin du livre, on se sent pris dans cette « nappe de silence » dont parle Maurice Nadeau, où les mots sont inutiles et les êtres existent pour eux-mêmes. Les personnages continuent de vivre et de mourir entre nos mains. Et l'on se dit que l'auteur a écrit pour débarrasser son imaginaire de quelques brûlures, des blessures portées par tout un peuple.

A la mémoire de
Skip et de Mary Dickinson

Pour Quintin et Griffin

Et pour Louise Dennys,
avec ma gratitude.

« La plupart d'entre vous, j'en suis sûr, ont encore en mémoire les circonstances tragiques de la mort de Geoffrey Clifton au Jilf Kabir, suivie par la disparition de sa femme, Katharine Clifton, au cours d'une expédition dans le désert, en 1939, à la recherche de Zerzura.

« Il m'est impossible de commencer cette soirée sans évoquer avec émotion ces événements dramatiques.

« La conférence de ce soir... »

(Minutes de la Société de Géographie, novembre 194-, Londres)

I

La villa

Elle se relève dans le jardin où elle s'affairait, elle regarde au loin. Elle a perçu un changement de temps. Un nouveau coup de vent. Volutes sonores. Les grands cyprès frissonnent. Elle se retourne et remonte vers la maison. Elle escalade un petit mur, sent les premières gouttes de pluie sur ses bras nus. Elle traverse la loggia et se hâte de rentrer.

Elle ne fait que traverser la cuisine, elle grimpe l'escalier dans l'obscurité puis elle suit le long couloir au bout duquel une porte entrouverte découpe une tranche de lumière.

Elle pénètre dans la pièce, un autre jardin, d'arbres et de charmille, peints sur les murs et au plafond. L'homme est étendu sur le lit, exposé à la brise. Il tourne lentement la tête vers elle lorsqu'elle entre.

Tous les quatre jours, elle lave ce corps noir. Elle commence par les pieds détruits. Elle mouille un gant de toilette, elle le presse au-dessus des chevilles, elle relève la tête tandis qu'il murmure, elle voit son sourire. Les plus méchantes brûlures se situent au-dessus du tibia. Plus que pourpres. De l'os.

Elle le soigne depuis des mois. Elle le connaît, ce corps, ce pénis assoupi comme un hippocampe, ces hanches raides et décharnées. Le flanc du Christ, pense-t-elle. Il est son saint désespéré. Allongé sur le dos, sans oreiller, il contemple la frondaison peinte au plafond, son baldaquin de verdure et, par-delà, le ciel bleu.

Elle strie son torse de calamine aux endroits où il est moins brûlé, où elle peut le toucher. Elle l'aime, ce creux au-dessous de la dernière côte, sa falaise de peau. En arrivant aux épaules, elle souffle de l'air frais sur son cou, il murmure.

« Qu'y a-t-il ? » demande-t-elle, soudain distraite.

Il tourne vers elle son visage sombre aux yeux gris. Elle met la main dans sa poche. Elle pèle la prune avec ses dents, retire le noyau, glisse la pulpe dans la bouche de l'homme.

Il recommence à chuchoter, entraînant le cœur attentif de la jeune infirmière jusque dans ses pensées, dans ce puits du souvenir où il n'a cessé de s'abîmer au cours des mois qui ont précédé sa mort.

Il y a des histoires que l'homme récite tranquillement dans la pièce. Elles glissent d'un plan à l'autre, comme un faucon. Il veille dans cette tonnelle peinte qui l'enserre de ses fleurs généreuses, des bras de ses grands arbres. Il se souvient de pique-niques, d'une femme qui embrassait des parties de son corps aujourd'hui brûlées, couleur d'aubergine.

J'ai passé des semaines dans le désert, en oubliant de regarder la lune, dit-il, ainsi que l'homme marié passe des jours sans regarder le visage de l'épouse. Ce ne sont pas là péchés d'omission, mais plutôt signes de préoccupation.

Ses yeux sont rivés au visage de la jeune femme. Si elle bouge la tête, son regard erre à côté d'elle, sur le mur. Elle se penche. Comment avez-vous été brûlé ?

L'après-midi tire à sa fin. Ses mains jouent avec un bout de mousseline qu'il caresse du revers de son doigt.

Je suis tombé en flammes dans le désert.

Ils ont trouvé mon corps. Ils m'ont fabriqué un radeau avec des bouts de bois, puis ils m'ont traîné à travers le désert. Nous étions dans la mer de sable, nous traversions parfois des rivières à sec. Des nomades, vous comprenez.

Des Bédouins. Ma chute fut rapide, le sable même a pris feu. Ils m'ont vu me relever nu, mon casque de cuir en flammes sur ma tête. Ils m'ont arrimé à un châssis. A une carcasse de bateau. Leurs pieds résonnaient tandis qu'ils m'emportaient en courant. Un traîneau. J'avais dérangé la sobriété du désert.

Le feu ? Les Bédouins connaissaient. Tout comme ils connaissaient ces avions qui, depuis 1939, dégringolaient du ciel. Certains de leurs outils et de leurs ustensiles étaient fabriqués avec du métal provenant d'avions ou de blindés réduits à l'état de ferraille. La guerre s'en prenait au ciel. Ils savaient reconnaître le bourdonnement de l'avion blessé. Ils avaient appris à se retrouver dans ces épaves. Un petit boulon de cockpit devenait un bijou. Je devais être le premier à sortir sur mes deux jambes d'un appareil en flammes. Un homme dont la tête était en feu. Ils ne connaissaient pas mon nom. Je ne connaissais pas leur tribu.

Qui êtes-vous ?

Je n'en sais rien. Vous ne cessez de me le demander.

Vous avez dit que vous étiez anglais.

Le soir, il n'est jamais assez las pour s'endormir. Elle lui fait la lecture, prenant le premier livre venu, en bas, dans la bibliothèque. La jeune infirmière parle, la chandelle vacille au-dessus de la page, révélant à peine à cette heure les arbres et le paysage qui décorent les murs. Il l'écoute, il boit ses mots comme de l'eau.

S'il fait froid, elle s'étend avec précaution dans le lit, à ses côtés. Elle ne peut rien poser sur lui sans le faire souffrir. Pas même son poignet délicat.

Parfois, à deux heures du matin, il ne dort pas encore, ses yeux ouverts sondent l'obscurité.

Il avait senti l'oasis avant de la voir. Le liquide dans l'air. Les bruissements. Les palmiers. Les brides. Le tintamarre des boîtes de conserve dont l'intensité révélait qu'elles étaient pleines d'eau.

Ils versaient de l'huile sur de grands morceaux de feutre sombre qu'ils posaient sur lui. C'était une onction.

Il sentait la présence de cet homme silencieux à jamais auprès de lui, le goût de son haleine lorsqu'il se penchait pour le défaire, toutes les vingt-quatre heures, à la tombée de la nuit, afin d'examiner sa peau, dans l'obscurité.

Sans ses vêtements, il redevenait l'homme nu, près de l'avion en flammes. Ils le recouvraient d'épaisseurs de feutre gris. Quel était ce noble peuple qui l'avait trouvé ? se demandait-il. Quel pays avait inventé des dattes si tendres que l'homme à ses côtés les mâchait avant de les passer de sa bouche à la sienne ? Tant qu'il était resté parmi eux, il n'avait pu se rappeler d'où il était. Il aurait aussi bien pu être cet ennemi qu'il avait combattu depuis les airs.

Plus tard, à l'hôpital de Pise, il croyait avoir vu auprès de lui le visage qui, chaque jour, était venu mâcher les dattes pour les attendrir avant de les lui passer dans la bouche.

Ces nuits-là, il n'y avait pas de couleur. Pas de discours. Pas de chants. Les Bédouins se taisaient lorsqu'il était éveillé. Il reposait sur une sorte d'autel en toile de hamac et, dans sa vanité, il les imaginait par centaines autour de lui. Il devait juste y en avoir deux. Deux qui l'avaient trouvé. Qui lui avaient arraché son couvre-chef aux cornes incandescentes. Deux qu'il ne connaissait que par le goût de la salive qui pénétrait en lui avec la datte, ou par le bruit de leurs pieds qui couraient.

Elle s'asseyait pour lire, présentant le livre à la lumière vacillante. Elle jetait parfois un coup d'œil dans le couloir de la villa, un hôpital de guerre, où elle avait vécu avec les autres infirmières avant qu'elles ne soient mutées, au fur et à mesure que la guerre se déplaçait vers le nord puis touchait à sa fin.

C'est à cette période de sa vie qu'elle se précipita sur

les livres, comme sur le seul moyen d'échapper à sa cellule. Ils devinrent la moitié de son monde. Assise à côté de la table de nuit, toute recroquevillée, elle lisait l'histoire de ce jeune garçon vivant aux Indes, qui avait appris à mémoriser divers bijoux et objets posés sur un plateau ; il passait d'un maître à l'autre, les uns lui enseignant le dialecte, les autres lui apprenant à exercer sa mémoire, d'autres enfin, à échapper à l'hypnose.

Le livre était sur ses genoux. Elle se rendit compte que, depuis plus de cinq minutes, elle contemplait la porosité du papier, la corne de la page 17, laissée par quelqu'un en guise de repère. Elle caressa le cuir. Ce fut une galopade dans son esprit, comme souris au plafond. Le papillon de nuit contre la lucarne. Elle regarda dans le couloir, même si plus personne n'habitait la villa San Girolamo, plus personne sauf le patient anglais et elle. Au-dessus de la maison, dans le verger labouré par les bombes, elle avait planté assez de légumes pour leur permettre de survivre. De temps en temps, un homme venait de la ville, elle troquait avec lui du savon, des draps, tout ce qui pouvait rester dans cet hôpital de guerre, contre d'autres nécessités. Des haricots, de la viande. Ils lui avaient laissé deux bouteilles de vin ; aussi, chaque soir, après s'être allongée auprès de l'Anglais, et sitôt celui-ci endormi, s'en versait-elle cérémonieusement un gobelet qu'elle rapportait jusqu'à la table de nuit, derrière la porte aux trois quarts fermée, et qu'elle savourait en se plongeant dans le livre en cours.

Ainsi, pour l'Anglais, qui écoutait attentivement ou non, ces livres présentaient-ils quelques discontinuités dans l'action, comme les morceaux d'une route emportés par la tempête. Des incidents manquants, comme une tapisserie dont les sauterelles auraient dévoré un coin, ou comme le plâtre d'une fresque qui se serait effrité pendant la nuit, décollé par les bombardements.

La villa où elle habitait avec l'Anglais avait quelque chose de semblable. Des gravats obstruaient l'accès à certaines pièces. Un cratère de bombe laissait entrer la lune

17

et la pluie dans la bibliothèque où se morfondait, dans un coin, un fauteuil à jamais trempé.

En ce qui concernait les failles de l'intrigue, elle ne s'inquiétait pas de l'Anglais. Elle ne donnait aucun résumé des chapitres omis, se contentant d'apporter le livre et d'annoncer : « page 96 », ou : « page 111 ». C'était le seul point de repère. Elle portait les mains de l'homme à son visage et les sentait, encore imprégnées par l'odeur de la maladie.

Vos mains deviennent rugueuses, disait-il.

Les mauvaises herbes, les chardons, la bêche.

Faites attention. Je vous ai mise en garde.

Je sais.

Elle commençait à lire.

Son père lui avait appris à connaître les mains. Les pattes des chiens. Quand il se trouvait seul quelque part avec un chien, il se penchait pour sentir la peau, tout en bas de la patte. Ça, disait-il, comme s'il venait de humer un petit verre de brandy, c'est bien la plus noble odeur du monde ! Quel bouquet ! Quels admirables souvenirs de voyages ! Elle faisait la dégoûtée, mais la patte du chien *était* une merveille dont l'odeur n'évoquait jamais la saleté. « C'est une cathédrale ! » s'était exclamé son père, le jardin d'un tel, un pré, une promenade dans les cyclamens, un concentré des sentiers que l'animal a empruntés durant la journée.

Une galopade sur le plafond, comme une souris, et elle relevait la tête, délaissant à nouveau son livre.

Ils ôtèrent le masque d'herbes de son visage. Un jour d'éclipse. Ils avaient attendu. Où était-il ? Quelle était cette civilisation qui savait prévoir le temps et la lumière ? El-Ahmar ou Al-Abiyadd, car ce devait être une des tribus du désert du nord-ouest. De celles qui pouvaient saisir un homme tombant du ciel, et couvrir son visage d'un masque de roseaux tressés venant de l'oasis. Il avait maintenant un matelas d'herbes. Ses jardins préférés en ce monde étaient les jardins botaniques de Kew, aux couleurs si délicates et si variées, gradins de frênes à flanc de colline.

Il regardait fixement le paysage sous l'éclipse. Ils lui avaient appris à lever les bras pour faire venir en lui la force de l'univers, comme le désert attirait à lui les avions. On le portait sur un palanquin de feutre et de branchages. Il voyait les veines frémissantes des flamants roses marbrer le clair-obscur d'un soleil voilé.

Et sur sa peau, toujours des onguents. Ou l'obscurité. Un soir, il crut entendre un carillon, là-haut, dans les airs. Au bout d'un moment, le bruit cessa et il s'endormit avec le vif désir de réentendre ce bruit qui rappelait le son rouillé de la gorge d'un oiseau, peut-être un flamant, peut-être un renard du désert qu'un des hommes abritait dans une poche de burnous à moitié décousue.

Le lendemain, alors qu'il gisait une fois de plus sous des épaisseurs de feutre, il recueillit des miettes de ce bruit de verre. Un son venu de l'ombre. Au crépuscule, on enleva le feutre et il vit une tête d'homme sur une table, elle s'avançait vers lui. Il comprit alors que l'homme portait un gigantesque joug d'où pendaient des centaines de petits flacons, retenus par des bouts de ficelle ou de fil de fer de différentes longueurs. Il avançait comme s'il faisait partie d'un rideau de verre. Son corps était au centre de cette sphère.

La silhouette ressemblait à ces dessins de séraphins qu'il s'efforçait de recopier, quand il était encore un écolier, sans jamais parvenir à comprendre comment un seul corps pouvait loger les muscles de six ailes. L'homme se déplaçait à grands pas lents, si souples que les flacons bougeaient à peine. Une houle de verre, un séraphin, des onguents si bien attiédis par le soleil qu'on les aurait crus spécialement réchauffés pour en frotter la peau. Derrière lui, de la lumière venue d'ailleurs, des bleus et d'autres couleurs tremblant dans la brume et le sable. Le léger bruit du verre, les couleurs, la démarche royale, et son visage, comme un fusil mince et sombre.

19

De près, le verre était rude et dépoli. Un verre qui avait perdu son vernis civilisé. Chaque flacon possédait un minuscule bouchon que l'homme enlevait avec ses dents et gardait entre ses lèvres tandis qu'il mélangeait le contenu de deux flacons, le deuxième bouchon lui aussi coincé entre ses dents. L'homme se campa avec ses ailes au-dessus du corps brûlé, qui gisait à plat ventre, il planta deux bâtons bien profond dans le sable puis il s'éloigna, affranchi de son joug de deux mètres, qui maintenant se balançait entre les deux pieux. Il se glissa par-dessous son éventaire, se laissa tomber à genoux, se dirigea vers le pilote brûlé, posa ses mains froides sur son cou et les y laissa.

D'un bout à l'autre de la route des chameaux, la route des Quarante jours, celle qui mène du Soudan vers le nord, jusqu'à Giza, tous le connaissaient. Il allait à la rencontre des caravanes, troquant épices ou liquides, passant d'une oasis à un camp d'eau. Il bravait les tempêtes de sable avec son armure de flacons, les oreilles obturées par deux petits bouchons, de telle sorte qu'il semblait se contenir lui-même, ce docteur camelot, ce roi des huiles, des parfums et de la panacée. Ce baptiste. Il entrait dans un camp et installait son rideau de bouteilles devant le malade.

Il s'accroupit auprès du brûlé. De la plante de ses pieds, il fit un calice de peau, puis, se penchant en arrière, il déboucha certains flacons, sans même les regarder. Au fur et à mesure qu'il les débouchait, les fioles exhalaient leur parfum. Une senteur de mer. Une odeur de rouille. D'indigo. D'encre. De vase, de bois de flèche, de formal-déhyde, de paraffine, d'éther. Chaotique marée des airs. Au loin, flairant ces effluves, les chameaux se mirent à blatérer. Il commença par enduire la cage thoracique d'une pâte vert sombre. De l'os de paon broyé. Le plus puissant remède pour la peau, obtenu par troc dans une médina, quelque part à l'ouest ou au sud.

Entre la cuisine et la chapelle en ruine, une porte menait à une bibliothèque ovale. L'endroit semblait sûr, à l'exception d'un grand trou, à hauteur du visage, sur le mur du fond, souvenir d'une attaque au mortier visant la villa, six mois plus tôt. Le reste de la pièce s'était accommodé à cette blessure, acceptant les caprices du temps, les étoiles du soir, le bruit des oiseaux. Il y avait un sofa, un piano recouvert d'un drap gris, la tête d'un ours en peluche et deux grands murs tapissés de livres. Les étagères voisines du mur déchiqueté ployaient car la pluie avait doublé le poids des livres. Les éclairs pénétraient aussi dans la pièce, tombant ici ou là, sur le piano ou sur le tapis.

A l'autre bout, il y avait des portes vitrées, obturées par des planches. Ouvertes, elles lui auraient permis d'aller de la bibliothèque à la loggia, puis de descendre les trente-six marches des pénitents, avant de longer la chapelle jusqu'à une ancienne prairie, dévastée par les bombes au phosphore et les explosions. En se retirant, l'armée allemande avait miné beaucoup de ces maisons. Du coup, la plupart des pièces inutilisées, et c'était le cas de celle-ci, avaient été condamnées pour raisons de sécurité, leurs portes avaient été clouées dans leurs dormants.

Elle connaissait ces dangers en se glissant dans la pièce, en y affrontant la pénombre de l'après-midi. Elle prit soudain conscience de son poids sur le plancher, se disant qu'il pouvait sans doute suffire à activer quelque mécanisme, s'il s'en trouvait un. Elle se tenait là, les pieds dans la poussière. La seule lumière arrivait à travers le cercle déchiqueté causé par l'obus de mortier, et qui béait vers le ciel.

Elle tira à elle *Le Dernier des Mohicans*. Il y eut un craquement de séparation, comme si le livre se brisait. Dans la pénombre, le ciel aigue-marine de la couverture, avec le lac et le Peau-Rouge au premier plan, lui redonnèrent courage. Alors, comme s'il se trouvait dans la pièce quelqu'un qu'il ne fallait pas déranger, elle se retira à reculons, marchant dans ses propres empreintes, par mesure de sécurité certes, mais aussi par jeu, un petit jeu à elle, pour faire croire qu'elle était restée dans la pièce tandis que son corps physique l'avait quittée. Elle referma la porte et remit les scellés.

Elle s'assit dans le renfoncement de la fenêtre, dans la chambre du patient anglais, entre la forêt peinte et la vallée. Elle ouvrit le livre. Les pages s'étaient agglutinées en une vague rigide. Elle eut l'impression d'être Robinson Crusoé récupérant un livre abandonné par les flots, séché sur le rivage. *Un récit de 1757.* Illustré par N.C. Wyeth. Comme dans tout livre digne de ce nom, il y avait la page importante avec la liste des illustrations, accompagnée d'une ligne extraite du texte.

Elle commença le récit, sachant déjà qu'elle émergerait plus tard de ce livre avec l'impression d'une plongée dans la vie d'autres êtres, dans des intrigues qui remontaient jusqu'à vingt ans en arrière ; son corps serait rempli de phrases et d'instants, comme si elle s'éveillait, lourde de rêves dont elle ne pouvait se souvenir.

Perchée en sentinelle surplombant la route du nordouest, au sommet d'une colline, la ville était assiégée depuis plus d'un mois. Ce blocus visait avant tout les deux villas et le monastère entouré de vergers, pommiers et pruniers. Il y avait la villa Médicis où logeaient les généraux et, juste au-dessus, la villa San Girolamo, jadis un couvent. Ses remparts crénelés la faisaient ressembler à un château, ils lui avaient valu d'être le dernier bastion de l'armée allemande. Elle avait abrité une centaine d'hommes. Exposée à l'impact des obus incendiaires, la ville commença à se désintégrer, comme un cuirassé en pleine mer ; les hommes abandonnèrent les tentes provisoirement dressées dans le verger pour les chambres, désormais bondées, du vieux couvent. Des parties de la chapelle avaient sauté, le dernier étage de la villa s'était effondré sous les explosions. Les Alliés finirent par reprendre le bâtiment et en firent un hôpital. Ils condamnèrent l'escalier accédant au troisième étage ; le toit et la cheminée survécurent en partie.

Infirmières et patients avaient déménagé pour un endroit plus sûr, situé dans le sud ; mais l'Anglais et elle avaient insisté pour rester. A l'époque, il faisait très froid dans les pièces, privées d'électricité. Certaines ayant vue sur la vallée n'avaient plus de murs. Elle ouvrait une porte et ne voyait qu'un lit détrempé, réfugié dans un coin, recouvert de feuilles. Les portes ouvraient sur le paysage. D'autres pièces étaient devenues volière à ciel ouvert.

L'escalier avait perdu ses premières marches lors de l'incendie que la garnison avait allumé en prenant la fuite. Elle était allée dans la bibliothèque, elle y avait pris une vingtaine de livres, les avait cloués au plancher, puis les uns aux autres afin de reconstruire les deux premières marches. La plupart des sièges avaient servi de combustible. En permanence trempé, victime des déluges nocturnes qui pénétraient par le trou d'obus, le fauteuil de la bibliothèque avait été laissé pour compte : en ce mois d'avril 1945, ce qui était humide échappait au feu.

Il ne restait pas beaucoup de lits. Elle préférait vivre en nomade dans la maison avec sa paillasse ou son hamac, dormant soit dans la chambre du patient anglais, soit dans le couloir, selon la température, le vent ou la lumière. Le matin, elle roulait son matelas et l'attachait à l'aide d'une corde. Maintenant qu'il faisait plus chaud, elle ouvrait davantage de pièces, aérant les recoins obscurs et permettant au soleil d'absorber l'humidité. Certains soirs, elle ouvrait les portes et allait dormir dans une des chambres privées de murs. Elle s'allongeait sur la paillasse, tout au bord de la pièce, face à ce fugitif paysage d'étoiles, de nuages qui glissaient. Le grondement du tonnerre et les éclairs l'éveillaient. Elle avait vingt ans, un grain de folie et, pour le moment, elle se fichait de sa sécurité comme des dangers que pouvait présenter la bibliothèque, vraisemblablement minée, ou du tonnerre qui, la nuit, la faisait sursauter. Après ces mois d'hiver où elle avait dû se cantonner dans des pièces protégées et obscures, elle ne tenait plus en place. Elle pénétrait dans des pièces que les soldats avaient dégradées, des pièces dont les meubles avaient été brûlés sur place. Elle faisait disparaître les feuilles, les excréments, l'urine ou les tables carbonisées. Elle vivait comme une clocharde tandis qu'à l'étage le patient anglais reposait sur son lit. Comme un roi.

De l'extérieur, l'endroit paraissait dévasté. Un escalier s'évanouissait au milieu des airs, sa rampe suspendue dans le vide. Leur vie se passait à fureter et à se protéger tant bien que mal. La nuit, ils restreignaient au maximum l'éclairage à la bougie, à cause des vandales qui détruisaient tout sur leur passage. Le fait que la villa parût en ruine les protégeait. Là, elle se sentait à l'abri, mi-adulte, mi-enfant. Après ce qui lui était arrivé pendant la guerre, elle s'était fixé quelques règles de conduite. Désormais, elle n'accepterait plus de recevoir des ordres. Elle ne se dévouerait plus au service de l'humanité. Elle ne s'occuperait plus que du patient brûlé. Elle lui ferait la lecture, le baignerait et lui donnerait ses doses de morphine. Elle ne communiquerait qu'avec lui.

Elle travaillait dans le jardin et le verger. Dans la chapelle ravagée par les bombes, elle avait pris le crucifix, haut d'un mètre quatre-vingts, et l'avait transformé en épouvantail en y suspendant des boîtes à sardines vides qui cliquetaient et tintaient au-dessus de ses semis, sitôt que le vent se levait. A l'intérieur de la villa, elle escaladait les décombres pour gagner une alcôve éclairée à la bougie ; sa valise était là, bien rangée, qui ne contenait pas grand-chose hormis quelques lettres, une tenue de rechange et une boîte en métal renfermant du matériel médical. Elle s'était contentée de déblayer des petits coins de la villa et tout cela, elle pouvait le brûler si elle le souhaitait.

Elle gratte une allumette dans le couloir sombre. Elle l'approche de la mèche de la chandelle. La lumière s'élève jusqu'à ses épaules. Elle est à genoux. Les mains sur les cuisses, elle inhale l'odeur du soufre. Elle s'imagine qu'elle inspire aussi la lumière.

Elle recule de quelques centimètres. Avec un morceau de craie, elle trace un rectangle sur le plancher. Puis elle continue à reculer tout en dessinant d'autres rectangles. Ils finissent par former une pyramide, il y en a des simples, des doubles, puis à nouveau des simples. La main gauche à plat sur le sol, la tête baissée, elle a l'air grave. Elle s'éloigne de plus en plus de la lumière. Jusqu'à ce qu'elle se renverse en arrière sur ses talons et s'accroupisse.

Elle laisse tomber la craie dans la poche de sa robe. Elle se lève, remonte sa jupe trop ample, la noue autour de sa taille. D'une autre poche, elle sort un bout de métal. Elle le lance, il retombe juste au-dessus de la case la plus éloignée.

Elle saute, ses jambes martèlent le sol. Son ombre la suit, elle va s'enrouler tout au fond du couloir. Elle est très agile, ses chaussures de tennis dérapent sur les chiffres qu'elle a dessinés dans chaque case. Elle atterrit sur un pied, puis sur deux pieds, puis à nouveau sur un seul jusqu'à ce qu'elle atteigne la dernière case.

Elle se baisse, ramasse le bout de métal, fait une pause, sa robe toujours remontée au-dessus des cuisses, les mains pendantes, haletante. Elle respire à fond et souffle la bougie.

Elle est maintenant dans l'obscurité. Une odeur de fumée, c'est tout.

Elle bondit et exécute un demi-tour ; à présent, elle sautille encore plus frénétiquement dans le couloir obscur, atterrissant sur des cases dont elle connaît l'emplacement.

Ses chaussures de tennis martèlent et malmènent le plancher sombre, et l'écho résonne dans les recoins les plus éloignés de cette villa italienne, déserte. Jusqu'à la lune, jusqu'au ravin, cicatrice en demi-cercle autour du bâtiment.

Certains soirs, il entend un léger frémissement dans la maison. Il règle alors son appareil auditif et perçoit des coups qu'il ne parvient ni à interpréter ni à situer.

Elle prend le carnet posé sur la petite table à côté de son lit. Le livre avec lequel il a bravé les flammes. Un exemplaire des *Histoires* d'Hérodote dans lequel il a collé des pages provenant d'autres ouvrages, ou rédigé des observations personnelles, insérant le tout à l'intérieur du texte d'Hérodote.
Elle se met à lire sa petite écriture noueuse.

Il y a, dans le sud du Maroc, un vent qui souffle en tourbillons, l'*Aajei*. Les *fellahin* s'en défendent avec des couteaux. Il y aussi l'*Africo*, il a déjà poussé des pointes jusqu'à Rome. L'*Alm*, un vent d'arrière-saison, originaire de Yougoslavie, l'*Arifi*, également connu sous le nom d'*Aref* ou *Rifi*, il vous brûle de ses innombrables langues. Ce sont des vents permanents. Des vents qui vivent au temps présent.
Il y a d'autres vents, des vents moins constants qui changent de direction, qui jetteront à bas cheval et cavalier avant de repartir dans la direction opposée. Cent soixante-dix jours par an, le *Bist Roz* s'en prend à l'Afghanistan, il ensevelit des villages entiers. Le *Ghibli*, vent tunisien, sec et chaud, roule et gronde, il provoque des troubles nerveux. Le *Haboub*, tempête de poussière venue du Soudan, se dresse en murailles jaune vif de mille mètres de haut, il est suivi de pluie. L'*Harmattan* souffle sur l'Atlantique où, le cas échéant, il ira se noyer. L'*Imbat* est une

brise marine originaire d'Afrique du Nord. Certains vents se contentent de soupirer vers le ciel, certaines tempêtes de poussière nocturnes arrivent avec le froid. Le *Khamsin*, un vent de poussière, émigre d'Égypte entre le mois de mars et le mois de mai, son nom vient du mot arabe qui veut dire « cinquante », il souffle pendant cinquante jours. La neuvième plaie d'Égypte. Le *Datou*, en provenance de Gibraltar, un vent odoriférant.

Il y a aussi le . . . . – le vent secret du désert. Son nom fut à jamais effacé par un roi à qui il avait pris un fils. Et le *Nafhat*, une rafale originaire d'Arabie. Le *Mezzar-Ifoulousan*, un vent violent, glacial, venu du sud-ouest, les Berbères l'appellent « Celui-qui-plume-les-poules ». Le *Beshabar*, vent noir et sec du nord-est, arrive du Caucase, c'est le « vent noir ». Le *Samiel*, « poison et vent », est d'origine turque. On a souvent su le mettre à profit dans les batailles. Autant que les vents « empoisonnés », comme le *Simoun* d'Afrique du Nord ou le *Solano*, qui arrachent au passage des pétales rares, provoquant ainsi des étourdissements.

Et d'autres vents locaux.

Qui voyagent en rasant le sol comme une marée. Qui écaillent la peinture et renversent les poteaux télégraphiques. Qui charrient pierres et têtes de statues. L'*Harmattan* souffle à travers le Sahara, c'est un vent épais de poussière rouge, une poussière comme le feu, comme la farine, qui va encrasser les culasses des fusils. Ce vent rouge, les marins l'appelaient la mer sombre. On a retrouvé des brumes de sable rouge du Sahara aussi loin au nord qu'en Cornouailles ou dans le Devon. Elles ont provoqué de telles averses de boue qu'on les a prises pour du sang. « En 1901, on a signalé des pluies de sang dans de nombreuses régions du Portugal et de l'Espagne. »

Il y a des millions de tonnes de poussière dans l'air, tout comme il y a des millions de mètres cubes d'air dans la terre, tout comme il y a bien plus d'êtres vivants dans le sol (vers, scarabées, bêtes qui vivent sous terre) que de créatures vivant à sa surface. Hérodote mentionne la fin

27

de nombreuses armées englouties par le *Simoun*. Une nation fut « à ce point enragée par ce vent de malheur qu'ils lui déclarèrent la guerre et s'en furent l'affronter en ordre de bataille, mais ils se retrouvèrent vite et bien ensevelis ».

Trois formes de tempêtes de poussière. Le tourbillon. La colonne. Le drap. Dans la première, l'horizon est perdu. Dans la deuxième, vous vous trouvez entouré de « Djinns qui valsent ». La troisième, le drap, « a des reflets cuivrés, la nature paraît en feu ».

Elle relève la tête du livre, voit son regard posé sur elle. Il se met à parler dans l'obscurité.

Les Bédouins me gardaient en vie pour une raison. J'étais utile, voyez-vous. Lorsque mon avion s'était écrasé dans le désert, l'un d'eux avait présumé que je devais être bon à quelque chose. Je suis un homme qui sait reconnaître une ville sans nom, de par son simple squelette sur la carte. Je suis une mine de renseignements. Je suis un homme qui, s'il se retrouve seul chez quelqu'un, va droit à la bibliothèque et y prend un ouvrage pour le humer. C'est ainsi que l'histoire nous pénètre. Je connais les cartes des fonds marins, des cartes signalant les faiblesses du bouclier terrestre, d'autres encore tracées sur des parchemins et indiquant les diverses routes des Croisades.

Je connaissais donc leur pays avant d'aller m'écraser chez eux, je savais qu'Alexandre l'avait jadis traversé, poussé par telle raison ou par tel intérêt. Je connaissais les coutumes des nomades obnubilés par la soie ou par les puits. Une tribu avait teint en noir tout le fond d'une vallée afin d'accroître la convection et, du même coup, la fréquence des pluies, elle était allée jusqu'à bâtir de hautes structures pour crever la panse d'un nuage. D'autres tribus opposaient leurs paumes ouvertes au vent naissant. Correctement exécuté, ce geste était censé détourner la tempête vers le territoire voisin d'une tribu hostile. Des clans entiers disparaissaient, engloutis ; asphyxiés par les sables, ils entraient dans l'histoire.

Mais dans le désert, il est aisé de perdre le sens des frontières. Quand je suis tombé du ciel pour m'écraser dans le désert, dans ces creux jaunes, je ne cessais de me répéter : je dois construire un radeau... Je dois construire un radeau.

Et là, malgré l'aridité des sables, je savais que j'étais parmi des peuplades faites pour vivre au bord de l'eau.

Dans le Tassili, j'ai vu des gravures rupestres remontant à l'époque où, sur des barques en roseaux, les habitants du Sahara chassaient des chevaux marins. A Wadi Sura, j'ai vu dans des grottes des fresques représentant des nageurs. Ici, il y avait eu un lac. J'aurais pu, sur un mur, leur en dessiner la forme. J'aurais pu les conduire au bord de ce lac, six mille ans plus tôt.

Demandez à un marin quelle est la voile la plus anciennement connue, et il vous décrira une voile trapézoïde accrochée au mât d'un bateau en roseaux, telle qu'on en voit sur ces peintures rupestres de Nubie. Pré-dynastique. On retrouve encore des harpons dans le désert. Peuples de l'eau. Même aujourd'hui les caravanes ressemblent à des fleuves. Et pourtant, de nos jours, c'est l'eau qui est ici l'étrangère. L'eau qui est l'exilée, celle que l'on rapporte dans des bidons et dans des gourdes. Le fantôme entre vos mains et vos lèvres.

Quand je me suis retrouvé perdu parmi eux, ne sachant pas vraiment où j'étais, il m'aurait suffi d'avoir le nom d'une colline, une coutume locale, une cellule de tel ou tel animal historique, et la carte du monde se serait remise en place.

Que savions-nous, pour la plupart, de ces parties de l'Afrique ? Les armées du Nil avançaient et reculaient sur un champ de bataille de douze cents kilomètres de profondeur, en plein désert. Blindés légers, bombardiers Blenheim à faible rayon d'action. Chasseurs biplans Gladiator. Huit mille hommes. Mais qui était l'ennemi ? Quels étaient les alliés de cet endroit, des terres fertiles de la Cyrénaïque, des marais salants d'Agheila ? Toute l'Europe se battait en Afrique du Nord, à Sidi Rezegh, à Baguoh.

Il voyagea sur un traîneau derrière le Bédouin pendant cinq jours, dans l'obscurité, sous la capote de toile, allongé dans du feutre imprégné d'huile. La température baissa brusquement. Ils avaient atteint la vallée entre les hautes parois rouges du canyon, retrouvant le reste de la tribu du désert qui s'éparpillait en glissant sur le sable et les rochers, leurs robes bleues flottant comme l'écume sur le lait, comme une aile. Ils décollèrent la couche de feutre de son corps assoiffé. Il se trouvait dans la poche la plus vaste du canyon. Comme elles le faisaient déjà un millénaire auparavant, les buses plongeaient au fond de cette crevasse rocheuse où ils campaient.

Au matin, ils l'emmenèrent à l'extrémité du *siq*. Voici qu'on parlait haut et fort autour de lui, que le dialecte se faisait plus clair. Il était là à cause des fusils enterrés.

On le transportait vers un but précis, son visage aveuglé tourné vers l'avant, la main tendue vers un objet qui devait se trouver à un mètre. Des jours de voyage, pour ce mètre. Pour se pencher afin de toucher quelque chose, le bras toujours captif, la paume ouverte, tournée vers le bas. Il effleura le canon de l'arme automatique. La main le lâcha. Les voix se turent. Il était là pour déchiffrer les armes. « Mitrailleuse Breda 12 mm. Origine italienne. »

Il tira la culasse, vérifia qu'aucune balle n'était engagée, puis remit la culasse en place et pressa la gâchette. *Puht.* « Belle machine », murmura-t-il. On le poussa à nouveau.

« Fabrication française, 7,5 mm. Châtellerault. Mitrailleuse légère. 1924. »

« Allemande. 7,9 mm. MG 15. Armée de l'air. »

On l'arrêta devant chaque fusil. Les armes semblaient provenir d'époques et de pays différents. Un musée dans le désert. Il effleurait les contours de la crosse ou du magasin ou tâtait le cran de mire. Il disait à voix haute le nom de l'arme, puis on le conduisait vers la suivante. Huit lui furent cérémonieusement tendues. Il les nomma distinctement, en français puis dans la langue de la tribu. Mais à quoi bon ? Sans doute le nom de l'arme était-il moins important pour eux que de savoir qu'*il* savait de quoi il parlait.

On lui prit à nouveau le poignet et on lui plongea la main dans une boîte de cartouches. Dans une autre boîte, sur la droite, il y avait des projectiles, cette fois des balles de 7 mm, puis d'autres encore.

Enfant, il avait été élevé par une tante. Sur sa pelouse, celle-ci avait renversé un jeu de cartes, la face en bas, pour exercer sa mémoire. Chaque joueur était autorisé à retourner deux cartes et, le cas échéant, à les apparier de mémoire. Cela se passait dans un autre paysage. Un paysage de ruisseaux à truites, de cris d'oiseaux qu'il savait reconnaître à partir d'un fragment hésitant. Un monde où tout avait un nom. Les yeux bandés, le visage couvert d'un masque de fibres végétales, il ramassa une balle, guida ses porteurs vers une arme, y inséra le projectile, verrouilla l'arme, la pointa en l'air et tira. Le bruit retentit follement entre les parois du canyon. « *Car l'écho est l'âme de la voix qui s'excite dans les endroits creux.* » Un homme que l'on tenait pour hargneux et fou avait écrit cette phrase dans un hôpital anglais. Mais lui, dans ce désert, était sain d'esprit. Les idées claires, il ramassait les cartes, les appariait aisément, adressait un sourire à sa tante et lançait en l'air chaque combinaison réussie. Les hommes invisibles qui l'entouraient finirent par accueillir chaque coup de fusil d'une ovation. Il se tournait dans une direction puis revenait à la Breda, mais cette fois sur son étrange palanquin humain, suivi d'un homme muni d'un couteau qui gravait un code identique sur la caisse de cartouches et sur la crosse. Après la solitude, il appréciait cette agitation et ces cris enthousiastes. Ainsi rétribuait-il de son talent ces hommes qui l'avaient sauvé à cette fin.

Il voyagea. Avec eux, il connut des villages sans femmes. Sa science servait de monnaie d'échange entre les tribus. Des tribus représentant huit mille individus. Il s'initia à certaines coutumes, à certaines musiques. Les yeux bandés la plupart du temps, il entendit les Mzina, exultants, appeler l'eau de leurs chants ; il connut les danses *dahhiya*, les flûtes destinées à communiquer en cas de danger, la double flûte *Makruna* (dont une tige émet un bourdon continu). Puis le territoire des lyres à cinq cordes. Un village, une oasis de préludes et d'interludes. Battement des mains. Danse antiphonaire.

On ne lui rend la vue qu'après le crépuscule. Il peut alors voir ses ravisseurs et ses sauveurs. Maintenant, il sait où il est. Pour les uns, il dessine des cartes qui vont au-delà de leurs frontières. A d'autres tribus, il enseigne la mécanique des armes. Les musiciens s'asseyent en face de lui, de l'autre côté du feu. Les notes de la lyre *Simsimiyya* s'en vont au gré de la brise, ou viennent à lui pardessus les flammes. Un garçon danse, cette lumière en fait la chose la plus désirable qu'il ait jamais vue. Ses épaules frêles sont blanches comme le papyrus, la lumière du feu fait briller son ventre perlé de sueur. Nudité entr'aperçue à travers le linge bleu qu'il porte, tel un leurre, de son cou à sa cheville. Un éclair brun.

Le désert nocturne les enveloppe, sillonné de tempêtes, de caravanes en ordre dispersé. Il marche environné de secrets et de dangers, comme ce jour où, aveugle, il avait bougé la main et s'était coupé avec un rasoir à double tranchant, enfoui dans le sable. Il lui arrive de se demander s'il ne s'agit pas d'un rêve, cette coupure si nette qu'il ne la sent pas, et dont il doit essuyer le sang sur son crâne (son visage est encore intouchable) pour la signaler à ses ravisseurs, ce village sans femmes où on l'a conduit dans un silence absolu. Ou ce mois entier sans voir la lune.

Aurait-il inventé ? Rêvé, tandis qu'enveloppé d'huile et de feutre il gisait dans les ténèbres ?

Ils rencontrèrent des puits dont l'eau était maudite. Dans des horizons dénudés, se cachaient des villes. Il attendait tandis qu'ils fouillaient le sable afin de parvenir aux pièces ensevelies. Il attendait tandis qu'ils creusaient pour atteindre des poches d'eau. Pure beauté d'un garçon innocent en train de danser, rappelant les échos d'un jeune choriste, les échos les plus purs dont il se souvienne, eau de rivière ô combien claire, profondeurs ô combien transparentes de la mer. Là, dans le désert qui jadis avait été une mer, où rien n'était amarré ni permanent, où tout glissait comme la tunique de lin sur le garçon. Comme s'il se libérait d'un océan, ou de son placenta bleu. Un jeune garçon s'excitant, ses organes génitaux visibles dans la couleur du feu.

On jette ensuite du sable sur le feu. La fumée se disperse autour d'eux. Cadence des instruments de musique, comme le pouls ou la pluie. A travers les flammes désorientées, le garçon tend le bras, pour faire taire les flûtes. Quand il repart, il n'y a plus ni garçon, ni traces de pas. Juste les chiffons qu'il a empruntés. Un des hommes s'avance en rampant, il recueille le sperme tombé sur le sable. Il le rapporte au Blanc qui traduit les armes et en enduit ses mains. Dans le désert, on ne célèbre que l'eau.

Elle se tient au-dessus de l'évier, elle s'y agrippe, le regard fixé au mur de stuc. Elle a enlevé tous les miroirs, les a entassés dans une pièce vide. Elle s'agrippe à l'évier et tourne la tête d'un côté à l'autre, déliant son ombre. Elle se mouille les mains et peigne ses cheveux avec ses doigts, jusqu'à ce qu'ils soient complètement mouillés. La sensation de fraîcheur est agréable et persiste tandis qu'en sortant le vent la frappe de plein fouet et lui fait oublier le tonnerre.

II

Presque une épave

Cela faisait plus de quatre mois que l'homme aux mains bandées se trouvait à l'hôpital militaire de Rome, lorsqu'il entendit parler, par hasard, du patient brûlé et de l'infirmière. Il entendit aussi le nom de cette dernière. Arrivé à la porte d'entrée, il fit demi-tour et se dirigea vers le groupe de médecins qu'il venait de dépasser, curieux de voir à quoi elle ressemblait. Au cours de sa longue convalescence dans cet hôpital, il s'était fait une réputation d'asocial. Mais voici qu'il leur parlait, leur demandait son nom, ce qui les ahurit. Pendant tout ce temps il n'avait jamais parlé, ne communiquant que par signes, grimaces, ou, le cas échéant, par un grand sourire. Il n'avait rien révélé, pas même son nom. Il s'était contenté d'écrire son matricule qui indiquait son appartenance aux Alliés.

Après vérification, son état civil avait été formellement confirmé, comme le prouvaient les messages envoyés par Londres. Il avait bien toutes les cicatrices qui permettaient de l'identifier. Du coup, les médecins étaient revenus le trouver, ils avaient hoché la tête en voyant ses pansements. Une célébrité qui réclamait le silence, somme toute. Un héros de guerre.

C'était ainsi qu'il se sentait le plus en sécurité. En ne révélant rien. Qu'on l'approchât avec tendresse, avec perfidie ou avec des couteaux. Cela faisait quatre mois qu'il n'avait pas dit un mot. En leur présence, c'était un gros animal. Presque une épave quand on l'avait amené, quand on lui avait donné de la morphine pour apaiser la douleur de ses mains. Assis dans un des fauteuils, dans l'obscurité,

37

il contemplait la marée de patients et d'infirmières qui entraient et sortaient des salles et des réserves de médicaments.

Et voici qu'en croisant le groupe de médecins, dans le couloir, il entendit le nom de la femme. Il ralentit, revint sur ses pas, se dirigea vers eux et leur demanda dans quel hôpital, précisément, elle travaillait. Ils lui répondirent qu'elle avait été affectée à un vieux couvent, occupé par les Allemands puis transformé en hôpital après avoir été repris par les Alliés. Dans les collines au nord de Florence. En grande partie détruit par les bombardements. Dangereux. C'était un simple hôpital de campagne. Du provisoire. Mais l'infirmière et le patient avaient refusé d'en partir.

Pourquoi ne les y avait-on pas forcés ?

Elle prétendait qu'il n'était pas en état d'être transporté. On aurait pu l'en faire sortir en toute sécurité, mais ce n'était pas le moment d'en discuter. Elle-même n'était pas dans une forme éblouissante.

Était-elle blessée ?

Non. Un état de choc partiel dû aux bombardements. Il aurait fallu la renvoyer chez elle. Oui, mais voilà : ici, la guerre était finie. Impossible, désormais, d'obliger qui que ce soit à faire quoi que ce soit. Les blessés quittaient les hôpitaux sans autorisation de sortie ; les hommes abandonnaient leurs unités avant de se faire renvoyer dans leurs foyers.

Quelle villa ? demanda-t-il.

Celle dont on disait qu'il y avait un fantôme dans son jardin. San Girolamo. Bon, elle avait son fantôme à elle. Un brûlé. Il avait bien un visage, mais rien qu'on pût reconnaître. Les nerfs étaient morts. On pouvait passer une allumette devant ce visage sans en tirer la moindre expression. C'était un visage engourdi.

Qui est-ce ? demanda-t-il.

On ignorait son nom.

Il refuse de parler ?

Le petit groupe de médecins se mit à rire. Bien sûr qu'il

38

parlait. Il parlait même tout le temps. Il ne savait pas qui il était, voilà tout.

D'où vient-il ?

Les Bédouins l'avaient amené à l'oasis de Siwa. Il avait passé ensuite quelque temps à Pise, et puis... Un des Arabes portait sans doute sa plaque d'identité. Il la revendrait probablement, et elle reviendrait un jour, à moins qu'il ne la vende pas... Elles faisaient de merveilleux porte-bonheur, ces plaques. Dieu sait le nombre de pilotes qui tombaient dans le désert, eh bien, aucun ne revenait avec sa plaque d'identité ! Maintenant, il était là, dans une villa en Toscane, et la fille ne voulait plus le quitter. Elle refusait, un point c'est tout. Les Alliés logeaient là-bas une centaine de patients. Avant eux, les Allemands l'avaient occupée avec une petite armée, ç'avait été leur dernière position fortifiée. Certaines pièces étaient décorées de fresques, chacune représentant une saison différente. Aux alentours de la villa, il y avait une gorge. C'était à une trentaine de kilomètres de Florence, dans les collines. Il lui faudrait un laissez-passer, bien sûr. On pouvait demander à quelqu'un de l'y conduire. C'était encore très moche, là-bas. Du bétail mort. Des chevaux abattus, à moitié dévorés. Des gens pendus par les pieds sous des ponts. Les horreurs de la guerre. Et dangereux, en plus. Les sapeurs n'étaient pas encore venus déminer. En se retirant, les Allemands y enterraient des mines. Un endroit effroyable pour un hôpital, bien sûr. L'odeur des morts, c'est ce qu'il y avait de pire. Il aurait fallu une bonne chute de neige pour nettoyer ce pays. Il aurait fallu des corbeaux.

Merci.

Il sortit de l'hôpital et retrouva le soleil, le plein air, pour la première fois depuis des mois, laissant derrière lui ces pièces éclairées d'une lumière verdâtre. Il resta là, à humer l'air, absorbant l'atmosphère de fébrilité. D'abord, se dit-il, j'ai besoin de chaussures à semelles de caout-chouc. J'ai besoin d'un *gelato*.

Il eut du mal à s'endormir dans le train, ainsi ballotté d'un côté à l'autre. Dans le compartiment, les autres passagers fumaient. Sa tempe heurtait l'encadrement de la fenêtre. Tout le monde était vêtu de sombre ; avec toutes ces cigarettes allumées, la voiture paraissait en feu. Il remarqua que, dès que le train passait devant un cimetière, les voyageurs se signaient. *Elle-même n'est pas dans une forme éblouissante.*

Gelato pour les amygdales, se rappela-t-il. Il accompagnait une fille et son père ; la fille devait se faire opérer des amygdales. Elle avait jeté un coup d'œil dans la salle remplie d'autres enfants, et, simplement, refusé. Elle, la plus docile, la plus douce des enfants, devenait soudain, dans son refus, ferme comme un roc, irréductible. Personne n'arracherait quoi que ce soit de *sa* gorge, même si la sagesse du moment le recommandait. Elle vivrait avec ça, peu importait ce à quoi *ça* ressemblait. Quant à lui, il n'avait toujours pas la moindre idée sur ce que pouvait être une amygdale.

Ils ne m'ont jamais touché la tête, pensa-t-il, c'était étrange. Le pire, c'était quand il commençait à s'imaginer ce qu'ils auraient fait ensuite, coupé ensuite. En ces moments-là, il pensait toujours à sa tête.

Une galopade au plafond, comme une souris.

Il se tenait avec son sac de voyage, tout au fond du couloir. Il posa le sac, agita le bras à travers l'obscurité et les flaques de clarté frissonnante des bougies. Il n'y eut aucun bruit de pas tandis qu'il s'approchait d'elle. Le plancher ne broncha pas. Ce qui étonna la jeune femme et lui sembla, en un sens, familier et rassurant, c'est qu'il pût ainsi pénétrer sans bruit dans son intimité et dans celle du patient anglais.

Chaque lampe du long corridor devant laquelle il passait projetait son ombre. Elle augmenta le débit de la lampe à huile pour élargir le cercle de lumière autour d'elle. Elle était assise, immobile, le livre sur ses genoux, lorsqu'il vint s'accroupir auprès d'elle, comme un oncle.

« C'est quoi, une amygdale ? »

Elle le regarda fixement.

« Je te revois encore surgissant de l'hôpital, suivie par deux messieurs. »

Elle hocha la tête.

« Il est là, ton patient ? Je peux entrer ? »

Elle fit signe que non jusqu'à ce qu'il poursuive.

« Dans ce cas, je le verrai demain. Dis-moi juste où je dois aller. Je n'ai pas besoin de draps. Y a-t-il une cuisine ? J'ai fait un drôle de voyage pour te retrouver... »

Quand il se fut éloigné, dans le couloir, elle revint s'asseoir à la table, tremblante. Elle avait besoin de cette table, elle avait besoin de ce livre à moitié achevé pour se ressaisir. Pour la voir, un homme qu'elle connaissait avait fait tout ce trajet en train, il avait parcouru à pied les six kilomètres depuis le village là-haut, puis le couloir, jusqu'à cette table. Au bout de quelques minutes, elle se rendit dans la chambre de l'Anglais et resta un moment à le regarder. La lune éclairait la frondaison sur les murs, c'était la seule lumière qui rendait le trompe-l'œil convaincant. Elle aurait pu cueillir cette fleur, l'épingler à sa robe.

L'homme qui s'appelle Caravaggio ouvre toutes les fenêtres de la pièce pour entendre les bruits de la nuit. Il se déshabille, passe doucement la paume de ses mains sur son cou, puis il s'étend un moment sur le lit, qui n'est pas fait. Le bruit des arbres. La lune éclate en poissons d'argent qui rebondissent sur les asters.

La lune est sur lui, comme une peau. Une gerbe d'eau. Une heure plus tard, il est sur le toit de la villa. De là-haut, il évalue les dégâts, les toits crevés par des obus, l'hectare de jardins et de vergers ravagés. Il contemple cet endroit où ils sont, là, en Italie.

Le lendemain matin, à la fontaine, ils essaient de se parler.

« Maintenant que tu es en Italie, tu devrais en savoir plus sur Verdi.

– Comment ? » Elle lève les yeux des draps qu'elle lave dans la fontaine.

Il lui rafraîchit la mémoire.

« Tu m'as dit un jour que tu étais amoureuse de lui. »

Hana baisse la tête, gênée. Caravaggio se promène, il regarde le bâtiment, jette un coup d'œil dans le jardin depuis la loggia.

« Ah ! oui tu l'aimais ! Tu nous rendais *fous* avec ton Giuseppe. Quel homme ! Ce qu'il y a de mieux, en tout, disais-tu. Et nous devions tous être de ton avis, la petite péronnelle de seize ans... »

« Je me demande ce qu'elle est devenue, celle-là. » Elle étend le drap lavé sur la statue de Diane, puis elle s'assied au bord de la fontaine. Pour la première fois, un sourire éclaire son visage.

« Tu avais une sacrée volonté. »

Elle marche sur les pavés, il y a de l'herbe dans les fissures. Il regarde ses pieds dans leurs bas noirs, la jupe marron toute fine. Elle se penche par-dessus la balustrade.

« Je crois que je suis venue ici, je l'avoue, avec une arrière-pensée pour Verdi. Et puis, bien sûr, tu étais parti, et mon père était à la guerre... Regarde les faucons. Ils viennent tous les matins. Par ici, tout ce qui reste est cassé, en morceaux. La seule eau courante de toute la villa, c'est

42

« Mon patient prétend que l'os de paon broyé est un merveilleux remède. »

Il contemple le ciel nocturne. « Oui.

– A l'époque, tu étais un espion ?

– Pas tout à fait. »

Il se sent plus à l'aise, moins reconnaissable pour elle dans le jardin sombre, sous la vigilance tremblante de la lampe, dans la chambre du patient. « Il arrivait qu'on nous envoie voler. Me voilà donc, italien et voleur. Ils avaient du mal à y croire, aussi ne savaient-ils qu'imaginer pour mettre mes talents à profit. Nous étions quatre ou cinq. J'ai réussi à me débrouiller pendant un certain temps. Jusqu'au jour où l'on m'a photographié. Par accident. Peux-tu imaginer ça ?

« J'étais en smoking, en spencer, de façon à me glisser dans une réception, une soirée, afin de voler des documents. En fait, j'étais encore un voleur. Je n'avais rien d'un noble patriote. Ni d'un héros. Ils venaient d'officialiser mes talents, mais une de ces dames avait apporté un appareil photo. Elle prenait des photos des officiers allemands. J'ai été saisi au milieu d'un pas, tandis que je traversais la salle de bal. Au milieu d'un pas. Le bruit précédant le déclenchement de l'obturateur m'a fait tourner la tête vers l'appareil. Et soudain, tout est devenu dangereux. C'était la petite amie de je ne sais trop quel général.

« Toutes les photos prises pendant la guerre étaient développées de manière officielle dans des laboratoires du gouvernement, sous la surveillance de la Gestapo. Et comme, de toute évidence, je n'étais sur aucune liste, cela me vaudrait d'être fiché par un fonctionnaire le jour où la pellicule aboutirait au laboratoire de Milan. Il me fallait donc essayer de récupérer cette pellicule d'une façon ou d'une autre. »

Elle regarde le patient anglais, son corps endormi est sans doute loin, à des kilomètres, dans le désert ; un homme le soigne, il trempe ses doigts dans le bol formé

45

par les plantes de ses pieds joints, puis se penche et presse la pâte sombre sur le visage brûlé. Elle imagine le poids de sa main sur sa joue à elle.

Elle descend le couloir et grimpe dans son hamac qui se balance dès qu'elle quitte le sol.

Les moments avant de s'endormir sont ceux où elle se sent le plus en vie, elle saute par-dessus les fragments de la journée, emportant au lit chaque instant, comme l'enfant y emporte livres de classe et crayons. La journée ne semble avoir ni queue ni tête jusqu'à ces moments qui sont comme un livre de comptes pour elle, pour son corps imprégné d'histoires et de situations. Ainsi, Caravaggio lui a-t-il donné quelque chose. Son motif, un drame. Et une image volée.

Il quitte la soirée en voiture. Le véhicule crisse sur l'allée de gravier qui mène à l'extérieur de la propriété. L'automobile ronfle, sereine, noire comme de l'encre dans la nuit d'été. Pendant le reste de la soirée à la villa Cosima, il n'avait pas lâché des yeux la photographe, s'éloignant en virevoltant dès qu'elle soulevait l'appareil dans sa direction. Il sait maintenant qu'il y a un appareil, il peut donc l'éviter. Il évolue à portée de sa voix. Elle s'appelle Anna. C'est la maîtresse d'un officier qui passera la nuit à la villa et, le lendemain matin, regagnera le Nord en passant par la Toscane La mort ou la soudaine disparition de la femme ne feront qu'éveiller des soupçons. Par les temps qui courent, il y a enquête dès que quelque chose sort de l'ordinaire.

Quatre heures plus tard, il court sur l'herbe en chaussettes, son ombre, peinte par la lune, recroquevillée au-dessous de lui. Arrivé à l'allée de gravier, il s'arrête et marche lentement sur le sable. Il regarde la villa Cosima, les lunes carrées des fenêtres. Un palais de guerrières.

Le faisceau lumineux des phares d'une voiture, jailli, pour ainsi dire, d'un tuyau, illumine la pièce où il se trouve. En sentant le regard de cette même femme posé sur lui, il s'arrête, cette fois encore au milieu d'un pas. Un homme bouge sur elle, les doigts dans ses cheveux blonds. Elle a reconnu, il le sait, même si maintenant il est nu, cet homme qu'elle a photographié plus tôt, à cette soirée où il y avait trop de monde, car, par accident et par surprise, il se tient de la même façon, à moitié tourné vers la lumière qui révèle son corps dans l'obscurité. Les phares de la voiture balayent un coin de la pièce avant de disparaître.

C'est alors l'obscurité. Il ne sait s'il doit bouger. Il ne sait si elle va chuchoter à l'homme qui la baise quelque chose au sujet de l'autre, là, dans la pièce. Un bandit nu. Un assassin nu. Les mains prêtes à rompre un cou, se dirigerait-il vers le couple sur le lit ?

Il entend l'homme qui continue à la besogner, il entend le silence de la femme. Pas un murmure. Il l'entend penser, les yeux tournés vers lui, dans l'ombre. Ou plutôt « repenser ». L'esprit de Caravaggio va se perdre dans ces considérations : une autre syllabe, pour suggérer que l'on rassemble ses esprits, tout comme on bricole un vélo à moitié démonté. Les mots sont perfides, lui dit un ami, bien plus perfides que les violons. Son esprit évoque les cheveux blonds de la femme. Le ruban noir.

Il entend tourner la voiture, il attend un autre instant de lumière. Le visage qui émerge de l'obscurité est encore une flèche pointée sur lui. La lumière passe de son visage au corps du général, puis sur le tapis, avant d'effleurer Caravaggio, de glisser sur lui, une fois de plus. Il ne la voit plus. Il secoue la tête, puis il mime un geste, comme si on lui coupait la gorge. Il lui montre l'appareil photo qu'il tient entre les mains, pour qu'elle comprenne. Il se retrouve à nouveau dans l'obscurité. Il l'entend gémir de plaisir à l'intention de son amant, il comprend que c'est un signe d'approbation. Pas un mot, pas la moindre ironie, un simple contrat, le morse de la compréhension, il sait ainsi qu'il peut se diriger en toute sécurité vers la véranda et disparaître dans la nuit.

Trouver la chambre de la fille avait été plus difficile. Il avait pénétré dans la villa, longé sans bruit les fresques du XVIIᵉ siècle qui ornaient les couloirs. Quelque part il y avait des chambres, poches d'ombre dans un costume d'or. La seule façon d'échapper aux gardes, c'était de se faire passer pour un débile. Il s'était entièrement déshabillé, il avait laissé ses vêtements sur un massif de fleurs.

Une fois nu, il gravit tranquillement l'escalier jusqu'au premier étage, là où étaient les gardes. Il se baissa de telle sorte que son visage soit presque à la hauteur de sa hanche, ce qui lui permit de rire en douce, il supplia les gardes d'accepter son invitation nocturne, *al fresco*, c'était bien ça ? Ou séduction *a capella* ?

Un long couloir au second étage. Un garde à côté de l'escalier. Un autre à l'autre bout, à une vingtaine de mètres. Trop loin du premier. Une longue promenade théâtrale. A Caravaggio de jouer, sous l'œil sereinement soupçonneux et méprisant des deux sentinelles, ces deux serre-livres. Le bite-à-cul. Il s'arrête devant un pan de la fresque pour jeter un regard sur un âne peint dans un bosquet. Il appuie sa tête contre le mur, car il tombe de sommeil, puis il repart, trébuche, se ressaisit immédiatement et poursuit d'un pas militaire. Sa main gauche vagabonde, elle fait des signes au plafond de chérubins, nus comme des vers, eux aussi. Un salut de malandrin. Une valse brève tandis que la fresque glisse au petit bonheur devant lui, *duomo* noir et blanc, saints en extase, en ce mardi, en pleine guerre afin de sauver son déguisement et sa vie. Caravaggio est dehors, sur les tuiles, il cherche une photo de lui.

Il passe devant la seconde sentinelle, tapote son torse nu comme s'il cherchait son laissez-passer, saisit son pénis et fait mine de s'en servir comme d'une clef pour rentrer dans la pièce que l'on garde. Il rit, recule en titubant, agacé par son déplorable échec, et il aboutit en fredonnant dans la pièce vide la plus proche.

Il ouvre la fenêtre, sort sur la véranda. Une belle nuit profonde. Il escalade la fenêtre. En se balançant, il atterrit sur la véranda de l'étage inférieur. Il peut enfin pénétrer

48

dans la chambre d'Anna et de son général. Juste un parfum entre eux. Un pied sans empreinte. Ni ombre. Cette histoire de la personne qui cherchait son ombre, qu'il avait racontée à un enfant il y a quelques années – c'est lui, maintenant, qui cherche sa propre image, sur un bout de pellicule.

Dans la chambre, il flaire tout de suite les prémices d'ébats sexuels. Ses mains dans les vêtements d'Anna jetés sur les dossiers ou traînant par terre... Il s'étend, il roule d'un bout à l'autre du tapis, ainsi un objet dur, comme un appareil photo, ne saurait lui échapper. Il tâte la peau de la pièce. Il roule en silence, il se déploie en éventail, il ne trouve rien. Pas même un grain de lumière.

Il se relève, balance lentement les bras, touche un sein de marbre, effleure une main de pierre – il a compris comment pense la femme – à laquelle est suspendu l'appareil photo. Il entend alors le véhicule. Il se retourne, la femme l'aperçoit dans le jet de lumière inattendu des phares.

Caravaggio regarde Hana. Assise en face de lui, elle le fixe dans les yeux. Elle essaie de le déchiffrer, de saisir le flot de ses pensées, comme jadis son épouse. Il la regarde le renifler, chercher la trace. Il fait disparaître celle-ci, puis il se tourne à nouveau vers Hana, assuré que son regard est irréprochable, transparent comme une rivière, évident comme un paysage. Les gens, il le sait, s'y perdent, et il sait bien se cacher, mais la fille le regarde, l'air interrogateur, elle penche la tête, soupçonneuse, tel un chien à qui l'on parle sur un ton, ou à un diapason, qui ne serait pas humain. Elle s'assied en face de lui, devant les murs sombres, rouge sang, dont il n'aime pas la couleur. Avec ses cheveux noirs, sa silhouette élancée, son teint bistre, reflet de la lumière de ce pays, elle lui rappelle sa femme.

Désormais, il ne pense plus à sa femme, il sait toutefois que cela peut changer à tout moment, qu'il peut se remé-

49

morer le moindre de ses mouvements, la décrire jusque dans les moindres détails. Jusqu'au poids de son poignet sur son cœur, la nuit.

Assis, les mains sous la table, il regarde manger la jeune femme. Il préfère encore manger seul, même s'il s'assied toujours avec Hana pour les repas. Vanité, se dit-il. Fatale vanité. Depuis une fenêtre, elle l'a vu en train de manger avec les mains, assis sur l'une des trente-six marches près de la chapelle. Pas de fourchette ni de couteau en vue, comme s'il s'entraînait à manger à l'orientale. Avec son début de barbe grisonnante et sa veste sombre, elle finit par percevoir en lui l'Italien. Elle en prend de plus en plus conscience.

Il contemple les tons foncés contre les murs bruns et rouges, la couleur de sa peau, le noir de ses cheveux coupés court. Il les a connus, elle et son père, à Toronto avant la guerre. A l'époque, il était un voleur, un homme marié, qui se glissait à travers le monde qu'il avait choisi avec une paresseuse confiance, il n'avait son pareil ni pour flouer les riches, ni pour séduire son épouse Gianetta, ou la fille encore bien jeune de son ami.

A présent, ce qui les entoure est à peine un monde, il leur faut vivre recroquevillés sur eux-mêmes. Pendant ces journées dans la ville perchée sur les collines de Florence, confiné à l'intérieur lorsqu'il pleut, il rêvasse, assis sur le seul siège moelleux de la cuisine, à plat ventre sur le lit, juché sur le toit ou près du verger, au-dessus de la maison. Il n'a pas de complots à tramer, il n'a qu'un seul intérêt, Hana. Et il semble qu'elle s'est enchaînée à l'homme qui meurt là-haut.

Pendant les repas, il s'assied en face de la jeune fille et la regarde manger.

Six mois plus tôt, depuis la fenêtre au bout du long corridor de l'hôpital Santa Chiara de Pise, Hana avait aperçu un lion blanc. Il se dressait seul sur les créneaux.

De par sa couleur, il s'apparentait au marbre blanc du *Duomo* et du *Camposanto*, même si son aspect rustique et sa forme naïve semblaient appartenir à une autre ère. Un cadeau du passé qu'il fallait bien accepter. De tout ce qui entourait l'hôpital, c'était encore ce qu'elle acceptait le mieux. A minuit, elle regardait par la fenêtre, sachant qu'il était dans la zone du couvre-feu et qu'il émergerait comme elle, avec l'équipe de l'aube. Elle levait la tête à cinq heures ou cinq heures trente, puis à six heures, pour apercevoir sa silhouette, puis ses détails qui se précisaient. Chaque soir, lorsqu'elle passait parmi les patients, il était sa sentinelle. L'armée l'avait laissé là, même pendant les bombardements, bien plus soucieux de protéger le reste de cette merveille architecturale, avec l'absurde logique de cette tour penchée, évoquant un être en état de choc.

Leurs bâtiments hospitaliers s'élevaient sur l'emplacement d'un ancien monastère. Sculptés pendant des siècles en un fabuleux bestiaire par des moines trop méticuleux, les buissons du labyrinthe avaient perdu toute forme animale reconnaissable, et, pendant la journée, les infirmières promenaient les patients parmi ces formes retournées à l'état d'ébauche. On aurait dit que seule la pierre blanche demeurait immuable.

Les infirmières, elles aussi, tombaient en état de choc, commotionnées par ceux qui mouraient autour d'elles. Ou par de petites choses – une lettre, par exemple. Elles emportaient un bras amputé à l'autre bout du couloir, ou bien elles épongeaient du sang qui ne cessait de couler, comme si la blessure était un puits. Elles ne croyaient plus en rien. Elles n'avaient plus confiance en rien. Elles craquaient, tout comme un technicien du déminage craquait à la seconde où sa géographie explosait. Tout comme Hana craqua à l'hôpital Santa Chiara le jour où un officier, se frayant un passage au milieu d'une centaine de lits, lui remit une lettre lui annonçant la mort de son père.

Un lion blanc.

C'est un peu plus tard qu'elle avait rencontré le patient anglais – il ressemblait à un animal brûlé, raide et sombre,

51

une mare pour s'y noyer. Les mois avaient passé, il était son dernier patient à la villa San Girolamo. Leur guerre était finie, mais tous deux refusaient de regagner ce lieu sûr qu'est l'hôpital maritime. Les ports côtiers, comme Sorrente et Pisa de Marina, étaient encombrés d'Américains et d'Anglais attendant d'être évacués. Elle avait lavé son uniforme, l'avait plié et rendu aux infirmières qui s'en allaient. La guerre n'est pas finie partout, lui avait-on dit. *Cette* guerre est finie. La guerre d'ici. On lui dit que ce serait comme déserter. Ce n'est pas de la désertion. Je resterai ici. On l'avertit qu'il restait des mines, que l'eau et la nourriture manquaient. Elle monta trouver le brûlé, le patient anglais, et lui dit qu'elle restait, elle aussi.

Il ne dit rien, incapable de seulement tourner la tête vers elle, mais ses doigts se glissèrent dans sa main blanche et, lorsqu'elle se pencha vers lui, il passa ses doigts noircis dans les cheveux de la jeune femme. Une impression de fraîcheur dans la vallée de ses doigts.

Quel âge avez-vous ?

Vingt ans.

Il y avait un duc, dit-il, qui, se sentant mourir, voulut qu'on le portât à mi-hauteur de la tour de Pise afin de mourir en regardant au loin.

Un ami de mon père voulut mourir en *dansant le Shanghai*. Je ne sais pas ce que c'était. Il en avait entendu parler, c'est tout.

Que fait votre père ?

Il est... Il est à la guerre.

Vous êtes, vous aussi, à la guerre.

Elle ne sait rien de lui. Cela fait pourtant un mois qu'elle s'occupe de ce patient, qu'elle lui donne ses doses de morphine. Au début, il y avait eu entre eux une certaine timidité, accentuée par le fait qu'ils se retrouvaient seuls. Et puis la timidité avait disparu. Patients, médecins, infirmières, matériel, draps, serviettes – tout l'hôpital s'était fait la malle pour regagner Florence et Pise. Elle a mis en lieu sûr des comprimés de codéine, ainsi qu'un stock de morphine. Elle surveillait le grand départ, la colonne de camions. Alors, au revoir. Elle leur adressa des signes d'adieu depuis sa fenêtre, en fermant les volets.

Derrière la villa s'élevait un mur de pierre plus haut que la maison. Un jardin clos s'étirait à l'ouest du bâtiment ; à une trentaine de kilomètres, le tapis de la ville de Florence disparaissait souvent dans la brume de la vallée. A en croire la rumeur publique, l'un des généraux qui habitaient la vieille villa Médicis, la porte à côté, avait mangé un rossignol.

Construite pour protéger ses habitants du démon de la chair, la villa San Girolamo rappelait une forteresse assiégée, la plupart des statues avaient été décapitées dès les premiers bombardements. Il n'y avait guère de ligne de démarcation entre leur maison et le paysage, entre le bâtiment endommagé et les bouts de terrain brûlés ou bombardés. Pour Hana, les jardins sauvages étaient comme d'autres chambres en bordure desquelles elle travaillait, en prenant garde aux mines. Près de la maison, là où le sol était fertile, elle se mit à jardiner avec la passion furieuse propre à ceux qui ont grandi en ville. Malgré le sol brûlé, malgré le manque d'eau. Un jour, il y aurait une tonnelle de tilleuls, des pièces baignées de lumière verte.

En entrant dans la cuisine, Caravaggio trouva Hana assise, recroquevillée au-dessus de la table. Il ne pouvait voir ni son visage, ni ses bras, cachés sous son corps. Rien que son dos nu, ses épaules nues.

Elle n'était ni immobile, ni endormie. A chaque frémissement, sa tête ébranlait la table.

Caravaggio ne bougeait plus. Pleurer fait perdre plus d'énergie que toute autre activité. Ce n'était pas encore l'aube. Son visage contre le bois sombre de la table.

« Hana », dit-il, et elle s'immobilisa, comme si cela pouvait la camoufler.

« Hana. »

Elle se mit à gémir pour que le son élève entre eux une barrière, un fleuve : sur l'autre rive, on ne pourrait l'atteindre.

Il hésita d'abord à la toucher, dans sa nudité. Il dit « Hana », puis il posa sa main bandée sur l'épaule de la jeune femme. Elle continua à trembler. Un très gros chagrin, se dit-il. La seule façon de survivre est de tout excaver.

Elle se releva, la tête toujours baissée, puis elle vint se placer contre lui comme pour s'éloigner de l'aimant de la table.

« Si tu veux me baiser, ne me touche pas. »

Tout ce qu'elle portait dans cette cuisine, c'était sa peau, pâle au-dessus de sa jupe. Comme si, en sortant du lit, elle s'était sommairement habillée pour se rendre là. L'air frais des collines qui entrait par la porte de la cuisine l'enveloppait.

Son visage était rouge et humide.

« Hana.

– Tu comprends ?

– Pourquoi l'adores-tu à ce point ?

– Je l'aime.

– Tu ne l'aimes pas, tu l'adores.

– Va-t'en, Caravaggio, je t'en prie.

– Tu t'es ligotée à un cadavre, pour je ne sais quelle raison.

– C'est un saint. Je pense. Un saint désespéré. Ça existe, ce genre de choses ? Cela donne envie de les protéger.

– Il s'en fout totalement, lui !

– Je suis capable de l'aimer.

– Une fille de vingt ans qui s'exclut du monde pour aimer un fantôme ! »

Caravaggio s'arrêta. « Méfie-toi de la tristesse. La tristesse est très proche de la haine. Permets-moi de te le dire. J'ai appris ça. Si tu avales le poison de quelqu'un dans l'espoir de le guérir, en le partageant avec lui, tu ne feras que le garder en toi. Ces hommes du désert étaient plus malins que toi. Ils se sont dit qu'il pouvait servir à quelque chose. Ils l'ont donc sauvé, mais le jour où ils n'ont plus eu besoin de lui, ils l'ont abandonné.

– Laisse-moi tranquille. »

Lorsqu'elle est seule, elle s'assied, consciente du nerf de sa cheville, mouillée par les longues herbes du verger. Elle pèle la première prune du printemps qu'elle a ramassée et enfouie dans la poche de sa robe de coton sombre. Lorsqu'elle est seule, elle essaie d'imaginer qui pourrait cheminer sur la vieille route, sous la voûte verte des dix-huit cyprès.

Tandis que l'Anglais se réveille, elle se penche sur son corps et place un tiers de la prune dans sa bouche. Sa bouche ouverte la retient, comme de l'eau, la mâchoire ne bouge pas. On dirait qu'il va pleurer de ce plaisir. Elle peut sentir la prune qui descend dans la gorge.

Il remonte la main, essuie autour de sa lèvre les restes de bave que sa langue ne peut atteindre, met son doigt dans la bouche pour le sucer. Je vais te raconter une histoire de prunes, dit-il. Quand j'étais jeune...

Après les premières nuits, après avoir brûlé presque tous les lits pour se chauffer, elle avait pris le hamac d'un mort et commencé à s'en servir. Elle choisissait un mur, y enfonçait de gros clous ; le matin, elle s'éveillait dans une pièce différente de la veille, flottant au-dessus de la saleté, de la cordite et de l'eau qui recouvraient les parquets, et des rats qui avaient commencé à descendre du troisième étage. Chaque soir, elle grimpait dans le hamac kaki, fantomatique, qu'elle avait pris à un soldat mort.

Une paire de chaussures de tennis et un hamac. C'était là toutes ses prises de guerre. Elle se réveillait sous la coulée de lune qui éclairait le plafond, enveloppée dans une vieille chemise dans laquelle elle dormait toujours, sa robe accrochée à un clou près de la porte. Il faisait plus chaud, elle pouvait dormir comme ça. Avant, quand il faisait froid, il leur avait fallu brûler diverses choses.

Son hamac, ses chaussures, sa blouse. Elle était en sécurité dans le monde en miniature qu'elle s'était construit, les deux autres hommes paraissaient des planètes éloignées, chacun dans sa sphère de souvenirs et de solitude. Du temps qu'il partageait l'amitié de son père, au Canada, Caravaggio était capable, sans lever le petit doigt, de faire des ravages parmi la cohorte de femmes auxquelles il semblait avoir fait don de sa personne. Et voilà qu'il gisait maintenant dans l'obscurité. Caravaggio le voleur, qui refusait de travailler avec les hommes parce qu'il se méfiait d'eux, qui parlait aux hommes mais préférait faire la conversation aux femmes et qui, lorsqu'il parlait à celles-ci, avait tôt fait de se laisser prendre aux filets d'une liaison. Quand elle se glissait chez elle aux petites heures du matin, elle le trouvait endormi dans le fauteuil de son père, épuisé par quelque cambriolage professionnel, ou privé.

Elle pensa à Caravaggio. Il y a des êtres qu'il fallait étreindre d'une façon ou d'une autre, qu'il fallait mordre dans le muscle, si l'on voulait rester sain d'esprit en leur compagnie. Il fallait les saisir par les cheveux, s'accrocher à eux comme un noyé, se laisser entraîner avec eux. Faute de quoi ils se dirigeaient nonchalamment vers vous dans la rue, et au moment où ils s'apprêtaient à vous faire un signe de la main, ils sautaient par-dessus un mur et disparaissaient pendant des mois. Il avait été un oncle à éclipses.

Caravaggio vous troublait, rien qu'en vous enserrant dans ses bras, dans ses ailes. C'était un personnage qui vous étreignait. Maintenant, il gisait dans l'obscurité, comme elle, dans quelque avant-poste de la grande maison. Il y avait donc Caravaggio. Tout comme il y avait l'Anglais du désert.

Avec ses patients les plus difficiles, elle avait survécu à la guerre en dissimulant son flegme sous le rôle de l'infirmière. Je survivrai à ceci. Je ne me laisserai pas démonter par cela. Ces phrases, elle les avait enterrées tout au long de sa guerre, à travers toutes les villes vers lesquelles ils avaient rampé, Anghiari, Monterchi, Urbino, jusqu'à ce qu'ils entrent dans Florence, avant de parvenir jusqu'à l'autre mer, près de Pise.

A l'hôpital de Pise, elle avait vu le patient pour la première fois. C'était un homme sans visage. Une flaque d'ébène. Toute identification consumée par les flammes. Sur son corps et son visage brûlés, on avait vaporisé de l'acide tannique qui avait formé une carapace sur sa peau à vif. La zone autour de ses yeux disparaissait sous une épaisse couche de baume de gentiane. Il n'y avait rien à reconnaître en lui.

Il lui arrive de ramasser des couvertures et de s'allonger en dessous : elle les apprécie davantage pour leur poids que pour la chaleur qu'elles peuvent apporter. Et lorsque les glissades de la lune au plafond l'éveillent, elle reste allongée dans le hamac tandis que son esprit patine. Comparé au sommeil, le repos lui semble un état vraiment agréable. Si elle était écrivain, elle ramasserait ses crayons, ses cahiers et son chat favori pour écrire dans son lit. Étrangers et amoureux ne franchiraient jamais la porte close.

Se reposer, c'était accueillir sans jugement tout ce qu'offrait le monde. Un bain dans la mer, l'amour avec un soldat qui jamais ne connaîtrait votre nom. Tendresse à l'égard de l'inconnu, de l'anonyme, qui est tendresse pour soi-même.

Ses jambes remuent sous le poids des couvertures militaires. Elle nage dans leur laine comme le patient anglais remuait dans son placenta de feutre.

Ce qui lui manque, ici, c'est la lente tombée du jour, le bruissement des arbres familiers. En grandissant à Toronto, elle avait appris à déchiffrer la nuit d'été : allongée sur un lit, ou gravissant un escalier de secours, à moitié endormie, un chat dans les bras, elle pouvait être elle-même.

Enfant, sa salle de classe avait été Caravaggio. Il lui avait enseigné le saut périlleux. Maintenant, les mains toujours enfoncées dans les poches, il ne savait plus que remuer les épaules. Qui sait en quel pays la guerre l'avait conduit ? Elle-même avait été formée à l'hôpital universitaire pour femmes avant d'être envoyée outre-mer, lors du débarquement en Sicile, en 1943. La 1re division d'infanterie canadienne se frayait un chemin à travers l'Italie ; on expédiait les corps mutilés aux hôpitaux de campagne, comme la boue que se repassent, dans l'obscurité, ceux qui percent les tunnels. Après la bataille d'Arezzo, quand la première ligne du front avait reculé, elle avait vécu nuit et jour au milieu de leurs blessures. Au bout de trois longues journées sans trêve, elle finit par s'étendre sur le plancher, à côté d'un matelas sur lequel gisait un mort. Elle dormit ainsi douze heures, les yeux fermés pour se protéger du monde.

En s'éveillant, elle prit une paire de ciseaux dans la cuvette en porcelaine, pencha la tête et entreprit de se couper les cheveux, sans se soucier ni du style ni de la longueur, juste pour s'en débarrasser, repensant à la façon dont ils l'avaient agacée les jours précédents, quand elle s'était penchée et qu'ils avaient trempé dans le sang d'une blessure. Rien ne pourrait l'enchaîner, la lier à la mort. Elle empoigna ce qu'il en restait pour vérifier qu'il n'y avait plus de grandes mèches, puis elle se retourna pour affronter les salles pleines de blessés.

Jamais plus elle ne se regarda dans un miroir. Au fur et à mesure que la guerre s'intensifiait, elle apprenait la mort de personnes qu'elle connaissait. Elle redoutait le jour où, en nettoyant le sang sur le visage d'un patient, elle découvrirait son père ou quelqu'un qui lui avait servi à manger à un comptoir, sur Danforth Avenue. Elle devint impitoyable, envers elle-même comme envers ses patients. Seule la raison aurait pu les sauver ; mais la raison n'avait plus cours. Le niveau de l'horreur ne cessait d'augmenter. Où était, et que représentait désormais Toronto dans son esprit ? C'était un opéra de perfidie. Chacun se durcissait à l'égard de son entourage – soldats, infirmières, civils. Hana se rapprochait des blessures qu'elle soignait, sa bouche murmurait des choses aux soldats.

Elle les appelait « mon vieux » comme le faisait Roosevelt, elle riait en entendant leur version de la chanson

Chaque fois que j'tombe sur Franklin D,
Il m'dit toujours salut mon vieux.

Elle tamponnait des bras qui ne cessaient de saigner. Elle avait enlevé tellements d'éclats de shrapnel qu'il lui semblait avoir extrait une tonne de métal du gigantesque corps humain confié à ses soins, tandis que l'armée s'en allait vers le nord. Une nuit, lorsqu'un des patients mourut, faisant fi du règlement, elle prit la paire de chaussures de tennis qu'il avait dans son sac et les enfila. Elles étaient un peu grandes mais elle s'y sentait à l'aise.

Son visage devint plus sec, émacié, le visage que Caravaggio rencontrerait plus tard. Sa maigreur était surtout due à la fatigue. Elle avait toujours faim et trouvait parfaitement épuisant de donner à manger à un malade qui ne pouvait, ou ne voulait, s'alimenter, de regarder s'émietter le pain, refroidir la soupe qu'elle aurait eu si grande envie d'avaler. Elle ne voulait rien d'extraordinaire, juste du pain et de la viande. Dans une ville, une boulangerie avait été rattachée à l'hôpital. A ses moments de liberté, elle évoluait parmi les mitrons, inhalant poussière et promesses de nourriture. Plus tard, à l'est de Rome, quelqu'un lui fit cadeau d'un topinambour.

C'était étrange de dormir dans les basiliques, dans les monastères, partout où les blessés étaient cantonnés, tout en se dirigeant toujours plus au nord. Lorsque l'un d'eux mourait, elle écornait le petit drapeau en carton au pied du lit, afin que les ambulanciers le repèrent de loin. Puis elle sortait du bâtiment de pierre de taille et allait faire un tour – printemps, hiver, été, les saisons paraissaient archaïques, elles attendaient que la guerre se passe, comme de vieux messieurs. Elle sortait, quel que fût le temps. Elle avait besoin d'air, un air dont l'odeur n'eût rien d'humain, et du clair de lune, fût-ce au prix d'une averse.

Salut, mon vieux, au revoir, mon vieux. Les soins étaient rapides. Le contrat n'était valable que jusqu'à la mort. Rien, dans son esprit ni dans son passé, ne l'avait préparée à être infirmière. Mais couper ses cheveux était un contrat, un contrat qui dura jusqu'à ce qu'ils bivouaquent dans la villa San Girolamo, au nord de Florence. Il y avait quatre autres infirmières, deux médecins, une centaine de patients. En Italie, la guerre se déplaçait vers le nord. Eux, ils étaient restés derrière.

Et puis, un jour qu'on célébrait une victoire locale, quelque peu gémissante en cette ville des collines, elle avait déclaré qu'elle ne retournerait ni à Florence, ni à Rome,

ni dans un autre hôpital. Sa guerre à elle était finie. Elle
resterait auprès de ce brûlé, qu'ils appelaient « le patient
anglais », et qui, de toute évidence, ne pourrait jamais être
transporté, vu la fragilité de ses membres. Elle lui mettait
de la belladone sur les yeux, lui donnait des bains d'eau
salée pour traiter sa peau indurée et soulager ses brûlures.
On l'avait prévenue : l'hôpital n'était pas un endroit sûr.
Utilisé pendant des mois par la défense allemande, le
monastère avait été soumis à un barrage d'artillerie et
d'obus éclairants par les Alliés. Elle se retrouverait sans
rien, pas même un abri pour se protéger des brigands.
Refusant de partir, elle ôta son uniforme d'infirmière, sortit de son sac la blouse de toile imprimée marron qu'elle
trimbalait depuis des mois, la passa et enfila ses chaussures de tennis. Elle laissait là la guerre. Elle n'avait cessé
d'aller et venir selon leur bon plaisir. Elle resterait dans
cette villa avec son Anglais, jusqu'à ce que les religieuses
fassent valoir leurs droits. Il y avait quelque chose au sujet
de son patient qu'elle voulait apprendre, et où elle pourrait
se cacher, se dérober au monde adulte. Il y avait certaine
petite valse dans sa façon de lui parler, dans sa façon de
penser. Elle voulait le sauver, cet homme sans nom, pour
ainsi dire sans visage, l'un des quelque deux cents confiés
à ses soins, durant l'invasion du Nord.

Dans sa robe de toile imprimée, elle tourna le dos à la
célébration. Elle alla s'asseoir dans la pièce qu'elle partageait avec les autres infirmières. Quelque chose papil-
lota dans son regard, elle avait retenu l'attention d'un petit
miroir rond. Elle se leva lentement et s'en approcha. Si
petit fût-il, il paraissait un luxe. Cela faisait plus d'un an
qu'elle refusait de se regarder, sauf, de temps en temps,
son ombre, sur un mur. Le miroir ne révélait que sa joue,
il lui fallut tendre le bras, sa main tremblait. Elle contem-
pla ce petit portrait d'elle-même, enserré, eût-on dit, dans
une broche. Elle. Par la fenêtre lui parvenaient les voix
des patients que l'on avait sortis au soleil, dans leurs fauteuils, ils riaient et se réjouissaient avec le personnel. Seuls
les blessés graves étaient restés à l'intérieur. Cela la fit

sourire. Salut, mon vieux, dit-elle. Elle se regarda droit dans les yeux, essayant de se reconnaître.

L'obscurité sépare Hana et Caravaggio tandis qu'ils marchent dans le jardin. Voici qu'il se met à parler de sa voix traînante.

« Il était tard, on célébrait l'anniversaire de quelqu'un sur Danforth Avenue. Le Night Crawler. Tu te rappelles ce restaurant, Hana ? Tout le monde devait se lever et chanter une chanson. Ton père, moi, Giannetta, les copains. Tu as même dit que toi aussi tu voulais en chanter une, pour la première fois. Tu étais encore au lycée et tu avais appris cette chanson au cours de français.

« Tu as fait ça dans les formes, tu es montée sur le banc, puis un peu plus haut, sur la table de bois, entre les assiettes et les bougies allumées.

Alonson fon !

« Tu chantais, la main gauche sur ton cœur. *Alonson fon !* La moitié de ceux qui étaient là n'avait pas idée de ce que tu pouvais chanter, sans doute ne connaissais-tu pas toi-même le sens précis de ces paroles, mais au moins tu savais de quoi parlait la chanson.

« La brise venue de la fenêtre faisait onduler ta jupe de sorte qu'elle touchait presque une bougie et que tes chevilles paraissaient chauffées à blanc dans le bar. Les yeux de ton père levés vers toi, vers cette espèce de miracle qui te faisait parler une autre langue. Les mots coulaient, distincts, parfaits, assurés, au milieu de ces chandelles qui, en vacillant, touchaient presque ta robe. A la fin, nous nous sommes levés, et tu es sortie de table dans ses bras. »

« Je vais enlever ces pansements sur tes mains. Je *suis* infirmière, vois-tu.

– Je me sens bien là-dedans. On dirait des gants.

– Comment est-ce arrivé ?

– On m'a surpris en train de sauter par la fenêtre de la

63

chambre d'une femme. De cette femme dont je t'ai parlé, celle qui a pris la photo. Elle n'y est pour rien. »

Elle saisit son bras, elle pétrit le muscle. « Laisse-moi faire. » Elle retire les mains bandées de la poche de sa veste. A la lumière du jour, elle lui ont paru grises, mais à présent elles semblent presque lumineuses.

Au fur et à mesure qu'elle défait la bande, il recule, jusqu'à ce qu'il en soit libéré, le blanc surgit de ses bras, on dirait un magicien. Elle s'avance vers l'oncle de son enfance, elle voit son regard qui tente de capter le sien dans l'espoir de retarder ce moment. Du coup, elle ne regarde que ses yeux.

Ses mains forment une coupe. Elle les cherche tandis que son visage remonte jusqu'à sa joue, avant de se blottir dans son cou. Ce qu'elle tient semble ferme. Guéri.

« Je peux te garantir qu'il m'a fallu négocier pour ce qu'ils m'ont laissé.

– Comment as-tu fait ?

– Mes vieux talents...

– Oh ! Je m'en souviens ! Non, ne bouge pas. Ne t'éloigne pas de moi.

– C'est un moment étrange, la fin d'une guerre...

– Oui, une période d'adaptation.

– Oui. »

Il lève les mains comme pour y lover le quartier de lune.

« Ils m'ont coupé les deux pouces, Hana. Regarde. »

Il lui montre ses mains, révélant carrément ce qu'elle n'avait fait qu'entrevoir. Il les retourne comme pour prouver que ce n'est pas une plaisanterie : là, ce qui ressemble à des branchies, c'est l'endroit où le pouce a été coupé. Il tend la main vers sa blouse.

Elle sent le tissu se soulever au-dessous de son épaule tandis qu'il le prend avec deux doigts et le tire doucement vers lui.

« C'est comme ça que je tâte le coton.

– Quand j'étais enfant, je te voyais toujours comme le Mouron Rouge. Dans mes rêves, je me promenais en ta

64

compagnie sur les toits, la nuit. Tu revenais à la maison avec des repas froids dans les poches et, pour moi, des plumiers ou des partitions en provenance de je ne sais quel piano de Forest Hill. »

Elle s'adresse à son visage envahi par les ténèbres, une ombre de feuilles balaie sa bouche, comme la dentelle d'une femme riche.

« Tu aimes les femmes, n'est-ce pas ? Tu les aimais.

– Je les aime. Pourquoi mettre cela au passé ?

– Cela paraît sans importance maintenant, avec la guerre et tout ça. »

Il acquiesce de la tête, le dessin de feuilles glisse sur lui.

« Tu étais comme ces artistes qui ne peignaient qu'à la nuit, sous la seule lumière de la rue. Comme les ramasseurs de vers avec leurs vieilles boîtes de conserve attachées à la cheville et leur casque de lumière fouillant l'herbe. Dans tous les parcs de la ville. Tu m'as emmenée à cet endroit, ce café où ils les revendaient. C'était comme la Bourse, m'as-tu dit, le cours des vers baissait ou montait de cinq ou dix *cents*. Les gens s'y ruinaient ou faisaient fortune. Tu t'en souviens ?

– Oui.

– Rentre avec moi, il commence à faire froid.

– Les grands pickpockets sont tous nés avec l'index et le majeur de la même longueur, ou presque. Ils n'ont pas besoin d'aller bien loin dans une poche. Belle distance qu'un demi-pouce ! »

Ils se dirigent vers la maison et sous les arbres.

« Qui t'a fait ça ?

– Ils ont trouvé une femme pour le faire. Ils ont dû se dire que ce serait plus tranchant. Ils ont amené une de leurs infirmières. On m'a enchaîné les poignets aux pieds de la table. Lorsqu'ils m'ont coupé les pouces, mes mains ont glissé, impuissantes. Comme un souhait dans un rêve. Mais c'était l'homme qui l'avait fait venir qui avait tout manigancé. Ranuccio Tomassoni. Elle était innocente, elle ne savait rien de moi, ni mon nom, ni ma nationalité, ni ce que j'avais pu faire. »

Lorsqu'ils pénétrèrent dans la maison, le patient anglais hurlait. Hana lâcha Caravaggio qui la regarda grimper l'escalier en courant, ses chaussures de tennis apparaissant et disparaissant tandis qu'elle montait et tournoyait avec la rampe.

La voix remplissait la maison. Caravaggio entra dans la cuisine, rompit un morceau de pain, puis il suivit Hana dans l'escalier. Les cris redoublèrent, tandis qu'il se dirigeait vers la chambre. Lorsqu'il entra, l'Anglais regardait fixement un chien. La tête du chien était renversée, comme s'il était ahuri par les cris. Hana lança un coup d'œil à Caravaggio et grimaça un sourire.

« Ça fait *des années* que je n'ai pas vu de chien. De toute la guerre, je n'en ai pas vu un seul. »

Elle s'accroupit et serra l'animal contre elle, elle huma ses poils, ils sentaient les herbes des collines. Elle dirigea le chien vers Caravaggio qui lui tendait le croûton de pain. C'est alors que l'Anglais aperçut Caravaggio. Il fit une drôle de tête. Il avait dû croire que le chien, que lui cachait maintenant le dos de Hana, était devenu un homme. Caravaggio prit la bête dans ses bras et sortit de la pièce.

J'ai pensé, dit le patient anglais, que cette chambre devait être celle de Poliziano. Nous occupons certainement sa villa. C'est l'eau qui sort de ce mur, cette fontaine d'autrefois. Cette pièce est célèbre. C'est ici qu'ils se retrouvaient tous.

C'était un hôpital, dit-elle doucement. Avant cela, bien avant cela, c'était un monastère. Ensuite, les troupes l'ont réquisitionné.

Il me semble que c'était la villa Bruscoli. Poliziano. Le grand protégé de Lorenzo. Je parle de 1483. A Florence, dans l'église de la Santa Trinità, on peut voir les Médicis avec Poliziano à l'arrière-plan, vêtu d'une longue cape rouge. Un homme aussi brillant qu'abominable. Un génie sorti des taudis.

Il était bien plus de minuit et il était à nouveau complètement éveillé.

Bon, parlez-moi, pensait-elle, emmenez-moi quelque part. En esprit, elle en était restée aux mains de Caravaggio... Caravaggio qui, en ce moment même, devait nourrir le chien errant dans les cuisines de la villa Bruscoli, si tel était son nom.

C'était une foutue vie. Épées, politiques et chapeaux à trois étages, chausses coloniales rembourrées, perruques. Perruques de soie ! Bien sûr, Savonarole arriva plus tard, pas beaucoup plus tard, et ce fut le Bûcher des Vanités. Poliziano traduisit Homère. Il écrivit le célèbre poème sur Simonetta Vespucci, tu as entendu parler d'elle ?

Non, répondit Hana en riant.

Il y a des portraits d'elle dans tout Florence. Elle est morte de consomption à vingt-trois ans. Il l'a rendue célèbre avec les *Stanze per la Giostra* dont, par la suite, Botticelli a peint des scènes. Léonard de Vinci aussi. Poliziano discourait en latin pendant deux heures tous les matins, et deux heures en grec l'après-midi. Il avait un ami du nom de Pic de La Mirandole, farouche homme du monde qui, un beau jour, se convertit et alla rejoindre Savonarole.

C'était mon surnom quand j'étais gosse. *Pic*.

Oui, il s'en est passé des choses, ici. Cette fontaine dans le mur. Pic, Lorenzo, Poliziano et Michel-Ange à seize ans. Ils tenaient dans une main le nouveau monde et dans l'autre, l'ancien. La bibliothèque a réussi à mettre la main sur les quatre derniers ouvrages de Cicéron. Ils ont importé une girafe, un rhinocéros, un dodo. Toscanelli dessinait des cartes du monde, à partir de la correspondance des marchands. Ils venaient s'asseoir dans cette pièce, sous un buste de Platon, et ils passaient la nuit à discuter.

C'est alors que s'élevèrent dans les rues les cris de Savonarole. *Repentez-vous ! Le déluge arrive !* Et tout fut emporté : le libre arbitre, le désir d'être élégant, la renommée, le droit d'adorer Platon aussi bien que le Christ. Voici que jaillirent les bûchers : on brûla les perruques, les livres, les peaux d'animaux, les cartes... Une centaine d'années plus tard, ils ouvrirent les tombes. Les os de Pic étaient intacts, ceux de Poliziano étaient tombés en poussière.

Hana écoutait tandis que l'Anglais tournait les pages de son livre où avaient été collés des passages tirés d'autres ouvrages – on y parlait de cartes disparues sur les bûchers, tout comme la statue de Platon dont le marbre s'était délité sous l'effet de la chaleur, lézardes dans la sagesse dont les détonations leur parvenaient de l'autre côté de la vallée, tandis que sur les collines vertes Poliziano flairait l'avenir. Quant à Pic, lui aussi, bouclé dans son cachot gris, il observait tout avec le troisième œil, celui du salut.

Il alla remplir un bol pour le chien au robinet de la cuisine. Un vieux bâtard, plus vieux que la guerre.

Il s'assit avec la carafe de vin que les moines avaient donnée à Hana. C'était la maison de Hana et il évoluait avec précaution, sans toucher à rien. Il percevait le raffinement de la jeune femme à travers ces fleurs des champs, ces petits cadeaux qu'elle se faisait à elle-même. Dans le jardin en friche, il remarquait ici ou là quelques centimètres carrés d'herbe qu'elle avait coupée avec ses ciseaux d'infirmière. Le genre de choses dont il serait tombé amoureux s'il avait été plus jeune.

Jeune, il ne l'était plus. Comment le voyait-elle ? Avec ses blessures, ses problèmes d'équilibre, ses boucles grises sur la nuque. Il ne s'était jamais pris pour un homme à qui l'âge aurait apporté la sagesse. Ils avaient tous vieilli, mais il ne se sentait pas plus sage pour autant.

Il s'accroupit pour regarder boire le chien. En se relevant, il se rattrapa, mais trop tard, à la table, renversant la carafe de vin.

Votre nom est David Caravaggio, n'est-ce pas ?

Ils avaient attaché ses menottes aux pieds robustes de la table en chêne. A un moment, il se leva, entraînant la table. Du sang coulait de sa main gauche. Il voulut s'élancer avec la table pour défoncer la porte, qui était peu épaisse, et il tomba. La femme s'arrêta, elle lâcha le couteau, refusant de continuer. Le tiroir de la table glissa avec tout son contenu et alla heurter son torse, il se dit qu'il y avait peut-être un fusil dont il pourrait se servir. Alors Ranuccio Tomassoni ramassa le rasoir et se dirigea vers lui. *Caravaggio, n'est-ce pas ?* Il n'en était toujours pas sûr.

Sous la table, le sang de ses mains levées coulait sur son visage. Reprenant soudain ses esprits, il fit glisser la menotte le long du pied de la table, envoya promener la chaise pour étouffer la douleur puis il se pencha vers la gauche pour se dégager de l'autre menotte. Du sang partout. Ses mains ne servaient déjà plus à rien. Par la suite, et pendant des mois, il s'aperçut qu'il ne regardait que les pouces des gens, comme si le seul changement apporté par l'incident avait été de le rendre envieux. Mais l'événement l'avait fait mûrir, comme si, pendant la nuit passée enchaîné à cette table, on avait instillé en lui une solution qui le ralentissait.

Il était là, debout, tout étourdi, au-dessus du chien, au-dessus de la table trempée de vin rouge qu'il avait tenue dans ses bras. Les tortionnaires étaient là. Deux gardes. La femme. Tomassoni. Les téléphones sonnaient, interrompant Tomassoni qui posait le couteau, murmurait d'un ton caustique : « *Excusez-moi* », saisissait le combiné de sa main ensanglantée et écoutait. Il n'avait rien dit, pensait-il, qui puisse leur être de la moindre utilité. Mais ils l'avaient laissé repartir, aussi peut-être se trompait-il.

Il avait pris la Via di Santo Spirito, jusqu'à l'endroit qu'il gardait caché dans sa tête. Il avait longé l'église de Brunelleschi et continué en direction de la bibliothèque de l'Institut germanique où il savait que certaine personne prendrait soin de lui. C'est alors qu'il comprit que c'était pour cela qu'ils l'avaient laissé partir. Remis en liberté, il les conduirait jusqu'à son contact. Il tourna dans une petite rue, sans se retourner, sans jamais se retourner. Il cherchait un feu de rue pour cautériser ses blessures, les tenir au-dessus de la fumée d'une chaudière à bitume afin de noircir ses mains de fumée. Il était sur le pont Santa Trinità. Rien dans les alentours, pas de circulation, ce qui l'étonna. Il s'assit sur le parapet bien lisse du pont, puis il s'allongea. Pas de bruits. Plus tôt, quand il marchait, les mains dans ses poches humides, il y avait eu les folles allées et venues des tanks et des jeeps. Alors qu'il était ainsi allongé, le pont, qui était miné, explosa. Il fut projeté en l'air, puis en bas, il assistait à la fin du monde. Il ouvrit les yeux, il y avait une tête gigantesque à côté de lui. Il aspira, sa poitrine s'emplit d'eau. Il était sous l'eau. A côté de lui, dans les hauts-fonds de l'Arno, il y avait une tête barbue. Il voulut l'atteindre mais il ne put même pas la pousser du coude. La lumière pénétrait à flots dans le fleuve. Il remonta en nageant jusqu'à la surface, qui, par endroits, était en feu.

Plus tard dans la soirée, lorsqu'il lui raconta cette histoire, Hana commenta : « Ils ont cessé de te torturer parce que les Alliés arrivaient. Les Allemands se retiraient de la ville en faisant sauter les ponts.

— Je ne sais pas. Peut-être leur ai-je tout dit. A qui appartenait la tête ? Dans cette pièce, le téléphone ne cessait de sonner. On se taisait, l'homme s'éloignait de moi et tous le regardaient au téléphone, en écoutant le silence de l'*autre* voix, celle que nous ne pouvions entendre. La voix de qui ? La tête de qui ?

— *Ils partaient*, David. »

Elle ouvre *Le Dernier des Mohicans* à la page blanche en fin d'ouvrage et se met à écrire.

Il y a un homme du nom de Caravaggio, un ami de mon père. Je l'ai toujours aimé. Il est plus âgé que moi. Il a environ quarante-cinq ans. Et j'en ai vingt. En ce moment, il est dans le noir, il n'a pas confiance en lui. Pour une raison que j'ignore, cet ami de mon père prend soin de moi.

Elle referme le livre, descend dans la bibliothèque et le cache sur une des étagères supérieures.

L'Anglais dormait, il respirait par la bouche comme à son habitude, qu'il fût éveillé ou endormi. Elle se leva de sa chaise et retira doucement de ses mains la chandelle allumée. Elle se dirigea vers la fenêtre pour la souffler, afin que la fumée sorte de la pièce. Elle n'aimait pas le voir ainsi allongé, tenant une chandelle dont la cire coulait sur ses poignets sans qu'on s'en aperçoive, jouant au gisant. Comme s'il se préparait à sa propre mort, comme s'il voulait s'y glisser en imitant son climat et sa lumière.

Debout près de la fenêtre, elle empoigna vigoureusement sa propre chevelure. Dans l'obscurité, ou dans n'importe quelle lumière à la nuit tombante, tranchez une veine et le sang sera noir.

Elle avait besoin de sortir de la pièce. Soudain claustrophobe, elle avait oublié sa fatigue. Elle s'éloigna à grands pas dans le couloir, dégringola l'escalier, alla dans le jardin, puis elle releva la tête comme pour apercevoir la silhouette de la jeune femme qu'elle venait de quitter. Elle revint dans la villa. Elle poussa la porte raide et boursouflée, pénétra dans la bibliothèque, retira les planches des portes vitrées à l'autre extrémité de la pièce et ouvrit celles-ci, laissant pénétrer l'air de la nuit. Quant à savoir où était Caravaggio, elle n'en avait aucune idée. Il passait maintenant la plupart de ses soirées dehors, ne rentrant en général que quelques heures avant le lever du jour. Bref, il n'y avait pas trace de lui.

Elle saisit le drap gris qui recouvrait le piano et le traîna dans un coin de la pièce, comme un suaire, un filet de pêcheur.

Pas de lumière. Elle entendit un lointain grondement de tonnerre.

Elle se tenait devant le piano. Sans regarder, elle baissa les mains et se mit à jouer, juste les harmoniques, réduisant la mélodie à l'essentiel. Elle pausait après chaque série de notes comme si elle sortait ses mains de l'eau pour regarder ce qu'elle avait pris, puis elle reprenait, plaçant le squelette de la mélodie. Elle ralentit encore le mouvement de ses doigts. Elle avait les yeux baissés lorsque les deux hommes se glissèrent par la porte vitrée, placèrent leurs fusils à l'extrémité du piano et lui firent face. Le son des accords flottait dans l'air ; la pièce n'était plus la même.

Les bras ballants, un pied nu sur la grande pédale, elle continuait la chanson que sa mère lui avait apprise et qu'elle étudiait sur n'importe quelle surface – la table de cuisine, le mur de l'escalier dont elle montait les marches, son lit avant de s'endormir. Elles n'avaient pas de piano. Le samedi matin, elle allait jouer au centre communautaire, mais pendant la semaine elle étudiait. Où qu'elle fût. Apprenant les notes que sa mère avait dessinées à la craie sur la table de la cuisine, et, par la suite, effacées. Elle était là depuis trois mois, mais c'était la première fois qu'elle jouait sur le piano de la villa. Dès le premier jour, ses yeux en avaient repéré la forme, à travers la porte-fenêtre. Au Canada, les pianos avaient besoin d'eau. Vous ouvriez l'arrière, vous y glissiez un verre d'eau, un mois plus tard celui-ci était vide. Son père lui avait raconté des histoires de nains qui ne buvaient qu'au piano, jamais dans un bar. Elle n'y avait jamais cru, même si, au début, elle avait pensé qu'il devait s'agir de souris.

Un éclair zébra la vallée. L'orage avait couvé toute la nuit. Elle vit que l'un des hommes était sikh. Elle s'arrêta et sourit, quelque peu étonnée, à coup sûr soulagée. Derrière eux, l'effet des éclairs fut si bref qu'il laissa juste

73

entrevoir son turban et le canon des fusils brillant d'une lueur humide. Le dessus du piano avait été retiré et utilisé comme table d'hôpital pendant plusieurs mois, de sorte que leurs fusils gisaient à l'opposé des touches. Le patient anglais aurait pu identifier les armes. Zut ! Elle était entourée d'étrangers. Pas un seul Italien pur sang. Idylle dans une villa. Qu'aurait pensé Poliziano de ce tableau de 1945 : deux hommes et une femme de chaque côté d'un piano, la guerre qui s'achève, le canon brillant des fusils, dès que l'éclair se glisse dans la pièce, l'emplissant alternativement de couleur et d'ombre toutes les trente secondes, tandis que le tonnerre ébranle la vallée ? Contrechant. Accords plaqués. *Quand j'emmène ma douce prendre le thé...*

Vous connaissez les paroles ?

Il n'y eut aucun mouvement de leur part. Oubliant les accords, elle laissa ses doigts se bousculer pour redécouvrir ce qu'elle avait gardé pour elle, un petit air de jazz qui brisa la rengaine pour en faire jaillir des notes et des attaques inédites.

> *Quand j'emmène ma douce prendre le thé,*
> *Tous les copains sont jaloux.*
> *Aussi je ne l'emmène jamais où va la bande*
> *Quand j'emmène ma douce prendre le thé.*

Avec leurs vêtements mouillés, ils la regardaient chaque fois que les éclairs illuminaient la pièce. Tantôt accompagnant les éclairs et le tonnerre, tantôt à contretemps, ses mains jouaient, illuminant l'obscurité entre les éclairs. Elle avait l'air si absorbé qu'ils se savaient invisibles, invisibles à son cerveau qui s'efforçait de se rappeler la main de sa mère déchirant le journal et le passant sous le robinet de la cuisine pour faire disparaître les notes marquées sur la table. La marelle des notes. Puis elle se rendait au centre communautaire pour sa leçon hebdomadaire. Assise, ses pieds n'atteignaient pas encore la pédale, elle préférait donc rester debout, sa sandale posée sur la pédale gauche tandis que le métronome battait la mesure.

Elle se refusait à mettre un terme à tout cela. A renoncer aux paroles d'une vieille chanson. Elle vit les endroits où ils allaient, et où la bande n'allait jamais, envahis d'aspidistra. Elle leva les yeux et leur adressa un signe de tête, une façon de leur dire qu'elle allait s'arrêter.

Caravaggio n'avait pas assisté à la scène. A son retour, il trouva Hana et les deux sapeurs dans la cuisine, en train de faire des sandwiches.

III

Parfois un feu

La dernière guerre médiévale eut pour théâtre l'Italie, entre 1943 et 1944. Les armées de nouveaux rois s'en prirent inconsidérément à ces villes fortifiées, perchées sur de grands promontoires, que l'on se disputait depuis le VIII siècle. Autour des affleurements rocheux, des vignobles furent massacrés par les allées et venues des civières ; si l'on creusait dans les ornières des tanks, on y trouvait des haches et des lances. Monterchi, Cortone, Urbino, Arezzo, Sansepolcro, Anghiari. Puis la côte.

Des chats dormaient dans les tourelles des chars orientées au midi. Anglais, Américains, Indiens, Australiens et Canadiens avançaient vers le nord, les restes d'obus explosaient et se dispersaient dans les airs. Le jour où les troupes se rassemblèrent à Sansepolcro, ville dont l'emblème est l'arbalète, quelques soldats du cinquième bataillon se procurèrent cette arme et, la nuit venue, tirèrent silencieusement par-dessus les murs de la ville qui n'était pas occupée. Le général Keserling, à la tête de l'armée allemande qui battait en retraite, envisagea sérieusement de verser de l'huile bouillante du haut des remparts.

On expédia par avion en Ombrie des universitaires d'Oxford, spécialistes du Moyen Age, et dont l'âge moyen était de soixante ans. On les logea avec les troupes. Lors des réunions d'état-major, ils avaient tendance à oublier que l'aviation avait été inventée. Ils parlaient des villes en se référant aux œuvres d'art qu'elles abritaient. A Monterchi, c'était la *Madonna del Parto* de Piero Della Francesca ; à Sansovino, la *Chiesa de San Simeone*, située dans la chapelle, à côté du cimetière municipal. Pendant les pluies de printemps, le château du XIIIe siècle fut enfin pris, les troupes établirent alors leurs quartiers sous le dôme de l'église, dormant près de la chaire de pierre où l'on voit Hercule tuer l'Hydre de Lerne. Partout l'eau était polluée. La typhoïde et d'autres fièvres firent de nombreuses victimes. En regardant l'église gothique d'Arezzo avec des jumelles de l'armée, ils retrouvaient leurs visages dans les fresques de Piero Della Francesca. La reine de Saba s'entretenant avec le roi Salomon. A côté, une brindille de l'arbre de la connaissance du bien et du mal, dans la bouche d'Adam mort. Des années plus tard, la reine se rendrait compte que le pont au-dessus de la Siloé était construit avec le bois de cet arbre sacré.

Il ne cessait de pleuvoir, il faisait froid et, sans cette noble cartographie artistique qui exhibait jugement, piété et sacrifice, on n'aurait pas su où l'on en était. D'une rivière à l'autre, la 8e armée ne tombait que sur des ponts détruits. Bravant le feu de l'ennemi, les unités de sapeurs descendaient sur les rives à l'aide d'échelles de corde, puis traversaient à la nage ou passaient à gué. Les eaux charriaient provisions et tentes. Des hommes chargés d'équipements lourds coulaient à pic. S'ils parvenaient à l'autre rive, ils essayaient de se hisser hors de l'eau. Ils enfonçaient mains et poignets dans la paroi de vase et restaient ainsi suspendus, espérant qu'en durcissant la vase les retiendrait. Le jeune sapeur sikh appuya sa joue contre la vase, il pensa au visage de la reine de Saba, à la texture de sa peau. Son seul réconfort dans ce fleuve, c'était son désir pour elle : d'une façon ou d'une autre, il lui tenait chaud. Il enlèverait le voile de ses cheveux. Il glisserait sa main droite entre son cou et sa blouse couleur d'olive. Lui aussi était las et triste, tel le roi plein de sagesse et la reine fautive qu'il avait vus à Arezzo quinze jours plus tôt.

Il pendait au-dessus de l'eau, les mains prises dans le banc de vase. Durant ces jours et ces nuits, le caractère, cet art subtil, les désertait. Il n'existait plus que dans les livres ou les peintures murales. Qui était le plus triste dans cette fresque au plafond ? Il se pencha pour reposer contre la peau de son cou fragile. Il tomba amoureux de ses yeux baissés. Cette femme saurait un jour que les ponts sont chose sacrée.

La nuit, sur le lit de camp, il était là, les bras tendus au loin, comme deux armées. Il n'y avait ni promesse de dénouement, ni victoire, juste un pacte temporaire entre lui et les royales présences sur cette fresque ; elles l'oublieraient, ne reconnaîtraient jamais son existence, ignorant qu'il était là, dans la pluie, à mi-hauteur sur une échelle de sapeur, à fabriquer un pont de fortune pour l'armée qui le suivait. Mais lui se rappelait le tableau de leur histoire. Et un mois plus tard, lorsque le bataillon eut atteint la mer, après en avoir vu de rudes, qu'il eut pénétré dans la ville côtière de Cattolica et que le génie eut déminé la plage sur une vingtaine de mètres, pour que les hommes puissent s'y rendre nus, il alla trouver un des médiévistes qui l'avait pris en amitié – il avait un jour bavardé avec lui et lui avait donné la moitié de sa ration de « singe » – et promit de lui montrer quelque chose en échange de sa gentillesse.

Le sapeur emprunta une moto, une Triumph. A l'aide d'une courroie, il attacha un cataphote à son bras et ils refirent la route par laquelle ils étaient venus. Le vieil homme emmitouflé et serré contre lui, il traversa des villes comme Urbino et Anghiari, maintenant inoffensives, le long de la crête sinueuse des montagnes, colonne vertébrale de l'Italie, avant de redescendre par le versant occidental, en direction d'Arezzo. La nuit, les soldats désertaient la *piazza*. Le sapeur se gara devant l'église. Il aida le médiéviste à descendre, prit son matériel et pénétra dans l'église. Une obscurité plus froide. Un vide plus intense. Le bruit de ses bottes résonnait dans l'édifice. Une fois de plus, il huma la vieille pierre et le bois. Il alluma trois fusées éclairantes. Il suspendit un palan entre les piliers au-dessus de la nef, puis il envoya dans une poutre un piton à œillet muni d'une corde. Le professeur le regardait, amusé, il jetait de furtifs coups d'œil vers ces ténébreuses hauteurs. Le jeune sapeur ceignit le vieil homme d'une sangle, la lui passa autour des épaules, puis, à l'aide d'un ruban adhésif, il fixa une petite torche sur son torse.

Le laissant là, à côté de la table de communion, il gravit bruyamment l'escalier jusqu'au niveau où se trouvait l'autre bout de la corde. Suspendu à la corde, il s'élança du balcon dans l'obscurité tandis que le vieil homme, lui, était prestement hissé, tant et si bien qu'au moment où le sapeur toucha le sol, le médiéviste se balançait nonchalamment dans les airs, à un mètre des fresques, la torche l'auréolant de lumière. S'accrochant à la corde, le sapeur s'avança pour permettre à l'homme de se balancer devant *La Fuite de l'empereur Maxime*.

Cinq minutes plus tard, il le fit redescendre. Après avoir allumé une torche, il se hissa à son tour dans la coupole, dans le bleu profond du ciel artificiel. Il se souvenait de ses étoiles d'or depuis ce jour où il l'avait contemplé avec ses jumelles. En regardant en dessous de lui, il vit le médiéviste assis sur un banc, épuisé. Il avait maintenant conscience de la profondeur de cette église, et non plus de sa hauteur. De sa dimension liquide. La profondeur et l'obscurité d'un puits. La torche poudroyait dans sa main comme une baguette. Il se hissa jusqu'à son visage, jusqu'à sa Reine de Tristesse, et sa main brune se détacha, minuscule sur le cou gigantesque.

Le Sikh dresse une tente tout au bout du jardin, là où, pense Hana, poussait jadis de la lavande. Elle a trouvé par là-bas des feuilles sèches qu'elle a roulées entre ses doigts et identifiées. Parfois, après la pluie, elle en reconnaît le parfum.

Au début, il refusait carrément d'entrer dans la maison. Il se contentait de passer devant, s'il y était tenu d'une façon ou d'une autre. Toujours courtois. Un petit salut de

la tête. Hana le voyait se laver dans une citerne cérémonieusement placée au-dessus d'un cadran solaire. Le robinet du jardin, dont on se servait autrefois pour les semis,
était tari. Elle apercevait son corps brun, sans chemise,
tandis qu'il s'aspergeait d'eau, comme l'oiseau le ferait
avec son aile. Pendant la journée, elle remarquait surtout
ses bras, dans la chemise d'uniforme à manches courtes,
et la carabine qu'il gardait toujours près de lui, même si,
pour eux, les combats semblaient terminés.

Il prenait diverses positions avec le fusil. Il le tenait à
mi-crosse ou en travers de ses épaules, les bras pendants
par-dessus. Il se retournait, s'apercevant soudain qu'elle
le regardait. Rescapé de ses peurs et de sa propre paranoïa,
il évitait tout ce qui aurait pu paraître suspect, mais répon-
dait à son regard comme s'il se prétendait capable de faire
face à tout.

Son autonomie était pour elle, et pour eux tous à la
maison, un soulagement, même si Caravaggio marmon-
nait en entendant le sapeur fredonner à longueur de journée des chansons de l'Ouest qu'il avait apprises au cours
des trois dernières années de la guerre. L'autre sapeur, un
dénommé Hardy, arrivé avec lui par une pluie battante,
logeait ailleurs, plus près de la ville, mais elle les avait
vus travailler ensemble, pénétrer dans un jardin avec leurs
baguettes et tout leur bazar, pour procéder au déminage.

Le chien s'était attaché à Caravaggio. Le jeune soldat,
lui, courait et sautait avec le chien le long du sentier, mais
il refusait de lui donner quoi que ce soit à manger, esti-
mant que c'était à lui de se débrouiller pour survivre. S'il
trouvait quelque nourriture, il commençait par en profiter,
lui. Sa politesse avait ses limites. Certains soirs, il dormait
sur le parapet qui dominait la vallée, ne rampant sous sa
tente que s'il pleuvait.

Il observait les allées et venues nocturnes de Caravaggio. A deux occasions, il le suivit de loin. Mais deux jours
plus tard, Caravaggio l'arrêta et lui dit : « Ne recommence
pas à me suivre. » Il nia. Posant la main sur ce visage qui
mentait, le vieil homme le fit taire. Le sapeur comprit que

Caravaggio s'était aperçu de sa présence la nuit précédente. Quoi qu'il en soit, suivre quelqu'un à la trace était un automatisme, une vieille habitude héritée des techniques qu'on lui avait enseignées pendant la guerre. Ainsi, maintenant encore, il avait envie de mettre une cible en joue, de tirer et de faire mouche. Sans cesse, il visait quelque chose – le nez d'une statue, ou l'un des faucons bruns qui évoluaient dans le ciel, au-dessus de la vallée.

Il était encore très juvénile. Il engouffrait la nourriture, se levait d'un bond pour débarrasser son assiette, s'accordant une demi-heure pour déjeuner.

Elle l'avait regardé à l'œuvre dans le potager et dans le jardin envahi par les mauvaises herbes derrière la maison, aussi prudent et imprévisible qu'un chat. Elle voyait le brun plus soutenu de la peau de son poignet glisser librement dans le bracelet qui, parfois, cliquetait lorsqu'il buvait une tasse de thé devant elle.

Il ne parlait jamais du danger inhérent à sa tâche. De temps en temps, une explosion les faisait prestement sortir de la maison, Caravaggio et elle ; la sourde déflagration lui faisait sauter le cœur. Elle se précipitait dehors ou vers une fenêtre, sans lâcher Caravaggio du coin de l'œil, et ils le voyaient faire des signes nonchalants en direction de la maison, sans même essayer d'éviter la terrasse d'herbes.

Un jour, en pénétrant dans la bibliothèque, Caravaggio vit le sapeur tout près du plafond, contre le trompe-l'œil – il n'y avait que Caravaggio pour entrer ainsi dans une pièce en fouillant du regard les coins haut perchés, afin de voir s'il était bien seul. Sans détourner les yeux, le jeune soldat tendit la main et fit claquer ses doigts, afin d'avertir Caravaggio de quitter la pièce pour raisons de sécurité, le temps qu'il déconnecte et coupe un fil qu'il avait suivi jusque dans ce coin caché au-dessus de la cantonnière.

Il chantonnait ou sifflait toute la journée. « Qui siffle ? » demanda un soir le patient anglais, qui n'avait ni rencontré ni même aperçu le nouvel arrivant. Il se chantait toujours quelque chose quand, allongé sur le parapet, il regardait passer les nuages.

Quand la villa semble vide, il fait une entrée bruyante. Il est le seul à être resté en uniforme. Impeccable, boucles flambant neuves, le sapeur sort de sa tente, son turban symétriquement superposé, ses bottes propres s'en prenant au plancher ou aux dalles de la maison. En un quart de seconde, il interrompt le travail qui l'occupe et part d'un éclat de rire. A le voir se pencher pour ramasser une tranche de pain en effleurant l'herbe de ses phalanges, à le voir faire des moulinets distraits avec son fusil, comme s'il s'agissait d'une massue, tandis qu'il remonte l'allée des cyprès, à la rencontre des autres sapeurs du village, on le sent inconsciemment épris de son corps, de son côté physique.

Il paraît assez à l'aise avec le petit groupe de la villa, comme une étoile indépendante à la frontière de leur système. Après cette guerre de vase, de rivières et de ponts, il a l'impression d'être en vacances. Il n'entre dans la maison que lorsqu'il y est convié, en visiteur hésitant, comme ce premier soir, où les échos tremblants du piano de Hana lui avaient fait suivre l'allée de cyprès avant de le conduire à la bibliothèque.

Au cours de cette nuit d'orage, il les avait approchés, non par curiosité pour la musique, mais en raison du danger que courait le pianiste. L'armée qui battait en retraite cachait souvent dans les instruments de musique des mines minces comme des crayons. A leur retour, les propriétaires ouvraient les pianos et y laissaient les mains. Les gens remontaient l'horloge, et une bombe faisait sauter la moitié du mur et du même coup ceux qui se trouvaient à côté.

Il suivit les notes du piano, se hâta de gravir la colline avec Hardy, escalada le mur de pierre et pénétra dans la villa. Tant qu'il n'y avait pas de pause, cela signifiait que le pianiste ne se pencherait pas pour tirer la languette métallique qui mettait en marche le métronome. C'est dans ces appareils qu'étaient placées la plupart de ces bombes miniatures, car c'était là le meilleur endroit pour souder le fil métallique. Les bombes étaient fixées aux robinets, au dos des livres, fichées dans les arbres fruitiers ; une pomme heurtant une branche basse dans sa chute pouvait faire exploser l'arbre, comme si une main tirait sur la branche. Il ne pouvait regarder une pièce ou un champ sans y voir d'éventuels explosifs.

Il s'était arrêté à côté des portes vitrées, avait appuyé la tête contre le dormant, puis il s'était glissé dans la pièce qui, entre les éclairs, était plongée dans l'obscurité. Une jeune femme se tenait debout, on aurait dit qu'elle l'attendait. Les yeux baissés sur les touches, elle jouait. Avant de se poser sur elle, son regard embrassa la pièce, la balaya comme un radar. Le métronome battait déjà, il se balançait innocemment d'avant en arrière. Il n'y avait pas de danger. Pas de minuscule fil métallique. Il se tenait là, dans son uniforme mouillé. Au début, la jeune femme ne se rendit pas compte de sa présence.

À côté de sa tente, l'antenne d'un poste à galène était accrochée aux arbres. La nuit, quand elle regardait dans cette direction avec les jumelles de Caravaggio, elle voyait le vert phosphorescent du cadran disparaître dès que le sapeur traversait son champ de vision. Dans la journée, il se promenait avec un dispositif portable, un écouteur fixé sur sa tête, l'autre sous son menton, afin de saisir des échos du reste du monde, susceptibles de lui être utiles. Il entrait dans la maison pour leur communiquer les informations qu'il avait pu glaner et qui risquaient de les intéresser. Un après-midi, il annonça que le chef d'orchestre Glenn Miller était mort ; son avion s'était écrasé quelque part entre l'Angleterre et la France.

Il évoluait donc parmi eux. Elle le voyait au fond d'un jardin défunt avec la baguette de sourcier ou, s'il avait trouvé quelque chose, débobinant ce nœud de fil de fer et de fusibles que quelqu'un lui avait laissé, comme une lettre épouvantable.

Il passait son temps à se laver les mains. Au début,

Caravaggio trouvait qu'il faisait des embarras. « Comment as-tu réussi à survivre à une guerre ? lui avait-il demandé en riant.

– J'ai été élevé aux Indes, Tonton. Là-bas, on se lave les mains à longueur de journée. Avant chaque repas. Une habitude. Je suis né dans le Pendjab.

– Je suis du nord de l'Amérique », dit-elle.

Il dormait à moitié en dehors de la tente. Elle voyait ses mains défaire les écouteurs et les laisser tomber sur ses genoux.

Alors, Hana posait les verres et se détournait.

Ils étaient sous l'immense dôme. Le sergent alluma une torche, le sapeur s'étendit sur le sol et regarda les visages ocre à travers la lunette de son fusil, comme s'il cherchait un frère dans la foule. Le réticule de visée tremblotait le long des silhouettes bibliques, la lumière baignant les vêtements colorés et la chair assombrie par des centaines d'années de fumée d'huile et de bougie. Voici que s'élevaient ces vapeurs jaunes que, dans ce sanctuaire, ils savaient sacrilèges, elles vaudraient aux soldats leur renvoi, on ne serait pas prêt d'oublier qu'ils avaient abusé de la permission qui leur avait été accordée de voir la Grande Salle. Il leur avait fallu se traîner dans la vase jusqu'aux têtes de pont, faire face à mille escarmouches, au bombardement du mont Cassin, puis traverser avec une politesse feutrée les loges de Raphaël avant d'arriver là. Dix-sept hommes qui avaient débarqué en Sicile, qui en avaient vu de rudes tout au long de la botte italienne pour se retrouver là, dans une salle en grande partie obscure. Comme si le seul fait d'être là devait leur suffire.

L'un d'eux s'exclama : « Nom de Dieu ! Un peu plus de lumière sergent Shand ? » Le sergent tira la goupille de la torche et la brandit au bout de son bras. Un Niagara de lumière jaillit de son poing et il resta ainsi le temps que la torche se consume. Les yeux levés, les autres virent émerger les silhouettes et les visages qui remplissaient le plafond. Mais le jeune sapeur était déjà sur le dos, l'arme en joue, effleurant presque du regard la barbe de Noé et d'Abraham, et une armée de démons jusqu'à ce qu'il parvînt à l'admirable visage, cloué par cet air sage et sans merci comme par un javelot.

A l'entrée, les gardes hurlaient. Il les entendit accourir, il ne lui restait que trente secondes de torche. Il roula sur lui-même et tendit le fusil au *padre*. « Celui-là. Qui est-ce ? A trois heures nord-ouest. Qui est-ce ? Vite, la torche est presque épuisée. »

Le padre cala le fusil sur son épaule, d'un geste circulaire il le pointa vers l'angle, la torche s'éteignit.

Il rendit le fusil au jeune Sikh.

« Vous savez, nous allons tous avoir des ennuis pour avoir utilisé des armes dans la chapelle Sixtine. Je n'aurais pas dû venir. Mais je dois également remercier le sergent Shand. Il s'est montré héroïque. On n'a pas fait grand mal, je pense.

– Vous l'avez vu ? Le visage. Qui était-ce ?

– Ah ! Oui ! Admirable, ce visage.

– Vous l'avez vu.

– Oui. Isaïe. »

Lorsque la 8ᵉ armée atteignit Gabicce, sur la côte orientale, le sapeur avait pris le commandement de la patrouille de nuit. Le deuxième soir, un signal sur les ondes courtes le prévint de mouvements ennemis au large des côtes. Ils tirèrent un obus, soulevant un geyser ; c'était un avertissement. Ils n'avaient rien touché, mais dans la gerbe blanche de l'explosion, il entrevit, par contraste, une esquisse de mouvement. Il épaula le fusil et, pendant une bonne minute, garda l'ombre fuyante dans sa ligne de mire, sans faire feu, à l'affût d'un autre mouvement. L'ennemi campait toujours au nord, dans la banlieue de Rimini. Il avait fini par avoir l'ombre dans son cran de mire quand, soudain, l'auréole de la Vierge Marie s'illumina. Des flots, surgissait la Vierge Marie.

Elle était debout sur un bateau. Deux hommes ramaient. Deux autres la maintenaient verticale. Au moment où ils atteignaient la plage, les habitants de la ville se mirent à applaudir dans l'ombre, toutes fenêtres ouvertes.

Le sapeur pouvait voir le visage couleur crème et l'auréole créée par de petites lampes alimentées par une batterie. Allongé sur la casemate en béton, entre la ville et la mer, il la suivit des yeux tandis que les quatre hommes descendaient du bateau et emportaient dans leurs bras la statue de plâtre d'un mètre cinquante de haut. Ils remontèrent la plage, sans s'arrêter, sans se laisser intimider par les mines. Sans doute avaient-elles été enterrées sous leurs yeux, sans doute en avaient-ils établi le relevé quand les Allemands étaient encore là. Leurs pieds s'enfonçaient dans le sable. On était à Gabicce Mare, en ce 29 mai 1944. Fêtes de la Vierge Marie, reine de la mer.

Les adultes et les enfants occupaient la rue. Des hommes portant l'uniforme de la fanfare avaient également fait leur apparition. Pour ne pas contrevenir au couvre-feu, la fanfare ne jouerait pas, mais les instruments, impeccablement astiqués, participaient néanmoins à la cérémonie.

Il se coula hors de l'obscurité, le tube du mortier fixé sur le dos, le fusil à la main. La vision de ce soldat enturbanné, armé jusqu'aux dents, leur donna un choc. Ils ne s'attendaient pas à le voir surgir de ce no man's land qu'était la plage.

Levant son fusil, il encadra son visage dans le viseur, un visage sans âge, asexué. Au premier plan, les mains sombres des hommes envahissaient la lumière, l'homme gracieux des vingt petites lampes. La silhouette portait un manteau bleu ciel, le genou gauche était légèrement surélevé afin de créer un effet de drapé.

Ils n'étaient pas des romantiques. Ils avaient survécu aux fascistes, aux Anglais, aux Gaulois, aux Goths et aux Allemands. Ils s'étaient si souvent soumis que cela ne voulait plus rien dire. Mais cette silhouette de plâtre crème et bleu avait surgi des flots, on l'avait placée sur un camion à vendanges rempli de fleurs. La fanfare la précédait, en silence. Quelle que fût la protection qu'il était censé assurer à cette ville, elle n'avait plus de sens. Ainsi armé, il ne pouvait déambuler au milieu de leurs enfants en robes blanches.

Il prit la rue parallèle en marchant au même rythme que la procession, afin d'arriver en même temps aux carrefours, où il levait son fusil pour saisir à nouveau le visage dans son cran de mire. La cérémonie prit fin sur une butte dominant la mer, où ils la laissèrent avant de s'en retourner chez eux. Personne ne s'était rendu compte de la présence continue du jeune sapeur.

Le visage de la Vierge Marie était encore éclairé. Les quatre hommes qui l'avaient amenée en bateau étaient assis en carré autour d'elle, comme des sentinelles. La batterie attachée dans son dos se mit à faiblir ; elle rendit l'âme vers quatre heures et demie du matin. Il regarda l'heure à sa montre. Il cadra les hommes dans la lunette de son fusil. Deux s'étaient endormis. De son viseur, il balaya le visage et l'étudia à nouveau. Dans cette lumière mourante, il prenait un air différent. Dans l'obscurité, il lui rappelait encore davantage quelqu'un qu'il connaissait. Une sœur. Un jour, peut-être, sa fille. S'il avait pu s'en défaire, le sapeur aurait laissé quelque objet en guise d'offrande. Mais il avait sa foi à lui, après tout.

Caravaggio pénétra dans la bibliothèque. C'est là qu'il passait la plupart de ses après-midi. Comme toujours, les livres étaient pour lui des créatures mystiques. Il en prit un, l'ouvrit à la première page. Au bout d'environ cinq minutes, il entendit dans la pièce un discret gémissement.

Il se retourna. Hana était assoupie sur le canapé. Il referma le livre et s'appuya contre la console qui lui arrivait à la cuisse, en dessous des étagères. Hana était toute recroquevillée, sa joue gauche sur le brocart poussiéreux, son bras droit près de son visage, un poing contre sa mâchoire. Ses sourcils bougeaient tandis que son visage se concentrait dans son sommeil.

En la revoyant après tout ce temps, elle lui avait d'abord paru amaigrie, dans un état physique à peine suffisant pour faire face à la situation. Son corps avait traversé une guerre et, comme dans l'amour, chacune de ses parties avait été mise à contribution.

Il éternua bruyamment et quand, redressant la tête, il leva les yeux, elle était éveillée, les yeux fixés sur lui.

« Devine quelle heure il est.

– Oh ! Quatre heures cinq. Ou plutôt quatre heures sept », répondit-elle.

Un jeu vieux comme le monde entre un homme et un enfant... Il se glissa hors de la pièce pour aller regarder l'horloge et, à sa façon de se déplacer et à son assurance, elle comprit qu'il avait pris récemment de la morphine : il était revivifié, précis, il avait retrouvé son aisance habituelle. Elle s'assit et sourit lorsqu'il revint, hochant la tête, admiratif devant son exactitude.

« Je suis née avec un cadran solaire dans le crâne, n'est-ce pas ?

— Et la nuit ?

— Ça existe, les cadrans lunaires ? Ça a été inventé ? Peut-être que tout architecte qui construit une villa y cache un cadran lunaire pour les voleurs, une dîme obligatoire...

— Une saine inquiétude pour les riches.

— Retrouve-moi au cadran lunaire, David. Là où le faible peut pénétrer le fort.

— Comme le patient anglais et toi ?

— J'ai failli avoir un enfant il y a un an. »

Maintenant que la drogue a rendu son esprit léger et précis, il est capable de la suivre dans ses mouvements, d'épouser sa pensée. Elle parle sans contrainte, sans vraiment se rendre compte qu'elle est réveillée, en grande conversation, comme si elle continuait à parler dans un rêve, comme si son éternuement avait eu lieu en rêve.

C'est un état que Caravaggio connaît bien. Il en a fait des connaissances, au cadran lunaire... Dérangeant les gens à deux heures du matin, tandis que l'armoire de leur chambre s'effondre, par mégarde. Le choc, a-t-il découvert, les empêche d'avoir peur ou de se montrer violents. Surpris par les habitants de la maison qu'il cambriolait, il se mettait à battre des mains et à discourir à perdre haleine, jonglait avec une horloge de valeur dans les airs, tout en les mitraillant de questions quant à l'emplacement des choses.

« J'ai perdu l'enfant. C'est-à-dire que j'étais obligée. Le père était mort. Il y avait une guerre.

— Tu étais en Italie ?

— En Sicile, à peu près au moment où ça s'est passé. Pendant tout le temps où nous suivions les troupes qui remontaient la côte Adriatique, je n'ai pas cessé de penser à lui. J'avais de grandes conversations avec l'enfant. Je trimais dans les hôpitaux et je fuyais tout le monde. Sauf l'enfant. Avec lui je partageais tout. Je lui parlais, dans ma tête, en donnant leur bain aux malades. J'étais un peu folle...

– Et puis ton père est mort.

– Oui. Ensuite, Patrick est mort. C'est à Pise que je l'ai appris. »

Elle était réveillée. Assise.

« Tu étais au courant, hein ?

– J'ai reçu une lettre de la maison.

– C'est pour ça que tu es venu ici, parce que tu étais au courant ?

– Non.

– Tant mieux. Je pense qu'il ne croyait pas aux veillées mortuaires ni à tous ces trucs-là. Patrick disait toujours qu'il voulait être enterré par un duo de femmes avec accompagnement musical. Accordéon et violon. C'est tout. Il était si fichtrement sentimental.

– Oui. On pouvait lui faire faire n'importe quoi. Il suffisait de trouver une femme en détresse, et c'en était fini de lui. »

Le vent s'éleva de la vallée jusqu'à leur colline, malmenant les cyprès qui bordaient les trente-six marches conduisant à la chapelle. Tic-tac firent les gouttes de pluie qui s'étaient accumulées lors d'une averse précédente et qui tombaient maintenant sur eux deux, assis sur la balustrade, près des marches. Il était bien plus de minuit. Elle était allongée sur le rebord en béton ; lui faisait les cent pas ou se penchait pour regarder la vallée. Seul bruit, celui de la pluie délogée.

« Quand as-tu cessé de parler au bébé ?

– Tout à coup, on ne savait plus où donner de la tête. On se battait au Pont Moro, à Urbino. Peut-être est-ce à Urbino que j'ai arrêté. On avait l'impression qu'on pouvait se faire descendre à tout moment ; les militaires, bien sûr, mais également les prêtres ou les infirmières. Une vraie garenne, ces ruelles en pente. Les soldats arrivaient en morceaux, ils étaient amoureux de moi pendant une heure, puis ils mouraient. Il était important de se souvenir

93

de leur nom. Mais je continuais à voir l'enfant, à chaque fois qu'ils mouraient. Il disparaissait au loin, emporté. Certains s'asseyaient et arrachaient leurs pansements dans l'espoir de mieux respirer. D'autres s'inquiétaient d'une minuscule cicatrice à leur bras alors qu'ils se mouraient. Et puis il y avait la bulle dans la bouche. Ce petit bruit sec. Je me penchai pour fermer les yeux d'un soldat mort, il les rouvrit et ricana : "Peux pas attendre que je sois mort ? Salope !" Il se redressa et envoya par terre tout ce que j'avais sur mon plateau, furieux. Qui voudrait mourir comme ça ? Mourir avec pareille colère. *Salope !* Après ça, j'ai toujours guetté la bulle dans leur bouche. Je la connais, la mort, David. J'en connais toutes les odeurs. Je sais comment leur faire oublier l'agonie. Je sais quand leur donner le coup de fouet de la morphine dans une des grandes veines. La solution physiologique. Pour les aider à vider leurs intestins avant de mourir. Tous ces connards de généraux auraient dû faire mon boulot. Oui, tous ces connards de généraux. Ç'aurait été la condition obligatoire avant de donner l'ordre de traverser un fleuve. Et nous, nous étions quoi pour qu'on nous confie cette responsabilité ? Ce qu'on attendait de nous, c'était la sagesse de vieux prêtres, la capacité de guider les gens vers quelque chose dont personne ne voulait, tout en veillant à ce qu'ils se sentent rassurés. Je n'ai jamais pu croire à toutes ces messes qu'ils organisaient pour les morts. A leur rhétorique vulgaire. Comment osent-ils ! Comment osent-ils parler ainsi d'un être humain qui meurt ! »

Il n'y avait pas de lumière, toutes les lampes étaient éteintes, le ciel en partie caché par les nuages. Il était plus prudent d'oublier qu'il existait quelque part des maisons, un monde civilisé. Ils avaient l'habitude de traverser la propriété dans l'obscurité.

« Tu sais pourquoi l'armée ne voulait pas que tu restes ici, avec le patient anglais ? N'est-ce pas ?

– Un mariage embarrassant ? Le complexe d'Œdipe ? » Elle lui souriait.

– Comment va-t-il ?

94

– Il ne s'est toujours pas remis de l'histoire du chien.

– Dis-lui qu'il m'a suivi.

– Il n'est pas trop sûr non plus que tu vas rester ici. Il s'imagine que tu vas disparaître avec l'argenterie.

– Tu crois qu'un peu de vin lui ferait plaisir ? Je me suis débrouillé pour en faucher une bouteille aujourd'hui.

– A qui ?

– Tu la veux ou non ?

– Buvons-la maintenant. Oublions-le.

– Ah ! Le premier pas !

– Non, ce n'est pas le premier pas. Il me faut absolument quelque chose de costaud.

– Vingt ans... Moi, à vingt ans...

– Ouais, ouais. Pourquoi tu ne faucherais pas un tourne-disques un de ces jours ? Tiens, j'y pense, ça a un nom : ça s'appelle piller.

– Mon pays m'a appris tout ça. C'est ainsi que je l'ai servi pendant la guerre. »

Il traversa la chapelle bombardée pour regagner la maison.

Hana s'assit, légèrement étourdie, ayant peine à garder son équilibre.

« Et regarde ce qu'il t'a fait ! » se dit-elle.

Pendant la guerre, elle parlait à peine, même avec ses proches collègues. Elle avait besoin d'un oncle, d'un membre de la famille. Elle avait besoin du père de l'enfant, tandis que, dans cette ville sur les collines, elle attendait de se soûler, pour la première fois depuis des années, et que, là-haut, un grand brûlé avait sombré dans ses quatre heures de sommeil pendant qu'un vieil ami de son père dévalisait son armoire à pharmacie, cassait l'ampoule, serrait un lacet autour de son bras et se faisait une piqûre de morphine, en un tournemain.

Dans les montagnes environnantes, même à dix heures du soir, seule la terre est sombre. Le ciel est gris clair, les collines sont vertes.

« La faim m'écœurait. Le désir que j'inspirais m'écœurait. Alors j'ai fui les rendez-vous, les promenades en jeep, le flirt. Une dernière danse avant de mourir. Je passais pour une snob. Je travaillais plus dur que les autres. Double service, sous le feu de l'ennemi, je faisais n'importe quoi pour eux, je vidais tous les bassins de lit. Je suis devenue snob parce que je refusais de sortir et de dépenser leur fric. Je voulais rentrer chez nous ; mais il n'y avait personne chez nous. Et l'Europe m'écœurait. J'étais écœurée qu'on me traite comme un objet précieux sous prétexte que j'étais une femme. J'ai séduit un homme et il est mort. Et l'enfant est mort. Ou plutôt, l'enfant n'est pas mort comme ça, c'est moi qui l'ai détruit. Ensuite, j'étais si loin que plus personne ne pouvait m'atteindre. Ni en parlant le langage des snobs. Ni avec la mort de quelqu'un. C'est alors que je l'ai rencontré, l'homme carbonisé. Qui s'est avéré, après plus ample examen, être anglais.

« Vois-tu, David, cela fait longtemps que je n'ai pas pensé à faire quoi que ce soit avec un homme. »

Il leur fallut une semaine pour se familiariser avec les habitudes alimentaires du sapeur sikh qui rôdait autour de la villa. Vers 12 h 30, où qu'il se trouvât, sur la colline ou dans le village, il rentrait pour se joindre à Hana et Caravaggio. Il tirait de son sac en bandoulière le mouchoir bleu, roulé en une petite boule, et l'étalait sur la table, à côté de leur repas. C'étaient ses oignons et ses herbes, que Caravaggio le soupçonnait de chiper dans le jardin des Franciscains lorsqu'il allait le déminer. Il pelait les oignons avec le couteau dont il se servait pour dépouiller le fil d'un détonateur de son revêtement de caoutchouc. Puis il y avait les fruits. D'après Caravaggio, il n'avait pas pris un seul repas dans une cantine de l'armée depuis le débarquement.

En fait, on le trouvait toujours en train de faire sagement la queue, au point du jour, son quart à la main, attendant le thé anglais dont il raffolait et auquel il rajoutait du lait condensé provenant de ses provisions personnelles. Il le buvait lentement, debout, au soleil, afin d'observer le lent mouvement des troupes qui, si elles étaient sédentaires ce jour-là, jouaient déjà à la canasta à neuf heures du matin.

L'aube se levait, et, sous les arbres en triste état des jardins de la villa Girolamo à moitié détruits par les bombes, il humectait sa bouche avec une gorgée d'eau de son bidon. Il versa de la poudre dentifrice sur sa brosse et se lança dans une séance de dix minutes de brossage nonchalant, en contemplant la vallée encore embrumée, plus curieux qu'intimidé par la vue au-dessus de laquelle le hasard l'avait conduit. Dès l'enfance, se brosser les dents avait toujours été pour lui une activité de plein air.

Le paysage était une chose temporaire, impermanente. Il se contentait d'enregistrer la possibilité d'une averse, une certaine odeur émanant d'un buisson. Comme si son esprit, même au repos, était un radar, et que ses yeux fussent capables de repérer la chorégraphie des objets inanimés dans un rayon de trois cents mètres, c'est-à-dire à la portée d'une arme légère. Il étudia les deux oignons qu'il avait déterrés avec précaution, sachant que les potagers, eux aussi, avaient été minés par les armées battant en retraite.

Pendant le déjeuner, Caravaggio jeta un regard avunculaire sur les objets que contenait le mouchoir bleu. Sans doute existait-il quelque rare animal qui se nourrissait des mêmes aliments que le jeune soldat acheminait vers sa bouche à l'aide des doigts de sa main droite, pensa Caravaggio. Il ne se servait d'un couteau que pour peler l'oignon ou trancher le fruit.

Les deux hommes descendirent en carriole dans la vallée pour y chercher un sac de farine. Le soldat devait aussi remettre des cartes des zones déminées au quartier général installé à San Domenico. Intimidés à l'idée de se poser des questions qui les concernaient l'un et l'autre, ils parlèrent de Hana. Ce n'est qu'au bout d'une longue série de questions que le vieil homme admit l'avoir connue avant la guerre...

« Au Canada ?
– Oui, c'est là que j'ai fait sa connaissance. »

Ils virent de nombreux bûchers sur les bas-côtés de la route, Caravaggio mit ce spectacle à profit pour distraire l'attention du jeune homme. Le surnom du sapeur était Kip. « Allez chercher Kip. » « Voilà Kip. » Ce nom qui lui avait été dévolu dans de curieuses circonstances en Angleterre. Apercevant une tache de graisse sur son premier rapport, l'officier s'était exclamé : « Qu'est-ce que c'est que ça ? De la graisse de kipper ? » Tout le monde avait ri. Quant à lui, il n'avait aucune idée de ce qu'était un kipper. C'est ainsi que le jeune Sikh avait été métamorphosé en poisson salé anglais. En une semaine, son vrai nom, Kirpal Singh, avait été oublié. Peu lui importait. Lord Suffolk et son équipe de démolition l'appelaient Kip ; il préférait cela à l'habitude anglaise consistant à appeler les gens par leur nom de famille.

Cet été-là, le patient anglais porta un appareil de correction auditive. Cela lui permettait de suivre ce qui se passait à la maison. La coquille d'ambre fixée dans son oreille lui transmettait les bruits familiers, la chaise raclant le plancher du couloir, le bruit sec des pattes du chien à l'extérieur de sa chambre. Pour peu qu'il augmentât le volume, il pouvait entendre la respiration de l'animal ou le sapeur qui braillait quelque chose sur la terrasse. Quelques jours avaient suffi au patient anglais pour se rendre compte de l'arrivée et de la présence dans la maison du jeune soldat anglais, même si Hana veillait à les tenir séparés, sachant qu'ils ne s'apprécieraient probablement pas.

Pourtant, un jour, elle pénétra dans la chambre de l'Anglais et y trouva le sapeur. Il se tenait au pied du lit, les bras pendant par-dessus la carabine en travers de ses épaules. Elle n'aimait pas cette façon désinvolte de tenir un fusil ou de pivoter nonchalamment vers l'entrée comme si son corps était un essieu, comme si l'arme était rivée à ses épaules, à ses bras et à ses petits poignets bruns.

L'Anglais se tourna vers elle. « Nous nous entendons à merveille ! » dit-il.

Elle était agacée que le Sikh ait pénétré avec autant de sans-gêne dans ce domaine, lui échappant, comme s'il possédait le don d'ubiquité. Averti par Caravaggio que l'Anglais s'y connaissait en armes, Kip l'avait entraîné dans une discussion sur le repérage des bombes. Il était allé le trouver dans sa chambre pour découvrir en lui une source intarissable de renseignements sur l'armement des Alliés et de l'ennemi. Non seulement l'Anglais connaissait les absurdes détonateurs italiens, mais il savait par cœur la topographie détaillée de la région. Très vite, ils se mirent à comparer différents schémas de montage d'explosifs, et à faire la théorie de chaque procédé.

« Il semble que les détonateurs italiens soient placés verticalement. Et pas toujours dans la queue.

– Disons que cela dépend. Ceux qui ont été fabriqués à Naples sont comme ça, mais à Rome, les usines suivent le système allemand. Que voulez-vous, Naples date du XVe siècle... »

Il fallait écouter le patient se perdre en conjectures, et il n'était pas dans les habitudes du jeune soldat de rester sagement dans son coin, sans rien dire. Il s'impatientait et ne cessait d'interrompre les pauses et silences que l'Anglais s'octroyait pour activer le cours de ses pensées. Le soldat roulait la tête en arrière et fixait le plafond.

« Il faudrait fabriquer un brancard, plaisanta le sapeur, en se tournant vers Hana qui entrait. Et le promener dans la maison. » Elle les regarda tous les deux, haussa les épaules et sortit de la pièce.

Caravaggio la croisa dans le couloir, elle souriait. Ils restèrent derrière la porte à écouter ce qui se disait dans la chambre.

Est-ce que je vous ai parlé de la façon dont je conçois l'homme virgilien, Kip ? Permettez-moi...

Votre appareil acoustique est branché ?

Comment ?

Branchez-le !

« Je crois qu'il s'est fait un ami », dit-elle à Caravaggio.

Elle sortit au soleil, dans la cour. A midi, les robinets remplissaient la fontaine de la villa, et pendant une vingtaine de minutes, l'eau jaillissait. Elle se déchaussa, grimpa dans la grande vasque et attendit.

A cette heure-ci, l'odeur des foins était partout. Les

mouches bleues titubaient dans les airs, se cognaient contre les hommes puis battaient en retraite, indifférentes. Elle repéra l'endroit où les araignées d'eau avaient fait leur nid, sous la vasque supérieure de la fontaine, dont l'avancée ombrait son visage. Elle aimait s'asseoir dans ce berceau de pierre. Elle aimait cette odeur d'air caché, frais et sombre, qui sortait du tuyau encore vide, à côté d'elle, comme l'air d'une cave que l'on vient de rouvrir à la fin du printemps contraste avec la chaleur extérieure. Elle épousseta ses bras, lissa ses pieds fripés par ses chaussures et s'étira.

Trop d'hommes à la maison. Elle appuie sa bouche contre le nu de son épaule. Elle hume sa peau, elle en hume l'intimité. Une saveur, un arôme à soi. Elle se rappelle avoir découvert ça à un moment de son adolescence. Elle se souvient de l'endroit plutôt que du moment, semble-t-il. Elle se revoit embrasser son avant-bras pour s'entraîner au baiser, renifler son poignet, poser sa tête sur sa cuisse. Respirer dans le creux de ses mains fermées en coupe pour que son haleine reflue vers les narines. Elle frotte ses pieds blancs et nus contre le revêtement moucheté de la fontaine. Le sapeur lui a parlé des statues sur lesquelles il est tombé en faisant la guerre. De sa nuit auprès de l'une d'elles, un ange en affliction, moitié mâle, moitié femelle, et qu'il avait trouvé beau. Il s'était allongé en regardant ce corps et, pour la première fois depuis deux ans, il s'était senti en paix.

Elle renifle la pierre, fraîche comme l'odeur d'un papillon de nuit.

Son père a-t-il lutté contre la mort, ou bien a-t-il eu une fin paisible ? Reposait-il aussi noblement sur son lit que le patient anglais repose sur son matelas ? Est-ce une étrangère qui l'a soigné ? Il est plus facile de s'ouvrir à ses propres émotions avec un homme qui n'est pas de votre sang. Comme si, en tombant dans les bras d'un étranger, on découvrait le miroir de son choix. A la différence du sapeur, son père n'était jamais vraiment à l'aise dans le monde. Timide, il ne pouvait s'exprimer sans perdre en route quelques syllabes. Dans chaque phrase de Patrick, il manquait deux ou trois mots essentiels, se lamentait sa mère. Hana aimait cela ; chez lui, pas la moindre trace d'esprit féodal. Son côté indécis, incertain le dotait d'un charme hésitant. Il n'était pas comme tout le monde. Le patient anglais lui-même avait cet air qu'elle nommait féodal. Mais son père, ce spectre affamé, aimait que ses proches eussent de l'assurance, et qu'ils le manifestent.

Était-il allé vers sa mort avec l'impression d'être là par accident ? S'était-il révolté ? C'était l'homme le moins violent qu'elle connût ; il détestait les disputes, il sortait simplement de la pièce si quelqu'un disait du mal de Roosevelt, de Tim Buck ou vantait les mérites de tel ou tel maire de Toronto. Il n'avait jamais entrepris de convertir qui que ce fût, se contentant d'apaiser ou de célébrer les événements qui survenaient autour de lui. « *Le roman est un miroir que l'on promène le long du chemin*[1]. » Elle avait lu cela dans un livre que lui avait conseillé le patient anglais, et c'est ainsi qu'elle revoyait son père, chaque fois qu'elle repensait aux bons moments. Elle le revoyait arrêtant sa voiture à minuit, sous un pont de Toronto, au nord de Pottery Road ; là, disait-il, à la nuit tombée, étourneaux et pigeons s'installaient inconfortablement et sans enthousiasme, partageant les poutres pour y passer la nuit. Ils s'étaient donc arrêtés là, un soir d'été, la tête penchée par-dessus la vitre, tendant l'oreille vers ce tapage mêlé de pépiements endormis.

On m'a dit qu'il était mort dans un colombier, dit Caravaggio.

Son père chérissait une ville de son invention, une ville dont son ami et lui auraient peint les rues, les murs et les bordures. Il ne sortait pour ainsi dire jamais de cet univers. Elle se rendit compte que ce qu'elle savait du monde réel, elle l'avait appris seule ou de Caravaggio. Ou encore, à l'époque où elles habitaient ensemble, de Clara, sa belle-

<hr />

1. Stendhal. (*N.d.T.*)

mère. Clara, qui, jadis, avait été actrice. Clara qui savait se faire entendre, et avait donné libre cours à sa rage en les voyant tous partir à la guerre. Pendant sa dernière année en Italie, elle avait gardé sur elle les lettres de Clara. Des lettres qu'elle savait écrites sur un rocher rose, sur une île de la baie de Géorgie. Des lettres écrites, elle le savait, dans un carnet dont la brise marine cornait les pages, jusqu'à ce qu'elle se décide à les arracher afin de les glisser dans une enveloppe destinée à Hana. Elle les conservait dans sa valise, chacune contenait un éclat de roche rose, et ce vent. Mais elle n'y avait jamais répondu. Clara lui manquait cruellement, mais elle se sentait incapable de lui répondre. après tout ce qui lui était arrivé. Elle ne pouvait supporter de parler de la mort de Patrick, d'en accepter l'évidence.

A présent, sur ce continent, la guerre avait plié bagage, laissant derrière elle ces couvents, ces églises brièvement convertis en hôpitaux, désormais isolés, coupés de tout dans les collines de Toscane et d'Ombrie. Ils abritaient des restes de bandes armées, petites moraines abandonnées par un vaste glacier. Autour d'eux, maintenant, s'étendait la forêt sacrée.

Elle rentra les pieds sous sa blouse en tissu léger, posa ses bras à plat sur ses cuisses. Tout était calme. Elle entendit le bouillonnement sourd, familier, inlassable, dans le tuyau de la colonne centrale de la fontaine. Puis ce fut le silence, et soudain, un craquement : l'eau jaillit autour d'elle.

Les histoires que Hana lisait au patient anglais, ces voyages en compagnie du vieux nomade de *Kim*, ou de Fabrice, dans *La Chartreuse de Parme*, les avaient grisés, les entraînant dans un tourbillon d'armées, de chevaux et de voitures – celles qui fuyaient la guerre, celles qui couraient à la guerre... Dans un coin de sa chambre étaient empilés d'autres ouvrages qu'elle lui avait lus, et dont ils avaient déjà traversé les paysages.

Bien des livres commençaient par une phrase de l'auteur assurant que l'ordre régnait. On glissait dans leurs eaux d'une rame silencieuse.

> *Je commence mon œuvre à l'époque où Servius Galva était consul (...)*
>
> *L'histoire de Tibère, de Caïus, de Claude et de Néron, falsifiée par la crainte aux jours de leur terreur, fut écrite, après leur mort, sous l'influence de haines trop récentes.*

Ainsi Tacite commençait-il ses *Annales*.

Mais les romans, eux, commençaient dans l'hésitation ou le chaos. Les lecteurs ne savaient jamais vraiment à quoi s'en tenir. A peine une porte, une serrure ou un barrage s'ouvraient-ils qu'ils se précipitaient, tenant d'une main une gonelle et de l'autre, un chapeau.

Lorsqu'elle commence un livre, elle pénètre dans de grandes cours par des porches imposants. Parme, Paris et l'Inde déploient leurs tapis.

Il se tenait, au mépris des ordres municipaux, à califourchon sur le canon Zam-Zammah, braqué au centre de sa plate-forme de brique face au vieux Ajaïb-Gher, la maison des Merveilles, comme les indigènes appellent le Musée de Lahore. Qui tient Zam-Zammah, ce « dragon au souffle de feu », tient le Pendjab ; la grosse caronade de bronze vert, à chaque conquête, tombe toujours la première dans le butin du vainqueur.

« Lisez-le lentement, ma chère enfant, Kipling se lit lentement. Guettez attentivement les virgules et vous découvrirez les pauses naturelles. C'est un écrivain qui utilisait une plume et de l'encre. Comme la plupart des écrivains qui vivent seuls, il devait souvent lever le nez de la page, laisser son regard errer par la fenêtre tout en écoutant les oiseaux. Certains ignorent le nom des oiseaux, ce n'était pas son cas. Votre œil est trop rapide, trop nord-américain. Pensez à la vitesse de sa plume. Sinon, ce bon vieux premier paragraphe vous paraîtra horriblement ampoulé. »

Telle fut la première leçon de lecture du patient anglais. Il cessa de l'interrompre. Si jamais il s'endormait, elle continuait, ne relevant la tête que lorsqu'elle se sentait lasse. S'il avait raté la dernière demi-heure de l'intrigue, une seule pièce resterait obscure dans cette histoire qu'il connaissait sans doute déjà. La topographie du récit lui était familière. Bénarès, à l'est, et Chilianwallah, au nord du Pendjab. (Cela se passait avant que le sapeur ne fasse irruption dans leur vie, comme sorti tout droit du récit. Comme si les pages de Kipling avaient été frottées pendant la nuit, telle une lampe magique. Un onguent prodigieux.)

Délaissant la fin de *Kim*, ses phrases délicates et sacro-saintes – qu'elle lisait maintenant avec une diction impeccable –, elle avait ramassé le carnet du patient, ces pages qu'il avait réussi, sait-on comment, à arracher aux flammes. Il gisait grand ouvert, il devait faire à peu près le double de son épaisseur d'origine.

Une page de papier fin, provenant d'une bible, avait été déchirée et collée dans le texte.

Le roi David était un vieillard avancé en âge ; on lui mit des couvertures sans qu'il puisse se réchauffer.

Alors ses serviteurs lui dirent : « Qu'on cherche pour Monseigneur le Roi une jeune fille qui assiste le roi et qui le soigne : elle couchera sur son sein et cela tiendra chaud à Monseigneur le Roi. » Ayant donc cherché une belle fille dans tout le territoire d'Israël, on trouva Abishag de Shunem et on l'amena au roi. Cette jeune fille était extrêmement belle ; elle soigna le roi et le servit, mais il ne la connut pas.

La tribu . . . ., qui avait sauvé le pilote brûlé, l'amena à la base anglaise de Siwa en 1944. Il fut transporté du désert occidental à Tunis par le train sanitaire de nuit avant d'être expédié en Italie. Pendant cette phase de la guerre, des centaines de soldats ne savaient plus qui ils étaient ; cette ignorance avait pour cause l'innocence plutôt que la ruse. Ceux qui prétendaient ne pas être sûrs de leur nationalité furent rassemblés dans un camp à Tirrenia, à proximité de l'hôpital maritime. Le pilote brûlé était une énigme de plus : sans matricule, il était impossible de l'identifier. Dans le camp de détention voisin du sien, le poète américain Ezra Pound avait été mis en cage. Il cachait sur son corps ou dans ses poches, la déplaçant chaque jour afin de satisfaire à l'idée qu'il se faisait de la sécurité, l'hélice d'eucalyptus qu'il avait ramassée dans le jardin de celui qui l'avait dénoncé lorsqu'on l'avait arrêté. « *Eucalyptus... En souvenir...* »

« Essayez de me coincer, disait-il à ceux qui l'interrogeaient. Faites-moi parler allemand, je le parle, je vous le signale, posez-moi des questions sur Don Bradman. Sur Marmite, sur la célèbre Gertrude Jekyll. » Il connaissait, en Europe, l'emplacement de chaque Giotto, et la plupart des endroits où l'on pouvait dénicher des trompe-l'œil saisissants de vérité.

L'hôpital maritime s'était d'abord installé dans les cabines que les touristes louaient au début du siècle, en bordure de la plage. Au moment des grandes chaleurs, on enfonçait une fois de plus les vieux parasols Campari dans les alvéoles prévues à cet effet. Les invalides, les blessés, les comateux s'asseyaient à l'ombre, profitant ainsi de l'air marin. Ils parlaient lentement, ou restaient là, le regard fixe, ou, au contraire, ne cessaient de parler. Le brûlé remarqua la jeune infirmière qui se tenait à l'écart. Accoutumé à ces regards morts, il comprit qu'elle était plutôt une malade qu'une infirmière. Il ne lui adressait la parole que lorsqu'il avait besoin de quelque chose.

On l'interrogea à nouveau. Tout, chez lui, était extrêmement anglais, hormis le fait que sa peau était noire comme de la poix. Un croque-mitaine surgi de l'histoire, au milieu des officiers qui l'interrogeaient.

Ils lui demandèrent dans quelle partie de l'Italie se trouvaient les Alliés. Il répondit qu'à son avis ils avaient repris Florence, mais qu'ils avaient été retardés par les villes situées dans les montagnes du Nord. La Ligne Gothique. « Votre division est clouée à Florence, elle ne peut pas déborder les bases de Prato ou de Fiesole, pour la simple raison que les Allemands se sont enterrés dans les villas et les couvents et qu'ils sont remarquablement défendus. C'est une vieille histoire – les Croisés ont commis la même erreur avec les Sarrasins. Comme eux, vous avez besoin des villes fortifiées. Elles n'ont jamais été abandonnées sauf au temps du choléra. »

Et il parlait, et il parlait, les rendant enragés. Traître ou allié, impossible de savoir vraiment dans quel camp il se trouvait.

Et voici que, des mois plus tard, dans la villa Girolamo, il repose, tel le gisant du chevalier mort à Ravenne, dans la pièce décorée d'une tonnelle qui est sa chambre. Il parle par bribes de villes-oasis, des derniers Médicis, du style de Kipling, de la femme qui a enfoncé ses dents dans sa

chair. Son journal, son exemplaire des *Histoires* d'Hérodote édité en 1927, renferme d'autres bribes : cartes, notes
personnelles, documents en diverses langues, passages
découpés dans d'autres livres. Il ne manque qu'une chose,
son nom. Toujours pas la moindre indication sur sa véritable identité, pas de nom, pas de bataillon, pas d'esca-
dron. Toutes les références de son journal remontent à
l'avant-guerre, aux déserts d'Égypte et de Libye dans les
années 30. Elles sont entrecoupées d'allusions à l'art
rupestre, de notes intimes rédigées de sa petite écriture.
« Il n'y a pas de brunes, dit le patient anglais à Hana qui
se penche au-dessus de lui, parmi les madones floren-
tines. »

Il tient le livre dans ses mains. Elle l'éloigne de son
corps assoupi et le pose sur la table de nuit. Elle le laisse
ouvert, et reste là. Tête baissée, elle lit. Elle se promet de
ne pas tourner la page.

Mai 1936
Je vais te lire un poème, dit la femme de Clifton,
de sa voix affectée qui est, semble-t-il, sa façon
d'être, sauf si vous êtes très proche d'elle. Nous
étions tous dans le camp sud, à la lumière du feu.
Je marchais dans un désert.
Et je gémissais :
« Mon Dieu, éloigne-moi de cet endroit ! »
Une voix a répondu :
« Ce n'est pas un désert. »
Et moi de gémir : « Bon, mais...
Le sable, la chaleur, l'horizon vide. »
Une voix a répondu : « Ce n'est pas un désert. »

Personne ne dit rien.
C'était de Stephen Crane, dit-elle, il n'est jamais
allé au désert.
Il est allé au désert, dit Madox.

Juillet 1936

Il y a des histoires de trahison en temps de guerre qui sont des enfantillages à côté des trahisons que commettent les hommes en temps de paix. Le nouvel amant pénètre les habitudes de l'autre. Les choses sont détruites, révélées sous un jour nouveau. A coup de phrases tendues ou tendres, même si le cœur est organe de feu.

Une histoire d'amour, ce ne sont pas des êtres qui perdent leur cœur mais plutôt des êtres qui découvrent cet habitant acariâtre qui, lorsqu'on se heurte à lui, laisse à entendre que le corps ne saurait tromper qui que ce soit, ni quoi que ce soit : ni la sagesse du sommeil, ni l'habitude des courbettes. C'est une destruction de l'être et du passé.

Il fait presque sombre dans la pièce verte. En se retournant, elle se rend compte que son cou, trop longtemps immobile, est raide. Elle s'est plongée et noyée dans l'écriture en pattes de mouche de son carnet de bord aux pages épaisses, bourrées de cartes et de textes. Il y a même une petite fougère, collée à l'intérieur. Les *Histoires*. Elle ne referme pas le livre, elle ne l'a pas touché depuis qu'elle l'a posé sur la table de chevet. Elle s'en éloigne.

Kip se trouvait dans un champ au nord de la villa lorsqu'il découvrit la grosse mine. Son pied, qui avait failli marcher sur le fil vert lorsqu'il traversait le verger, se tordit en voulant l'éviter, il perdit l'équilibre et se retrouva à genoux. Il souleva le fil jusqu'à ce qu'il soit tendu, puis il en suivit les zigzags entre les arbres.

Il s'assit à l'endroit d'où partait le fil, le sac de toile posé sur ses genoux. En voyant la mine, il eut un choc : ils l'avaient recouverte de béton. Ils avaient coulé du ciment frais sur l'explosif pour en dissimuler le mécanisme et la puissance. A trois ou quatre mètres, il y avait un arbre nu, à une dizaine de mètres, un autre arbre. Deux mois d'herbes folles hérissaient la boule de béton.

Il ouvrit son sac et, armé de ses ciseaux, tondit l'herbe. Il attacha un petit filet autour de la boule, fixa une poulie à la branche et souleva lentement le bloc de béton. Deux fils le reliaient à la terre. Il s'assit, s'appuya contre l'arbre et regarda de plus près. Il n'y avait plus de raison de se hâter. Il sortit le poste à galène du sac et se coiffa des écouteurs. La radio se mit à déverser les rythmes américains diffusés par l'émetteur de l'armée. En moyenne, deux minutes et demie par chanson ou par air de danse. Il n'aurait qu'à se remémorer *String of Pearls*, *C Jam Blues* et les autres airs pour évaluer le temps passé là, à enregistrer inconsciemment la musique de fond.

Peu importait le bruit. Avec ce genre de bombes, il n'y aurait ni discrets tic-tac, ni bruit sec pour l'avertir du danger. En le distrayant, la musique l'aidait à y voir plus clair, à envisager la structure de la mine, la psychologie de celui qui avait posé le réseau de fils puis coulé du béton par-dessus.

En stabilisant la boule de béton suspendue avec une deuxième corde, il était sûr que, quelle que fût la force avec laquelle il l'attaquerait, les deux fils ne rompraient pas. Il se mit debout et commença à dégager la mine au burin, soufflant sur la poussière éparse, la chassant au plumeau, puis recommençant à écailler le béton. Seules les variations de longueur d'ondes le déconcentraient, et il lui fallait à nouveau localiser la station pour que les airs de swing retrouvent leur netteté. Il dégagea très lentement la série de fils ; six fils enchevêtrés, attachés les uns aux autres et peints en noir.

Il épousseta la planchette sur laquelle reposaient les fils.

Six fils noirs. Lorsqu'il était enfant, son père avait un jour serré ses doigts les uns contre les autres, n'en laissant apparaître que le bout, et lui avait ensuite fait deviner lequel était le plus long. De son petit doigt, il avait montré celui de son choix. La main paternelle s'était alors épanouie, révélant son erreur au jeune garçon. On pouvait, bien entendu, faire qu'un fil rouge soit négatif. Mais son adversaire ne s'était pas contenté de bétonner la mine, car il avait peint en noir tout ce qui pouvait le renseigner. Kip se sentit entraîné dans un tourbillon psychologique. Avec son couteau, il se mit à gratter la peinture, révélant un fil rouge, un fil bleu et un fil vert. Son adversaire les aurait-il aussi intervertis ? Il lui faudrait confectionner une dérivation avec son fil noir à lui, comme le bras mort d'une rivière. Ensuite, il testerait la boucle afin de savoir si le courant était positif ou négatif. Après une ultime vérification, il saurait enfin où était le danger.

Hana descendit le couloir avec un grand miroir dans les bras. Elle s'arrêta, puis repartit – il pesait lourd. Le miroir reflétait le vieux rose du plafond.

L'Anglais avait voulu se voir. Avant d'entrer dans la pièce, elle prit soin de tourner le miroir contre elle, afin que la lumière ne soit pas renvoyée indirectement de la fenêtre sur le visage de l'Anglais.

Il gisait là, avec sa peau sombre. Seule pâleur, son appareil acoustique et l'apparent reflet de son oreiller. De ses mains, il écarta le drap. Tenez, allez-y, dit-il en le repoussant aussi loin qu'il le pouvait tandis que Hana l'expédiait en bas du lit.

Debout sur une chaise au pied du lit, elle inclina lentement le miroir vers lui. Elle était dans cette position, les mains raidies devant elle, lorsqu'elle entendit de faibles cris.

Elle commença par les ignorer. La maison captait souvent les bruits de la vallée. Les soldats chargés du déminage hurlaient dans leurs mégaphones, et leurs cris la mettaient dans tous ses états, à l'époque où elle vivait seule avec le patient anglais.

« Ne bougez pas le miroir, ma chère, dit-il.

– On dirait que quelqu'un a crié, vous entendez ? »

De la main gauche, il augmenta la puissance de son appareil de correction auditive.

« C'est le garçon, vous feriez mieux d'aller voir. »

Elle posa le miroir contre le mur et se précipita dans le couloir. Une fois dehors, elle s'arrêta, dans l'attente du prochain cri. Lorsqu'il lui parvint, elle fila dans le jardin puis à travers les champs, derrière la maison.

Debout, les bras en l'air, comme s'il tenait une gigantesque toile d'araignée, il secouait la tête pour se débarrasser de ses écouteurs. En la voyant courir vers lui, il lui cria de faire un détour par la gauche. Le coin était truffé de mines. Elle s'arrêta. Cette promenade, elle l'avait faite bien des fois sans se rendre compte du danger. Elle releva sa jupe et avança en regardant ses pieds coucher les hautes herbes.

Il avait encore les mains en l'air lorsqu'elle le rejoignit. Il s'était fait avoir : il se retrouvait avec deux fils sous tension. Il lui aurait fallu une troisième main pour mettre l'un d'eux au négatif, et retourner une fois de plus au détonateur. Il lui passa les fils avec précaution, laissa retomber ses bras ; son sang se remit à circuler.

« Je les reprends dans une minute.

– Ça va.

– Ne bouge surtout pas. »

Il ouvrit son sac, en sortit le compteur Geiger et l'aimant. Il passa le cadran le long des fils qu'elle tenait. Il n'oscilla pas vers le pôle négatif. Pas le moindre indice. Rien. Il recula, se demandant où était la ruse.

« Je les attache à l'arbre et tu pars.

– Non, je peux les tenir. Ils n'iront pas jusqu'à l'arbre.

– Non.

– Kip... Je peux les tenir.

– C'est une impasse. Il y a un truc. Je ne sais pas où aller. Je ne sais pas jusqu'où va la ruse. »

Il courut à l'endroit où il avait repéré le fil, la première fois. Il le souleva et, cette fois, le suivit jusqu'au bout avec le compteur Geiger. Il s'accroupit ensuite à une dizaine de mètres d'elle, et se mit à réfléchir, levant parfois la tête, sans la voir, ne regardant que les deux fils qu'elle avait entre les mains. Je ne sais pas, dit-il lentement, à voix haute, franchement, *je ne sais pas*. Je crois qu'il faut que je coupe le fil qui est dans ta main gauche. Il faut que tu t'en ailles. Il réajusta les écouteurs sur sa tête pour que le son lui parvienne net et clair. Il se représenta les différents trajets du fil, suivit les circonvolutions et les nœuds, les virages inattendus, les interrupteurs enterrés qui les faisaient passer du positif au négatif. Le briquet. Il se rappela le chien aux yeux grands comme des soucoupes[1]. Il faisait la course avec la musique, le long des fils, sans lâcher des yeux les mains de la jeune femme, parfaitement immobiles, qui les tenait.

« Tu ferais mieux de t'en aller.

– Il te faudrait une autre main pour couper ça, n'est-ce pas ?

– Je peux l'attacher à l'arbre.

– Je peux le tenir. »

Il saisit le fil qu'elle tenait dans sa main gauche comme une vipère. Puis il saisit l'autre. Elle ne bougea pas. Il ne dit rien de plus. Il lui fallait maintenant penser aussi clairement qu'il le pouvait. Comme s'il était seul. Elle alla lui reprendre un des fils. Il n'en fut aucunement conscient ; pour lui, la jeune femme n'était plus là. Il refit le trajet qui menait au détonateur, aux côtés de l'esprit qui avait orchestré tout cela, touchant les points clés, radiographiant l'ensemble ; la musique remplissait tout le reste.

Il s'approcha d'elle et coupa le fil au-dessous de son poing gauche. Cela fit comme le bruit d'une dent mordant dans quelque chose. Il vit l'imprimé sombre de sa robe le long de son épaule, contre son cou. La bombe était morte. Laissant tomber les cisailles, il posa la main sur son épaule, il avait besoin de toucher quelque chose d'humain. Ce qu'elle disait, il ne pouvait l'entendre ; elle se pencha, enleva les écouteurs, le silence s'installa. La brise ; un bruissement. Il se rendit compte qu'il n'avait pas du tout entendu le bruit sec du fil que l'on coupe, il l'avait juste

---

1. Allusion à un conte d'Andersen, *Le Briquet*. (*N.d.T.*)

senti. Il en avait perçu la rupture soudaine, le petit os de lapin qui se brise. Sans la lâcher, il glissa la main le long de son bras et tira les quinze centimètres de fil de son poing encore serré.

Elle l'observait, l'air interrogateur, attendant qu'il réponde à la question qu'elle lui avait posée, mais qu'il ne semblait pas avoir entendue. Elle secoua la tête et s'assit. Il se mit à ramasser divers objets, les glissa dans sa sacoche. Elle releva la tête, regarda l'arbre puis, par pur hasard, elle baissa les yeux et s'aperçut que ses mains, tendues et raides comme celles d'un épileptique, tremblaient, que sa respiration était profonde et rapide. Il était recroquevillé sur lui-même.

« As-tu entendu ce que j'ai dit ?

– Non. C'était quoi ?

– J'ai cru que j'allais mourir. Je voulais mourir. Et je me suis dit que si je mourais, ce serait avec toi. En un an, j'en ai vu mourir, des types comme toi, aussi jeunes que moi. Je n'avais pas peur. Cette fois-ci, je ne me suis sûrement pas montrée courageuse. Je me disais, il y a cette villa, cette herbe... Nous aurions dû nous allonger ensemble, toi dans mes bras, avant de mourir. Je voulais toucher cet os de ton cou, ta clavicule, on dirait une petite aile toute dure sous ta peau. Je voulais poser les doigts dessus. J'ai toujours aimé la chair couleur de rivière et de rochers, ou comme l'œil brun d'une Suzanne, tu la connais cette fleur ? Tu en as vu ? Je suis si lasse, Kip. Je veux dormir. Je veux dormir là, sous cet arbre. Laisse-moi mettre mon œil tout contre ta clavicule. Je veux juste fermer les yeux et ne plus penser aux autres. Je veux trouver le creux d'un arbre, m'y blottir et m'endormir. Je veux être tout contre ta clavicule. Comme tu es méticuleux ! Savoir quel fil couper... Comment as-tu fait ? Tu répétais je ne sais pas, je ne sais pas, mais tu l'as fait. N'est-ce pas ? Ne tremble pas, il faut que tu sois pour moi un lit immobile, laisse-moi me pelotonner comme si tu étais un bon grand-père que je pouvais serrer dans mes bras. Je l'aime, le mot *pelotonner*, un mot si lent, qu'on ne saurait le bousculer... »

114

Sa bouche était contre sa chemise. Il était étendu auprès d'elle, à même le sol, aussi tranquille qu'il le fallait, l'œil clair, il regardait une branche. Il entendait sa respiration profonde. Elle dormait déjà lorsqu'il avait passé le bras autour de son épaule, mais elle avait saisi son bras, l'avait serré contre elle. Un coup d'œil lui permit de voir qu'elle tenait encore le fil, elle avait dû le ramasser à nouveau.

Ce qu'il y avait chez elle de plus vivant, c'était sa respiration. Pour sembler aussi légère, la jeune femme devait s'appuyer sur quelque chose. Combien de temps pourrait-il rester ainsi, incapable de bouger ni de céder à l'affairement ? Il était essentiel de rester immobile, comme ces statues qui l'avaient soutenu pendant les mois de combats acharnés qui avaient suivi le débarquement, à l'assaut de ces villes fortifiées, prises les unes après les autres, au point qu'elles finissaient par se ressembler toutes : partout les mêmes rues étroites transformées en égouts sanglants. Il lui arrivait de rêver que si, par mégarde, il glissait sur le liquide rouge, il dévalerait la pente et serait précipité de la falaise dans la vallée. Chaque soir, sans se soucier du froid, il entrait dans une église prise à l'ennemi et choisissait une statue comme sentinelle pour la nuit. Il n'accordait sa confiance qu'à cette race de pierres, se collant à elles dans l'obscurité, ange affligé dont la cuisse était la cuisse parfaite d'une femme, dont les contours et l'ombre paraissaient si doux. Il plaçait sa tête sur les genoux de ces créatures et succombait au sommeil.

Elle se fit soudain plus lourde. Sa respiration devint plus profonde, comme le son d'un violoncelle. Il contemplait son visage endormi. Le fait que la fille soit restée avec lui tandis qu'il désamorçait la bombe l'avait contrarié, comme s'il était devenu du même coup son débiteur, se sentant rétrospectivement responsable d'elle, même si, sur le moment, il n'en avait rien été. Comme si *cela* lui avait donné la bonne inspiration pour ce qu'il avait choisi de faire avec une mine.

Il avait la curieuse impression d'être contenu dans quelque chose, peut-être un tableau aperçu l'année précédente.

Un couple très serein, dans un champ. Il en avait vu tellement dormir de ce sommeil paresseux, insouciants du travail comme des dangers de ce monde ! A côté de lui, il y avait Hana, les gestes infimes qui scandaient sa respiration, le mouvement de ses sourcils accompagnant une dispute, une petite colère qui n'existait que dans ses rêves. Il tourna les yeux vers l'arbre et le ciel de nuages blancs. La main de la jeune femme s'agrippait à lui comme la boue s'était agrippée aux berges du Moro, il avait enfoncé son poignet dans la terre détrempée pour ne pas se laisser à nouveau entraîner dans le torrent qu'il venait de traverser.

S'il avait été le héros d'un tableau, il aurait pu prétendre à un repos bien mérité. Mais comme elle l'avait dit elle-même, il était le brun de la roche, le brun du fleuve bourbeux repu de tempêtes. Quelque chose en lui l'incitait à se méfier de l'innocence, si naïve fût-elle, d'une telle remarque. Quoi de plus idéal, pour conclure un roman, qu'un déminage réussi ? Des hommes blancs et sages, paternels, extraits, pour l'occasion, de leur solitude, échangeaient des poignées de main et, leur talent reconnu, s'en repartaient en claudiquant. Mais il était un professionnel. Et il demeurait l'étranger, le Sikh. Son seul contact personnel avec un être humain, c'était cet ennemi qui avait fabriqué la bombe et s'en était allé en effaçant ses traces à l'aide d'une branche.

Qu'est-ce qui l'empêchait de dormir ? Qu'est-ce qui l'empêchait de se tourner vers la fille, d'arrêter de se dire que tout était encore à moitié allumé, que le feu couvait ? Dans un tableau que lui présentait son imagination, le champ qui entourait leur étreinte aurait été en flammes. Il avait jadis suivi à la jumelle l'entrée d'un sapeur dans une maison minée. Il l'avait vu balayer une boîte d'allumettes posée au bord d'une table avant d'être enveloppé de lumière pendant la demi-seconde qui avait précédé le souffle de la bombe. Voilà à quoi ressemblait la foudre, en 1944. Comment pouvait-il même faire confiance à cet élastique qui serrait la manche du sarrau de la fille ? Ou au raclement de son souffle intime, aussi profond que les pierres dans la rivière ?

Elle s'éveilla au moment où la chenille passait du col de sa robe à sa joue. Elle ouvrit les yeux et le vit accroupi au-dessus d'elle. Il enleva la chenille de son visage, sans toucher sa peau, et la posa dans l'herbe. Elle remarqua qu'il avait déjà rangé son équipement. Il recula et s'assit contre l'arbre en la regardant se retourner lentement sur le dos, puis s'étirer, profitant de ce moment aussi longtemps qu'elle le pouvait. Ce devait être l'après-midi, le soleil avait changé de côté. Rejetant la tête en arrière, elle le regarda.

« Tu étais censé me tenir dans tes bras !
– Et je l'ai fait. Jusqu'à ce que tu t'écartes.
– Combien de temps ?
– Jusqu'à ce que tu bouges. Jusqu'à ce que tu éprouves le besoin de t'écarter.
– Personne n'a abusé de moi, n'est-ce pas ? Je plaisantais, ajouta-t-elle, en le voyant rougir.
– Veux-tu redescendre à la maison ?
– Oui, j'ai faim. »

Aveuglée par le soleil, les jambes lasses, elle tenait à peine debout. Elle ne savait toujours pas combien de temps ils étaient restés là. Elle ne pouvait oublier ni la profondeur de son sommeil ni la légèreté de sa chute.

Il y eut une fête dans la chambre du patient anglais le jour où Caravaggio exhiba le gramophone qu'il avait déniché quelque part.

« Je m'en servirai pour t'apprendre à danser, Hana. Ces airs-là, ton jeune ami ne les connaît pas. J'ai vu passer bien des danses. Mais cet air, *How Long Has This Been Going On*, est l'une des plus belles chansons qui soient, parce que la mélodie de l'introduction est plus pure que la chanson elle-même. Seuls les grands jazzmen s'en sont rendu compte. Bon. Cette fête, nous la ferons sur la terrasse, ce qui nous permettra d'inviter le chien, à moins que nous n'envahissions l'Anglais, auquel cas elle aura lieu dans la chambre à l'étage. Ton jeune ami, qui ne boit pas, s'est débrouillé pour trouver des bouteilles de vin, hier, à San Domenico. Nous n'avons pas que de la musique. Donne-moi le bras. Non. Commençons par faire des marques à la craie sur le sol et à nous entraîner. Trois pas principaux – un, deux, trois-un, deux, trois – maintenant, donne-moi le bras. Qu'est-ce que tu as fait aujourd'hui ?

– Il a désamorcé une grosse bombe. Une qui n'était pas facile. Laisse-le te raconter ça. »

Le sapeur haussa les épaules, non par modestie, mais plutôt comme si c'était trop compliqué à expliquer. La nuit tomba vite, elle emplit la vallée, les montagnes, et ils se retrouvèrent une fois de plus à la lanterne.

En traînant les pieds, ils parcoururent le couloir qui conduisait à la chambre du patient anglais. Caravaggio

118

portait le gramophone tout en tenant d'une main le bras et l'aiguille.

« Et maintenant, avant que vous vous lanciez dans vos histoires, annonça-t-il à la silhouette immobile dans le lit, je vous présente *My Romance*.

– Écrite, je crois, en 1932, par Monsieur Lorenz Hart », marmonna l'Anglais. Kip était assis à la fenêtre. Hana annonça qu'elle voulait danser avec le sapeur.

« Pas avant que je t'aie appris, mon petit asticot. » Elle lança un regard étrange à Caravaggio ; c'était le surnom que lui donnait son père dans l'intimité. Il l'enserra dans sa solide étreinte grisonnante, répéta « mon petit asticot » et commença la leçon de danse.

Elle avait mis une robe propre mais non repassée. Chaque fois qu'ils tournoyaient, elle apercevait le sapeur en train de chantonner les paroles. S'ils avaient eu l'électricité, ils auraient pu installer une radio, et, du même coup, avoir des nouvelles de la guerre. Tout ce qu'ils possédaient, c'était le poste à galène de Kip, mais ce dernier avait eu la courtoisie de le laisser dans sa tente. Le patient anglais discourait sur l'infortune de Lorenz Hart. A l'en croire, on avait oublié certaines des plus belles paroles de *Manhattan*, et il se mit à chanter :

> *Nous irons à Brighton,*
> *Tu feras peur aux poissons*
> *Dans un plongeon.*
> *Devant ton maillot si fin*
> *Les poissons se pâmeront*
> *En battant des ailerons.*

« Des vers admirables, érotiques, par-dessus le marché, mais Richard Rodgers voulait, on le suppose, davantage de dignité...

– Il faut que tu devines mes mouvements, vois-tu.

– Pourquoi ne devines-tu pas les miens ?

– Je le ferai quand tu sauras ce qu'il faut faire. Pour le moment, je suis le seul à le savoir.

– Je parie que Kip le sait.

– Il le sait peut-être mais il ne le montre pas.

– Je prendrais bien un peu de vin », dit le patient anglais. Le sapeur prit un verre d'eau, en expédia le contenu par la fenêtre et y versa du vin pour l'Anglais.

« C'est mon premier verre de l'année. »

Il y eut un bruit étouffé, le sapeur se retourna vivement et regarda par la fenêtre, dans l'obscurité. Les autres s'immobilisèrent. Ç'aurait pu être une mine. Il se retourna vers les autres et dit : « Tout va bien. Ce n'était pas une mine. Ça avait l'air de venir d'une zone déminée.

– Mets l'autre face, Kip. Je vais maintenant vous faire découvrir *How Long Has This Been Going On*, de... » Il laissa une chance au patient anglais qui, coincé, se mit à secouer la tête en souriant, la bouche pleine de vin.

« Cet alcool m'achèvera, sans doute.

– Rien ne vous achèvera, mon ami. Vous êtes du carbone à l'état pur.

– Caravaggio !

– George et Ira Gershwin. Écoutez. »

Hana et lui glissaient sur la tristesse du saxophone. Il avait raison. Le phrasé était si lent, il s'étirait tellement qu'elle pouvait presque sentir le musicien, si peu désireux de quitter l'introduction et d'entrer dans la chanson qu'il semblait vouloir rester là, avant que l'histoire commence, comme s'il était tombé amoureux d'une fille pendant le prologue. L'Anglais murmura que l'on appelait « refrain » l'introduction à ce genre de chansons.

Sa joue reposait contre les muscles de l'épaule de Caravaggio. Elle pouvait sentir ces terribles pattes dans son dos, sur sa blouse propre. Ils évoluaient dans un espace limité, entre le lit et le mur, le lit et la porte, le lit et la niche de la fenêtre dans laquelle Kip était assis. De temps à autre, elle voyait son visage. Ses genoux étaient repliés, ses bras posés dessus. Ou bien il regardait par la fenêtre, dans l'obscurité.

« L'un d'entre vous connaîtrait-il une danse appelée l'"Étreinte du Bosphore ?" demanda l'Anglais.

– Rien de ce genre. »

Kip regardait les grandes ombres glisser sur le plafond, sur le mur aux fleurs peintes. Il se leva péniblement, se dirigea vers le patient anglais pour remplir son verre et en toucha le bord avec la bouteille pour trinquer. Le vent d'ouest pénétrait dans la pièce. Soudain, il se retourna, l'air mécontent. Il avait flairé une fugitive odeur de cordite : il y en avait dans l'air, il se glissa hors de la pièce, non sans exprimer sa lassitude, abandonnant Hana dans les bras de Caravaggio.

Sans allumer la lumière, il courut dans le couloir obscur. Il ramassa la sacoche, se retrouva dehors, dégringola les trente-six marches entre la chapelle et la route ; il courait, éliminant de son corps jusqu'à la simple idée d'épuisement.

Était-ce un sapeur ou était-ce un civil ? L'odeur de fleur et d'herbe le long du mur de la route, le point de côté qui commençait. Un accident ou le mauvais choix. L'unité des sapeurs faisait la plupart du temps bande à part. C'était un drôle de groupe, ils rappelaient un peu les spécialistes du diamant ou de la pierre. Ils possédaient une dureté, une clarté intrinsèques, leurs décisions effrayaient même les gens du métier. Kip avait repéré ce trait chez les tailleurs de gemmes, mais pas en lui, même s'il était conscient que les autres le percevaient. Les sapeurs entre eux ne connaissaient pas l'intimité. Ils ne parlaient que pour transmettre une information – à propos d'une technique nouvelle, des habitudes de l'ennemi. Il pénétrait dans l'hôtel de ville où ils étaient cantonnés, ses yeux repéraient les trois visages, notant l'absence du quatrième. Ou bien ils étaient quatre, et il y avait, quelque part dans un champ, le corps d'un vieillard ou d'une jeune fille.

En entrant dans l'armée, il avait appris des diagrammes, des schémas de plus en plus compliqués, comme de grands nœuds ou des partitions musicales. Il s'aperçut qu'il était doué d'une vision tridimensionnelle, d'un œil malin capable de regarder un objet ou une page d'information et de les aligner mentalement, d'en repérer toutes les fausses notes. Prudent de nature, il n'en était pas moins capable d'imaginer le pire, se représentant les accidents en puissance que recelait une pièce : une prune sur une table, un enfant s'approchant et mangeant le noyau empoisonné, un homme s'avançant dans une pièce sombre et faisant basculer une lampe à huile avant de rejoindre son épouse au lit – chaque pièce abondait en ce genre de chorégraphie. L'œil malin pouvait repérer la ligne enterrée, un nœud caché aux regards. Les romans policiers l'exaspéraient : il identifiait trop facilement les coupables. Là où il se sentait le plus à son aise, c'était en compagnie d'hommes qui avaient cette folie de l'abstraction propre aux autodidactes, comme son mentor, Lord Suffolk. Comme le patient anglais.

Cependant, il n'avait pas confiance dans les livres. En l'observant, ces derniers jours, assis auprès du patient anglais, il était apparu à Hana comme l'inverse de *Kim*. Cette fois, le jeune étudiant était indien, le vieux maître plein de sagesse était anglais. Mais c'était Hana qui, la nuit, restait aux côtés du vieil homme, qui l'aidait à franchir les montagnes menant au fleuve sacré. Ils avaient même lu le livre ensemble, la voix de Hana ralentissait lorsque le vent aplatissait la flamme de la bougie, assombrissant un moment la page.

Il s'accroupit dans un coin de la salle d'attente résonnante de vacarme, absorbé dans cette pensée, à l'exclusion de toute autre ; les mains croisées sur les genoux, les pupilles réduites à la grosseur d'une pointe d'épingle. Dans une minute – encore dans une demi-seconde – il se sentit en état de parvenir à la solution du fantastique mystère...

Et d'une certaine façon, pendant ces longues nuits passées à lire et à écouter, ils s'étaient préparés à la venue du jeune soldat, de ce garçon devenu adulte, qui les rejoindrait un jour. Mais le jeune garçon de l'histoire, c'était

Hana. Et si Kip était quelqu'un, c'était bien l'officier Creighton.

Un livre, un schéma, un détonateur, une pièce abritant quatre personnes, dans une villa abandonnée, éclairée seulement par la lueur d'une bougie, d'une tempête, ou, de temps en temps, d'une explosion. Les montagnes, les collines, Florence, aveugles, sans électricité. La lueur d'une bougie a une portée inférieure à cinquante mètres. De plus loin, il n'émanait aucun signe du monde extérieur. En dansant ce soir-là dans la chambre du patient anglais, chacun avait célébré sa petite aventure : Hana, son sommeil, Caravaggio, sa « découverte » du gramophone, et Kip, un déminage difficile même s'il l'avait déjà presque oublié. Il était de ceux qui ne se sentent pas à leur aise dans les célébrations, dans les victoires.

A peine à cinquante mètres de là, le monde n'avait perçu aucun signe d'eux, aucun bruit, l'œil de la vallée ne les avait pas repérés tandis que les ombres de Hana et de Caravaggio glissaient sur les murs ; que Kip s'installait confortablement dans l'alcôve et que le patient anglais sirotait son vin, tout en sentant l'alcool filtrer dans son corps inutilisé, ce qui eut tôt fait de le griser ; sa vieille voix émit alors le sifflement d'un renard du désert, les ébrouements d'aile de la grive des bois anglais que l'on ne trouvait, prétendait-il, que dans l'Essex, car elle se complaisait dans le voisinage de la lavande et du ver à bois. Tout ce que l'homme brûlé pouvait avoir de désir était dans son cerveau, pensait le sapeur, assis dans l'alcôve de pierre. Soudain, il tourna la tête : le bruit qu'il venait d'entendre lui en avait assez dit, il en était certain. Il se retourna vers eux et, pour la première fois de sa vie, il mentit – « Aucun problème, ce n'était pas une mine. C'était une zone déminée » –, attendant déjà que l'odeur de cordite parvienne jusqu'à lui.

Des heures plus tard, Kip revint s'asseoir dans l'alcôve de la fenêtre. Sept mètres... S'il avait pu traverser la chambre de l'Anglais et la toucher, il aurait retrouvé toute sa raison. Mais il y avait très peu de lumière dans la pièce, juste la bougie sur la table où elle était assise, sans lire, ce soir-là. Il se dit qu'elle était peut-être légèrement ivre.

En revenant de l'endroit où la mine avait explosé, il avait trouvé Caravaggio assoupi sur le canapé de la bibliothèque, le chien dans ses bras. Celui-ci le regarda s'arrêter sur le seuil de la porte, il remua juste assez pour faire savoir qu'il était éveillé et qu'il gardait les lieux. Son grognement paisible dominait le ronflement de Caravaggio.

Il retira ses bottes, les attacha ensemble et les lança par-dessus son épaule en montant l'escalier. Il s'était mis à pleuvoir, il lui fallait une bâche pour sa tente. Dans le couloir, il vit qu'il y avait encore de la lumière dans la chambre du patient anglais.

Elle était assise dans le fauteuil, un coude sur la table que la chandelle basse éclaboussait de lumière, la tête rejetée en arrière. Il posa ses bottes sur le plancher et pénétra sans bruit dans la pièce où, trois heures plus tôt, ils avaient fait la fête. Il pouvait sentir l'odeur de l'alcool dans l'air. En le voyant entrer, elle posa son doigt sur ses lèvres, lui montra le patient. Il n'entendrait pas ses pas silencieux. Kip retourna s'asseoir dans l'encoignure de la fenêtre. S'il pouvait traverser la pièce et la toucher, il resterait sain d'esprit. Mais le chemin à parcourir était aussi périlleux que compliqué. Un monde très vaste. Et l'Anglais s'éveillait au moindre bruit, son appareil auditif réglé au maximum lorsqu'il dormait, par souci de vigilance. Les yeux de la jeune fille balayèrent précipitamment la pièce et s'immobilisèrent en l'apercevant dans l'encadrement de la fenêtre.

Il avait trouvé le lieu de mort et ce qu'il en restait, ils avaient enterré Hardy, son commandant en second, qu'il connaissait depuis deux ans. Plus tard, il ne cessa de repenser à la fille ; comment, cet après-midi-là, il avait soudain tremblé pour elle. Avec quelle désinvolture elle avait joué avec sa vie. Elle ouvrit de grands yeux. Son dernier message avait été le doigt sur les lèvres. Il se pencha pour essuyer sa joue contre le tire-feu sur son épaule.

Il était rentré en passant par le village, la pluie tombait sur les arbres étêtés du square, qui n'avaient pas été élagués depuis le début de la guerre. Il était passé devant l'étrange statue de deux hommes à cheval se serrant la main. Maintenant il était là, la flamme vacillante de la bougie altérait les traits de la jeune femme, de telle sorte qu'il n'arrivait pas à savoir ce qu'elle pensait. Sagesse, tristesse, curiosité.

Si elle avait été en train de lire ou si elle s'était penchée sur l'Anglais, il lui aurait adressé un signe de tête et serait sans doute sorti, mais il se contenta de regarder Hana comme quelqu'un de jeune et de seul. Ce soir, en contemplant l'emplacement de l'explosion, il avait commencé à redouter sa présence pendant le désamorçage de l'après-midi. Il lui fallait l'écarter, sinon elle reviendrait dès qu'il s'approcherait d'une amorce. Il en serait à jamais porteur. Lorsqu'il travaillait, tout était clarté et musique, le monde des hommes s'éteignait. A présent, elle était soit en lui, soit sur son épaule, comme cette chèvre qu'un officier avait emportée, encore vivante, pour la sortir d'un tunnel qu'ils essayaient d'inonder.

Non.

Ce n'était pas vrai. Il voulait l'épaule de Hana. Pour y poser la paume de sa main. Comme il l'avait fait en la voyant dormir au soleil, lorsqu'il s'était tapi là, aussi mal à l'aise que s'il s'était trouvé dans la ligne de mire d'un fusil. Dans le paysage du peintre imaginaire. Lui-même ne voulait aucune sollicitude, mais il désirait en entourer la jeune fille, la guider hors de la pièce. Il refusait de croire à ses propres faiblesses et il n'avait pas trouvé en elle la moindre faiblesse dont il lui faudrait s'accommoder. Ni lui ni elle n'étaient prêts à révéler à l'autre une telle éventualité. Elle le regarda, la bougie vacilla, altérant ses traits. Il ne se rendait pas compte que pour elle il n'était qu'une silhouette, son corps fluet et sa peau appartenaient à l'ombre.

Plus tôt, elle avait été furieuse en s'apercevant qu'il avait quitté sa place près de la fenêtre. Comprenant qu'il les protégeait de la mine comme il aurait protégé des enfants. Elle s'était rapprochée de Caravaggio. Quel affront ! L'excitation croissante de la soirée l'avait empêchée de lire après que Caravaggio était allé se coucher, s'arrêtant en chemin pour fouiller dans sa boîte de médicaments. Puis le patient anglais avait fait claquer son doigt osseux et embrassé sa joue, lorsqu'elle s'était penchée.

Elle avait soufflé les autres bougies, allumé le bout de chandelle à côté de la table de chevet et elle s'était assise, face au corps de l'Anglais, silencieux après la fougue de ses discours enivrés. « *Un jour, je serai un cheval, un autre jour, un chien. Un cochon, un ours sans tête. Un autre jour, un feu.* » Elle pouvait entendre la cire couler dans le plateau de métal à côté d'elle. Le sapeur avait traversé la ville, il s'était rendu quelque part sur la colline, là où l'explosion s'était produite, et son silence inutile l'agaçait encore.

Elle ne pouvait pas lire. Elle était assise dans la pièce avec son homme qui n'en finissait pas de mourir ; elle avait mal dans le bas du dos depuis qu'elle s'était heurtée contre le mur en dansant avec Caravaggio.

S'il s'approche d'elle, elle va le dévisager, il aura droit au même silence. Elle le laissera deviner, faire le premier pas. Il lui est déjà arrivé de se faire approcher par des soldats.

Mais voici ce qu'il fait : il est là, au milieu de la pièce, le bras jusqu'au poignet dans la sacoche ouverte qui pend toujours de son épaule. Il avance sans bruit. Il se retourne et s'arrête à côté du lit. Au moment où le patient anglais achève une de ses longues expirations, il tranche le fil de son appareil de correction auditive avec les ciseaux qu'il laisse retomber dans sa sacoche. Il se retourne et lui adresse un grand sourire.

« Je le rebrancherai demain matin. »

Il pose sa main gauche sur l'épaule de la jeune femme.

« David Caravaggio – un nom absurde pour toi, bien sûr...

– Au moins, j'ai un nom...

– Oui. »

Caravaggio s'assied dans le fauteuil de Hana. La lumière de l'après-midi baigne la pièce, elle éclaire les paillettes de poussière qui y flottent et le visage émacié et ténébreux de l'Anglais. Avec son nez anguleux, on dirait un faucon immobile, emmailloté dans des draps. Le cercueil d'un faucon, pense Caravaggio.

L'Anglais se tourne vers lui.

« Il y a un tableau du Caravage, une œuvre tardive, *David et Goliath*, dans laquelle le jeune guerrier brandit à bout de bras la tête de Goliath, ravagé par les ans. Mais ce n'est pas cela qui donne son caractère poignant à ce tableau. On pense que le visage de David est un portrait du Caravage jeune, et celui de Goliath un portrait de lui âgé, ce à quoi il ressemblait à l'époque où il a peint le tableau. La jeunesse jugeant l'âge au bout de son bras tendu. L'impitoyable regard sur notre propre mortalité. Lorsque je le vois au pied de mon lit, je me dis que Kip est mon David. »

Caravaggio s'assied là en silence, les bras croisés, il laisse errer ses pensées parmi les grains de poussière. Déstabilisé par la guerre, il ne saurait, tel qu'il est, retourner à un autre monde avec ces membres factices que promet la morphine. C'est un homme mûr qui n'a jamais pu s'habituer à la vie de famille. Toute sa vie, il a fui l'intimité permanente. Jusqu'à cette guerre, il s'est montré meilleur amant qu'époux. Il a été un homme à éclipses, comme l'amant laisse derrière lui le chaos, et le voleur la maison dévalisée.

Il regarde l'homme dans le lit. Il lui faut savoir qui est cet Anglais venu du désert, il lui faut le démasquer, par égard pour Hana. Ou, peut-être, lui inventer une peau, ainsi que le tanin protège sa chair à vif.

Lorsqu'il travaillait au Caire, au début de la guerre, on lui avait appris à inventer des agents fantômes, des leurres à qui il devait donner vie. Il avait été responsable d'un agent mythique du nom de « Cheese », passant des semaines à l'affubler d'exploits, à le doter de traits de caractère tels que la cupidité ou un goût exagéré pour l'alcool, afin d'intoxiquer l'ennemi. Comme ceux pour lesquels il travaillait au Caire inventaient des pelotons entiers dans le désert. Il avait connu une phase de la guerre où tout ce qu'on lui offrait, à lui et à ceux qui l'entouraient, n'était que mensonges. Tel celui qui, dans l'obscurité d'une pièce, imite les appels d'un oiseau.

Mais ici, ils se dépouillaient de leur peau. Ils ne pouvaient imiter autre chose que ce qu'ils étaient. La seule façon de se défendre, c'était de chercher la vérité chez les autres.

Elle attrape l'exemplaire de *Kim* sur l'étagère de la bibliothèque et, debout contre le piano, elle se met à écrire sur la page de garde à la fin de l'ouvrage.

Il dit que le canon Zam-Zammah est toujours là, devant le Musée de Lahore. Il y avait deux canons, faits de timbales et de bols en métal récupérés dans chaque maison hindoue de la ville, au nom de la « jizya », ou impôt. On les fondit pour en faire des canons. Au XVIIe et au XIXe siècle, ils ont servi lors de nombreuses batailles contre les Sikhs. L'autre canon disparut au cours d'une bataille, lors de la traversée du Chenab.

Elle referme le livre, grimpe sur une chaise, et pose le volume sur l'étagère du haut, celle qu'on ne voit pas.

Elle arrive dans la chambre peinte avec un nouveau livre dont elle lit le titre à haute voix.

« Pas de nouveau livre pour l'instant, Hana. »

Elle relève la tête et le regarde. Même maintenant, il a de beaux yeux, pense-t-elle. Tout se passe là, dans ce merveilleux regard sorti de sa pénombre. Comme si d'innombrables regards clignotaient sur elle avant de s'évanouir au loin, comme un phare.

« Assez de livres. Donnez-moi Hérodote, c'est tout. »

Elle lui met le gros livre défraîchi dans les mains.

« J'ai vu des éditions des *Histoires* avec un buste en couverture. Une statue trouvée dans un musée français. Pour ma part, je n'ai jamais imaginé Hérodote comme ça. Je le vois plutôt comme l'un de ces habitants émaciés du désert qui vont d'oasis en oasis en échangeant des légendes comme ils échangeraient des graines, qui absorbent tout sans le moindre soupçon, des rafistoleurs de mirage. *"Cette histoire que j'ai écrite, dit Hérodote, a recherché dès le début le complément de l'argument principal."* Ce que vous trouvez chez lui, ce sont des impasses dans le mouvement de l'histoire, la façon dont les gens se trahissent au nom de nations, dont ils tombent amoureux. Quel âge avez-vous, déjà ?

— Vingt ans.

— J'étais beaucoup plus âgé quand je suis tombé amoureux. »

Hana fait une pause.

« Qui était-ce ? »

Mais son regard est maintenant loin d'elle.

« Les oiseaux préfèrent les arbres qui ont des branches mortes, dit Caravaggio. Ça leur permet de tout voir depuis leur perchoir. Ils peuvent s'envoler dans n'importe quelle direction.

– Si c'est de moi que tu parles, dit Hana, je ne suis pas un oiseau. Le véritable oiseau, c'est l'homme qui est là-haut. »

Kip essaya de l'imaginer en oiseau.

« Dis-moi, est-ce qu'on peut aimer quelqu'un de moins intelligent que soi ? » Caravaggio, que le flash de la morphine rendait d'humeur belliqueuse, cherchait à faire monter le ton. « C'est une chose qui m'a tracassé pendant presque toute ma vie sexuelle, qui a débuté sur le tard, dois-je avouer à cette noble compagnie. Tout comme je n'ai connu le plaisir sexuel de la conversation qu'une fois marié. Il ne m'était jamais venu à l'esprit que les mots puissent être érotiques. Il y a des moments où j'aime vraiment mieux parler que baiser. Des phrases. Par milliers. L'ennui avec les mots, c'est qu'à force de parler on finit parfois par se prendre tout seul à son propre piège. Ce qui ne risque pas d'arriver quand on baise.

– C'est un homme qui parle..., marmonna Hana.

– Bon, ça ne m'est pas arrivé, poursuivit Caravaggio. Peut-être que ça t'est arrivé, Kip, quand tu as débarqué à Bombay de tes collines, ou quand tu es allé faire ton service en Angleterre. Est-il jamais arrivé à quelqu'un de se retrouver pris au piège à cause de la baise, je me le demande ? Quel âge as-tu, Kip ?

– Vingt-quatre ans.

– Tu es plus vieux que moi.

– Plus vieux que Hana ? Est-ce que tu pourrais tomber amoureux d'elle si elle n'était pas plus maligne que toi ? Je ne veux pas dire qu'elle soit forcément plus maligne que toi, mais pour tomber amoureux, ne trouves-tu pas important de *te dire* qu'elle l'est ? Réfléchis. Elle peut être obsédée par l'Anglais parce qu'il en sait plus long qu'elle. On a du mal à s'y retrouver quand on parle avec ce type. On ne sait même pas s'il est anglais. Il ne l'est probablement pas. Vois-tu, je pense qu'il est plus facile de tomber amoureux de *lui* que de *toi*. Pourquoi ? Pour la simple raison que nous voulons *savoir* des choses, savoir comment les pièces du puzzle s'emboîtent. Les bavards séduisent. Les mots nous mènent à des impasses. Nous voulons avant tout grandir et changer. Le meilleur des mondes...

– Je ne crois pas, dit Hana.

– Moi non plus. Tu veux savoir quelque chose au sujet de mes contemporains ? Eh bien, le pire, c'est que les autres pensent qu'à cet âge le caractère est formé. Le problème avec l'âge mûr, c'est qu'ils s'imaginent qu'on a fini de grandir. *Tiens*. »

Et Caravaggio leva les mains, il les tourna vers Hana et Kip. Hana se leva, alla se placer derrière lui et lui passa le bras autour du cou.

« Ne fais pas ça, compris, David ? »

Elle prit doucement ses mains entre les siennes.

« Nous avons assez d'un bavard intarissable là-haut.

– Regarde-nous – assis comme de sales riches dans leur sale villa, dans leurs sales collines quand il fait trop chaud en ville. Il est neuf heures du matin. Le vieux est en train de dormir là-haut. Hana est obsédée par lui. Et moi, je suis obsédé par la santé mentale de Hana, je suis obsédé par mon "équilibre", quant à Kip, il sautera sans doute un de ces jours. Pourquoi ? Pour qui ? Il a vingt-quatre ans. L'armée britannique lui apprend des techniques, les Américains lui en apprennent d'autres, on fait des conférences pour les sapeurs, on les décore, et on les expédie dans les collines. On se sert de toi, *boyo*, comme disent les Gallois. Je n'ai pas l'intention de rester beaucoup plus longtemps par ici. Je veux t'emmener avec moi. Foutons le camp de Dodge City.

— Arrête ça, David, il survivra.

— Le sapeur qui a sauté l'autre jour, il s'appelait comment ? »

Kip ne bouge pas.

« Sam Hardy. » Kip alla regarder par la fenêtre, abandonnant la conversation.

« Le problème avec nous tous, c'est que nous ne sommes pas à notre place. Que faisions-nous en Afrique ou en Italie ? Et Kip, qu'est-ce qu'il fait là à désamorcer des bombes dans des vergers, nom de Dieu ! Qu'est-ce qu'il fait à se battre pour les Anglais ? Dire que sur le front occidental un fermier ne peut pas tailler un arbre sans bousiller sa scie ! Pourquoi ? A cause de tout le shrapnel qu'ils ont balancé pendant la précédente ! Même les arbres crèvent des maladies que nous avons apportées. Les armées vous endoctrinent, puis elles vous abandonnent pour aller foutre le bordel un peu plus loin. *Inky dinky parlez-vous* [1]. Nous ferions bien de nous en aller tous ensemble.

— On ne peut pas laisser l'Anglais.

— L'Anglais est parti depuis des mois, Hana, il est avec les Bédouins, ou dans quelque jardin anglais avec sa pelouse et tout. Il ne sait probablement pas qui est la femme autour de laquelle il tourne ou dont il essaie de parler. Il n'a pas la moindre idée d'où il se trouve.

« Tu t'imagines que je t'en veux, n'est-ce pas ? Parce que tu es tombée amoureuse, n'est-ce pas ? Un oncle jaloux. Je tremble pour toi. J'ai envie de tuer l'Anglais parce que c'est la seule chose qui te sauvera, qui te fera sortir d'ici. Et je commence à avoir un faible pour lui. Abandonne ton poste ! Comment Kip peut-il t'aimer si tu

---

1. En français dans le texte.

n'es pas assez maligne pour l'obliger à ne plus risquer sa vie ?

– Parce que... Parce qu'il croit à un monde civilisé. C'est un homme civilisé.

– Première erreur. La chose à faire, c'est de sauter dans un train, d'aller faire des gosses ensemble. Irons-nous demander à l'Anglais, à l'oiseau, ce qu'il en pense ?

« Pourquoi n'es-tu pas plus maligne ? Il n'y a que les riches qui ne puissent pas s'offrir le luxe d'être malins. Ils sont compromis. Ils se sont laissé enfermer dans leurs privilèges depuis de longues années. Ils doivent protéger ce qui leur appartient. Personne n'est plus méchant que les riches. Tu peux me faire confiance. Mais ils doivent se conformer aux usages de leur monde civilisé de merde. Ils déclarent la guerre, ils ont leur honneur, ils ne peuvent pas partir. Mais vous deux. Nous trois. Nous sommes libres. Combien de sapeurs sont morts ? Pourquoi n'es-tu pas encore mort ? Sois un peu irresponsable. La chance nous abandonne. »

Hana versait du lait dans sa tasse. Lorsqu'elle eut fini, elle déplaça le bec du pichet au-dessus de la main de Kip et continua à verser le lait sur sa main brune, sur son bras, sur son coude, puis elle s'arrêta. Kip ne bougeait plus.

Deux gradins de jardins étroits s'étirent à l'ouest de la maison. Une terrasse dans les règles de l'art, au-dessus du jardin plus sombre où des marches de pierre et des statues en ciment disparaissent presque sous la moisissure verte laissée par les pluies. C'est là que le sapeur a dressé sa tente. La pluie tombe, la brume monte de la vallée, et l'autre pluie, celle qui vient des branches de cyprès et de pins, arrose cette poche sur le flanc de la colline où le ciel est à moitié dégagé.

Seuls des feux peuvent assécher le jardin supérieur, plongé en permanence dans l'ombre et l'humidité. A la fin de l'après-midi, juste avant le crépuscule, ils apportent, pour les brûler, des déchets de madriers, des chevrons arrachés par les bombardements, des branches cassées, des mauvaises herbes arrachées par Hana, foins, orties. Les feux humides dégagent de la vapeur, la fumée à l'odeur de plantes se coule dans les buissons, dans les arbres, avant de se dissiper sur le perron. Elle atteint la fenêtre du patient anglais, qui saisit au passage des voix à la dérive, parfois un éclat de rire en provenance du jardin enfumé. Il déchiffre l'odeur, remontant jusqu'à ce qui a été brûlé : du romarin, pense-t-il, du laiteron, de l'armoise, il y a aussi autre chose, quelque chose d'inodore, peut-être de la violette des chiens ou du faux tournesol, qui apprécie le sol légèrement acidifère de la colline.

Le patient anglais conseille Hana sur les plantations. « Arrangez-vous pour que votre ami italien vous trouve des graines, il semble s'y connaître. Ce qu'il vous faut,

135

ce sont des feuilles de prunier. Et aussi des œillets écarlates et des œillets indiens. En latin, pour votre ami latin : *Silene virginica*. La sarriette rouge est bonne. Si vous aimez les pinsons, trouvez des noisetiers et des merises de Virginie. »

Elle note tout cela, puis elle range le stylo dans le tiroir de la petite table où elle garde le livre qu'elle lui lit, ainsi que deux bougies et une boîte d'allumettes. Il n'y a pas de matériel médical dans cette pièce. Elle le cache ailleurs. Si Caravaggio a décidé de le chercher par toute la maison, elle ne veut pas qu'il dérange l'Anglais. Elle glisse dans la poche de sa robe le bout de papier portant le nom des plantes, afin de le donner à Caravaggio. Maintenant que le désir s'est mis de la partie, elle commence à se sentir mal à l'aise en compagnie des trois hommes.

Si toutefois il s'agit bien là d'attirance physique. Si tout cela a quelque chose à voir avec l'amour de Kip. Elle aime poser son visage tout en haut du creux de son bras, dans cette rivière brun foncé, et rester éveillée ainsi engloutie, contre le pouls d'une veine invisible, dans sa chair. La veine qu'il lui faudrait repérer afin d'y injecter une solution saline s'il était mourant.

Vers deux ou trois heures du matin, elle laisse l'Anglais et traverse le jardin en direction de la lampe tempête du sapeur, suspendue au bras de saint Christophe. Entre la lampe et elle, c'est l'obscurité absolue, mais elle connaît le moindre buisson, le moindre arbrisseau. Elle passe près du feu, il est bas et rose, presque épuisé. Parfois elle recouvre de sa main la cheminée de verre, puis elle éteint la flamme ; parfois elle la laisse brûler, pénètre par les rabats repliés de la tente et va se glisser contre son corps, contre le bras qu'elle veut. Sa langue est un tampon d'ouate, sa dent une aiguille, sa bouche un masque distillant les gouttes de la codéine qui l'endort, qui ralentit et assoupit son cerveau immortel sans cesse en activité.

Elle plie sa robe de cachemire, la pose au-dessus de ses chaussures de tennis. Elle sait qu'en ce qui le concerne, le monde peut s'arrêter, seuls quelques principes gardent un sens. Remplacer le TNT par de la vapeur, puis l'évacuer, et... Il pense et repense à tout cela, elle le sait, tandis qu'elle dort à ses côtés, chaste comme une sœur.

La tente et le bois sombre les entourent.

Le réconfort qu'ils se donnent l'un à l'autre est à peine supérieur à celui qu'elle apportait à d'autres, dans les hôpitaux provisoires d'Ortona ou de Monterchi. Son corps pour ultime chaleur, son murmure pour consolation, son aiguille pour donner le sommeil. Mais le corps du sapeur ne laisse rien pénétrer qui provienne d'un autre monde. Un garçon amoureux qui refuse de manger la nourriture qu'elle prépare, qui n'a que faire, ou qui ne veut pas de la drogue dans une aiguille qu'elle pourrait lui glisser dans le bras, comme le fait Caravaggio, ni de ces onguents du désert dont l'Anglais raffole, baumes et pollen pour se rétablir, comme l'avaient fait les Bédouins. Juste pour le réconfort du sommeil.

Il y a des ornements qu'il dispose autour de lui. Des feuilles qu'elle lui a données, le restant d'une bougie, et, dans sa tente, le poste à galène et le sac à dos bourré des outils du métier. Il a émergé du combat avec un calme qui, même s'il est factice, est pour lui synonyme d'ordre. Il continue à faire preuve de rigueur, suivant le faucon qui plane sur la vallée dans le V de sa mire, décortiquant une bombe sans détourner son regard de ce qu'il cherche tandis qu'il attrape une thermos, la débouche et boit.

Nous autres, nous ne sommes que la périphérie, pense-t-elle, ses yeux ne se posent que là où il y a danger, son oreille n'est attentive qu'à ce qui peut se passer à Helsinki ou à Berlin et lui parvient par ondes courtes. Même lorsqu'il se montre un amant plein de tendresse et que, de sa main gauche, elle le tient au-dessus du *kara*, là où se raidissent les muscles de son avant-bras, elle se sent invisible à ce regard égaré, jusqu'à ce qu'il pousse son grognement, au moment où sa tête retombe contre son cou. Tout ce qui n'est pas dangereux est périphérique. Elle lui a appris à faire un bruit, ce bruit, elle l'a désiré de lui, c'est là le seul point sur lequel il se montre tant soit peu détendu depuis le combat. Comme s'il acceptait enfin de signaler sa position dans le noir, de manifester son plaisir par un bruit humain.

Nous ignorons à quel point elle est amoureuse de lui, ou lui amoureux d'elle. Jusqu'à quel point c'est un jeu de secrets. Plus ils deviennent intimes, plus l'espace entre eux grandit, pendant la journée. Elle aime la distance qu'il lui laisse, les espaces auxquels il présume qu'ils ont droit. Cela donne à chacun une énergie personnelle, une aire lorsqu'il passe sans mot dire en dessous de sa fenêtre, en parcourant les six cents mètres pour rejoindre les autres sapeurs, en ville. Il lui tend une assiette ou de la nourriture. Elle pose une feuille sur son poignet brun. Ou bien ils travaillent, avec Caravaggio entre eux, à cimenter un mur qui s'effondre. Le sapeur chante ses chansons de l'Ouest que Caravaggio apprécie, même s'il prétend le contraire.

« *Pennsylvania six-five-oh-oh-oh* », halète le jeune soldat.

Elle apprend toutes les variétés de sa couleur sombre. Celle de son avant-bras par rapport à celle de son cou. La couleur de ses paumes. De sa joue. De la peau sous le turban. Le foncé des doigts qui séparent fils rouges et fils noirs, ou qui prennent le pain sur l'assiette métallique dont il se sert encore pour ses repas. Puis il se lève. Son indépendance leur paraît grossière, alors que lui y voit, à coup sûr, le comble de la politesse.

Elle aime avant tout les couleurs humides de son cou lorsqu'il se baigne. Sa poitrine moite de sueur à laquelle ses doigts s'agrippent lorsqu'il est au-dessus d'elle. Ses bras sombres et vigoureux dans l'obscurité de sa tente, ou dans sa chambre, comme le soir où les lumières de la ville, enfin dispensée du couvre-feu, s'étaient insinuées entre eux, depuis la vallée, comme le crépuscule éclairant la couleur de son corps.

Plus tard, elle se rendrait compte qu'il ne s'était jamais permis d'être son obligé, et réciproquement. Elle ouvrirait de grands yeux en tombant sur ce mot dans son roman, consulterait un dictionnaire. *Obligé. Être lié par une obligation.* Et lui, elle le sait, ne se l'est jamais permis. Si elle traverse les deux cents mètres de jardin obscur qui la séparent de lui, c'est son choix à elle, elle peut le trouver endormi. Non par défaut d'amour, mais par nécessité. Pour avoir l'esprit clair face aux objets dangereux qui l'attendent le lendemain.

Il la trouve remarquable. Il s'éveille et la voit dans le faisceau de sa lampe. Il aime par-dessus tout son air intelligent. Le soir, il aime sa voix lorsque, pour une broutille, elle se lance dans une discussion avec Caravaggio. Il aime la façon dont elle se glisse contre son corps, comme une sainte.

Ils parlent. Timide mélopée de sa voix dans l'odeur de toile de leur tente, qui a été la sienne pendant toute la campagne d'Italie et qu'il soulève pour la toucher de ses doigts délicats comme si elle aussi faisait partie de son corps, aile kaki dont il s'enveloppe la nuit. Son monde à lui. Ces nuits-là, elle se sent bien loin du Canada. Il lui demande pourquoi elle ne peut dormir. Elle gît là, agacée par son indépendance, par l'aisance avec laquelle il s'isole du monde. Elle veut un toit en tôle ondulée pour la pluie, deux peupliers qui frissonnent devant sa fenêtre, un bruit qui berce son sommeil. Elle veut les arbres et les toits endormis de son enfance, à l'est de Toronto, puis (pendant deux ans) chez Patrick et Clara, au bord de la Skootamatta, et (plus tard) dans la baie de Géorgie. Elle n'a pas retrouvé d'arbre endormi dans ce jardin pourtant épais.

« Embrasse-moi. C'est de ta bouche dont je suis le plus purement amoureuse. De tes dents. » Et plus tard, lorsque sa tête est retombée sur le côté, vers l'air, près de l'ouverture de la tente, elle a murmuré, elle seule pouvait l'entendre : « Peut-être qu'il faudrait demander à Caravaggio. Mon père m'a dit un jour que Caravaggio était un éternel amoureux. Non seulement il tombe amoureux, mais il se perd dans ses amours. Jamais il ne sait où il en est. Il est toujours heureux. Kip ? Tu m'entends ? Je suis si heureuse avec toi. Si heureuse d'être comme ça avec toi. »

Ce qu'elle voulait, c'était une rivière, pour y nager tous les deux. Nager sous-entendait pour elle un cérémonial évoquant celui de la salle de bal. Pour lui, le mot rivière, ou fleuve, n'avait pas le même sens. Il était entré en silence dans le Moro, tirant le harnais où étaient fixés les câbles du pont escamotable. Les panneaux d'acier boulonnés glissaient derrière lui dans l'eau comme une créature vivante, puis le ciel s'était embrasé sous le feu de l'artillerie ; à côté de lui, au milieu du fleuve, quelqu'un coulait. Ils plongèrent et replongèrent pour récupérer les poulies et les grappins, tandis que les fusées au phosphore qui zébraient le ciel illuminaient la boue, les surfaces et les visages.

Pendant une nuit entière, ils ont pleuré, hurlé, en s'aidant mutuellement à ne pas devenir fous. Leurs vêtements étaient gonflés par les eaux hivernales. Petit à petit, le pont se transformait en route au-dessus de leurs têtes. Deux jours plus tard, ils rencontrèrent un autre fleuve. Chacun de ces cours d'eau était dépourvu de pont, comme si son nom avait été effacé, comme un ciel sans étoiles, une maison sans portes. Les unités de sapeurs y pénétraient avec des cordes, ils charriaient des câbles sur leurs épaules et serraient les boulons enrobés de graisse pour ne pas faire grincer le métal. Puis l'armée passait. Le convoi roulait sur le pont préfabriqué tandis que les sapeurs étaient encore dans l'eau.

Que de fois ils furent surpris au milieu du courant quand les premiers obus commençaient à tomber, illuminant le rivage boueux, brisant l'acier et le fer. Rien ne les protégeait, le fleuve brun était comme une soie face au métal qui le déchirait.

Il en détourna son esprit. Il savait faire le coup du sommeil rapide à cette femme qui avait ses fleuves à elle, ses fleuves perdus.

Oui, Caravaggio lui expliquerait comment couler dans l'amour. Et même comment couler dans l'amour prudent. « Je veux t'emmener jusqu'au Skootanatta, Kip, disait-elle. Je veux te montrer Smoke Lake. La femme que mon père aimait vit là-bas, au bord des lacs, elle est plus à l'aise en canot qu'en voiture. Le tonnerre et les sautes de courant me manquent. Je veux que tu rencontres la Clara des canots. La seule qui reste de ma famille. Mon père l'a abandonnée pour une guerre... »

Elle se dirige sans le moindre faux pas, sans la moindre hésitation vers la tente où il passe la nuit. Les arbres tamisent le clair de lune, comme si la lumière diffractée par le globe d'une salle de danse l'avait prise au piège. Elle pénètre dans sa tente, pose l'oreille contre son torse endormi et l'écoute, de la façon dont il écouterait le mécanisme d'horlogerie d'une mine. Deux heures du matin. Tout le monde dort, sauf elle.

IV

Le Caire, quartier sud
1930-1938

Après Hérodote, l'indifférence du monde occidental à l'égard du désert dure plusieurs siècles. De 425 avant Jésus-Christ jusqu'au début du XXᵉ siècle, on détourne les yeux. Silence. Le XIXᵉ siècle est une époque de chercheurs de fleuves. Dans les années 20, un joli post-scriptum vient s'inscrire dans ce coin de notre terre, grâce à des expéditions financées par des particuliers, suivies par de modestes conférences données à la Société de Géographie de Londres, à Kensington Gore. Les conférenciers sont des hommes brûlés par le soleil, épuisés. Tels les marins de Conrad, ils ne se sentent pas très à l'aise avec le cérémonial des taxis ni avec l'humour rapide, mais plat, des chauffeurs d'autobus.

Lorsque ces messieurs prennent un train de banlieue pour Knightsbridge afin d'assister aux réunions de la Société, il leur arrive souvent de se perdre ou d'égarer leurs billets, obnubilés par leurs vieilles cartes et les notes, lentement et laborieusement griffonnées, contenues dans le sac à dos qu'ils ne quittent jamais, comme s'il avait toujours fait partie de leur corps. Ces hommes de toutes nations voyagent en début de soirée, à dix-huit heures. L'heure des solitaires. Anonyme. La ville rentre chez elle. Les explorateurs arrivent trop en avance à Kensington Gore, ils dînent au Lyons Corner House avant de pénétrer dans les bâtiments de la Société de Géographie. Ils vont ensuite s'asseoir dans la salle du haut, à côté du grand canoë maori, pour relire leurs notes. A vingt heures, les exposés commencent.

Les conférences ont lieu chaque semaine. Quelqu'un est là pour présenter, quelqu'un est là pour remercier. En général, ce dernier argumente ou vérifie la solidité de l'exposé ; s'il se montre pertinemment critique, il n'est jamais impertinent. Les conférenciers, chacun l'imagine, restent près des faits, et les hypothèses les plus perturbantes sont présentées avec modestie.

Mon voyage à travers le désert de Libye, entre Sokum, au bord de la Méditerranée, et Al-Ubayyid, au Soudan, a suivi l'une des rares pistes à la surface de cette terre qui présentent nombre de problèmes géographiques intéressants et variés...

Dans ces salles aux boiseries de chêne, on ne fait jamais état des années consacrées à la préparation, à la recherche, ou même au financement. Le conférencier de la semaine précédente a enregistré la disparition de trente personnes dans les glaces de l'Antarctique. Dans le cas de pertes de ce genre, dues à des chaleurs extrêmes ou à des tempêtes, les éloges funèbres sont réduits à leur plus simple expression. Toute considération humaine ou financière est à des lieues de la question, à savoir la surface de la terre et ses « problèmes géographiques dignes d'intérêt ».

En ce qui concerne l'irrigation ou le drainage du delta du Nil, peut-on envisager dans cette région l'utilisation d'autres dépressions que la Wadi-Rayan dont on parle tant ? Les approvisionnements artésiens des oasis sont-ils en train de diminuer ? Où devrons-nous chercher la mystérieuse « Zerzura » ? Reste-t-il d'autres oasis « perdues » à découvrir ? Où sont les émydes de Ptolémée ?

John Bell, directeur des recherches sur le désert en Égypte, posait ces questions en 1927. Dès les années 30, les communications sur ce sujet se firent encore plus modestes. « *J'aimerais ajouter quelques remarques sur*

certains points soulevés lors de la discussion fort intéres-
sante que nous avons eue sur la "Géographie préhistori-
que de l'oasis de Kharga". » Vers 1935, l'oasis « perdue »
de Zerzura fut retrouvée par Ladislau de Almasy et ses
compagnons.

En 1939, la grande décennie des expéditions dans le
désert libyen prit fin, et ce coin de terre, aussi vaste que
silencieux, devint l'un des théâtres de la guerre.

Dans la chambre à la tonnelle, le brûlé voit très loin. Ainsi, à Ravenne, le chevalier dont le corps de marbre noir paraît en vie, presque liquide, a-t-il la tête surélevée par un coussin de pierre, afin que son regard puisse, au-delà de ses pieds, contempler la perspective. Au-delà de la pluie tant désirée en Afrique. Vers leurs vies, au Caire. Leurs travaux et leurs jours.

Hana est assise près de son lit, elle marche à côté comme un écuyer, l'accompagnant dans ses voyages.

En 1930, lorsque nous recherchions l'oasis perdue appelée Zerzura, nous avions commencé à établir une carte de la majeure partie du plateau de Jilf Kabir. Zerzura, la cité des Acacias.

Nous étions des Européens du désert. John Bell avait repéré le plateau de Jilf Kabir en 1917. Puis le Kemal el-Din. Bagnold avait ensuite rejoint le sud en passant par la mer de Sable. Madox, Walpole, de l'Institut de recherches du désert, Son Excellence Wasfi Bey, le photographe Casparius, le docteur Kadar, géologue, et Bermann. Et le Jilf Kabir, comme Madox se plaisait à le faire remarquer, ce grand plateau en plein désert de Libye, aussi grand que la Suisse, était au cœur de nos recherches. A l'est et à l'ouest, ses escarpements étaient à pic, mais il descendait doucement vers le nord. Il surgissait dans le désert, à sept cents kilomètres à l'ouest du Nil.

Dans l'ancienne Égypte, on pensait qu'il n'existait pas de points d'eau à l'ouest des villes oasis. Le monde s'arrêtait là. L'intérieur était aride. Mais dans le vide des déserts, on côtoie constamment l'histoire perdue. Les tribus Tebu et Senussi avaient sillonné ces contrées. Elles possédaient des puits gardés dans le plus grand secret. On parlait de terres fertiles blotties à l'intérieur du désert. Les écrivains arabes du XIIIᵉ siècle parlaient de Zerzura. « L'oasis des petits oiseaux. » « La cité des Acacias. » Si l'on en croit le *Livre des trésors cachés*, le *Kitab al Kanuz*, Zerzura est une ville blanche, « blanche comme la colombe ».

Regardez une carte du désert de Libye et vous y verrez des noms. Kemal el-Din qui, en 1925, mena à bien, et presque en solitaire, la première grande expédition moderne. Bagnold, 1930-1932. Almasy-Madox, 1931-1937. Juste au nord du tropique du Cancer.

Nous étions un petit groupe appartenant à une nation entre deux guerres, envoyés là-bas pour établir des cartes et réexplorer. Nous nous retrouvions à Dakhla et à Koufra comme s'il s'agissait de bars ou de cafés. Bagnold appelait cela une société d'oasis. Nous connaissions la vie intime de chacun, nos talents et nos points faibles mutuels. Nous pardonnions tout à Bagnold pour ce qu'il écrivait des dunes. « *Les sillons et les rides du sable rappellent le creux du palais de la gueule d'un chien.* » C'était ça, le vrai Bagnold, un homme qui aurait plongé une main investigatrice entre les mâchoires d'un chien.

1930. Notre premier voyage, du sud de Jaghbub dans le désert et chez les tribus Zwaya et Majabra. Un voyage de sept jours vers El Taj. Madox, Bermann et quatre autres. Des chameaux, un cheval, un chien. Au départ, nous eûmes droit à la vieille plaisanterie : « commencer un voyage par une tempête de sable porte chance. »

Le premier soir, nous campâmes à une trentaine de kilomètres au sud. Le lendemain matin, nous sortîmes de nos tentes à cinq heures. Il faisait trop froid pour dormir. Nous allâmes nous asseoir à la lumière des feux, enveloppés par l'obscurité. Au-dessus de nous, brillaient les dernières étoiles. Le soleil ne se lèverait pas avant deux heures. Nous fîmes passer des gobelets de thé chaud. Pendant ce temps, on donnait à manger aux chameaux, ils mâchonnaient dattes et noyaux, à moitié endormis. Nous prîmes le petit déjeuner et bûmes trois autres gobelets de thé.

Quelques heures plus tard, par une belle matinée, une tempête de sable s'abattit sur nous. Elle ne venait de nulle part. La brise, jusqu'ici rafraîchissante, s'était peu à peu intensifiée. Nous finîmes par regarder plus bas : la surface du désert avait changé. Passez-moi le livre... Tenez. Voici la façon admirable dont le Bey Hassaneim décrit ces tempêtes :

On croirait que la surface repose sur des tuyaux percés de milliers de petits trous d'où s'échappent de minuscules jets de vapeur. Le sable gicle par à-coups et tourbillonne. La perturbation gagne du terrain au fur et à mesure que le vent augmente. Il semblerait qu'obéissant à quelque force souterraine la surface du désert se soulève. De gros cailloux viennent heurter les tibias, les genoux, les cuisses. Les grains de sable, grimpant le long du corps, atteignent le visage et s'élèvent au-dessus de la tête. Le ciel est couvert, tout s'estompe, sauf les objets les plus proches. L'univers est bouché.

Il nous fallait continuer à avancer. Si vous vous arrêtez, le sable s'accumule autour de vous, comme autour de tout ce qui est stationnaire, il vous enferme. Vous êtes à jamais perdu. Une tempête de sable peut durer cinq heures. Les dernières années, nous avions beau être dans des camions, nous étions forcés de continuer à conduire, sans visibilité. La nuit éveillait les pires angoisses. Une fois, au nord de Koufra, nous essuyâmes une tempête dans l'obscurité. A trois heures du matin. La rafale a balayé nos tentes, nous avons roulé et tangué avec elles, prenant le sable comme le navire en train de couler prend l'eau, accablés, suffocants, jusqu'à ce qu'un chamelier nous libère.

Nous avons affronté trois tempêtes en sept jours, manquant ainsi les petites villes du désert où nous espérions nous réapprovisionner. Notre cheval disparut. Trois chameaux périrent. Les deux derniers jours, il ne nous restait plus de provisions, rien que du thé. Notre dernier lien avec le monde était le tintement de l'urne à thé noircie par le feu, la longue cuillère et le gobelet qui nous arrivaient dans l'obscurité des matins. Après la troisième nuit, nous renonçâmes à parler. Tout ce qui nous importait c'était le feu et le liquide brun, en quantité vraiment minime.

C'est par pure chance que nous tombâmes sur la ville de Taj, une ville du désert. Je traversai le souk, l'allée des horloges carillonnantes, puis la rue des baromètres, dépassai les étalages de cartouches, de sauce tomate et autres conserves en provenance de Benghazi, les éventaires de calicots d'Égypte, les décorations faites de queues d'autruche, les dentistes de rue, les marchands de livres. Nous étions encore muets, chacun faisait bande à part. Nous avons fait lentement connaissance avec ce nouveau monde, comme des rescapés d'un naufrage. Sur la grand-place de Taj, nous nous assîmes, nous mangeâmes de l'agneau, du riz, des galettes de *badawi* et nous bûmes du lait à la pulpe d'amandes. Tout cela après avoir longuement attendu trois verres de thé servis selon les règles, parfumés à l'ambre et à la menthe.

Au cours de l'année 1931, comme je m'étais joint à une caravane de Bédouins, j'appris que l'un des nôtres m'y avait devancé. Il s'agissait de Fenelon-Barnes. J'allai jusqu'à sa tente. Il était absent pour la journée, parti répertorier des arbres fossilisés. En jetant un coup d'œil sous sa tente, je vis une liasse de cartes, les photos de sa famille qu'il avait toujours avec lui, etc. En repartant, j'aperçus un miroir accroché en haut du mur de peau, je regardai et vis le lit qui s'y reflétait. On aurait dit qu'il y avait une petite bosse sous les couvertures, un chien sans doute. J'enlevai la *djellaba*, une fillette arabe ligotée y dormait.

En 1932, Bagnold avait fini ; en revanche, Madox et nous autres étions partout. A la recherche de l'armée perdue de Cambyse. A la recherche de Zerzura. 1932, 1933, 1934. Des mois sans nous revoir. Rien que les Bédouins et nous, à quadriller la route des Quarante jours. Les tribus du désert étaient comme un fleuve, c'étaient les plus beaux êtres humains que j'aie jamais rencontrés. Nous étions allemands, anglais, hongrois, africains, mais pour eux, ça ne voulait rien dire. Peu à peu, nous sommes devenus apatrides. J'en vins à détester les nations. Les nations nous déforment. Madox en était mort.

Le désert ne pouvait être ni revendiqué ni possédé : c'était une pièce de drap emportée par les vents, que jamais les pierres n'avaient su retenir, à laquelle on avait donné une centaine de noms éphémères, bien avant Canterbury, bien avant les batailles et les traités qui ont supprimé ce patchwork bariolé que sont l'Europe et l'Orient. Ses caravanes, étranges vagabondages festifs et culturels, n'ont rien laissé derrière, pas même des cendres. Nous tous, y compris ceux qui avaient au loin des maisons européennes et des enfants, souhaitions quitter l'habit de nos pays. C'était un endroit où régnait la confiance. Nous disparaissions dans le paysage. Feu et sable. Nous laissions derrière nous les ports de l'oasis. Les endroits que l'eau venait effleurer... *Ain, Bir, Wadi, Foggara, Khottara, Shaduf*. Je ne voulais pas voir mon nom à côté de noms aussi beaux. Effacez le nom de famille ! Effacez les nations ! Le désert m'a appris ce genre de choses.

Certains voulaient malgré tout laisser leur marque. Laisser à jamais leur empreinte sur ce cours d'eau à sec, cette butte de galets. Petites vanités dans ce lopin de terre au nord-ouest du Soudan, au sud de la Cyrénaïque... Fenelon-Barnes souhaitait que les arbres fossiles qu'il avait découverts portent son nom. Il aurait même voulu léguer son nom à une tribu et passa une année en tractations. Bauchan le battit : on donna son nom à une espèce de dune. Pour ma part, je voulais effacer le mien. Effacer l'endroit d'où je venais. Lorsque la guerre éclata, j'avais derrière moi dix années de désert, il m'était donc aisé de me glisser d'une frontière à l'autre, de n'appartenir à personne. A aucune nation.

1933 et 1934. J'oublie l'année. Madox, Casparius, Bermann, deux chauffeurs soudanais, un cuisinier et moi. Nous voyageons maintenant dans des Ford modèle A. Nous utilisons pour la première fois de gros pneus ballons connus sous le nom de roues à air. Ils vont mieux sur le sable, reste à savoir s'ils résisteront aux champs de pierres et aux éclats de roches.

Nous quittons Kharga le 22 mars. Bermann et moi avons émis une théorie selon laquelle Zerzura est formée de trois oueds dont parlait Williamson, en 1838.

A une centaine de kilomètres au sud-ouest de Jilf Kabir, trois massifs de granit s'élèvent au milieu de la plaine : Jabal Archenu, Jabal al-Uwaynat, Jabal Kissu. Ils sont à une vingtaine de kilomètres les uns des autres. L'eau de plusieurs de ces ravins est potable, même si celle de Jabal Archenu est amère, imbuvable, sauf en cas d'urgence. Si l'on en croit Williamson, Zerzura est donc formée de trois oueds. Toutefois, il ne les a jamais localisés, aussi considère-t-on cela comme une légende. La présence d'une seule oasis, alimentée par les pluies, lovée dans ces collines en forme de cratère, aiderait cependant à comprendre comment Cambyse et son armée purent entreprendre la traversée d'un tel désert. Cela expliquerait aussi les raids des Senussi pendant la Grande Guerre, lorsque les géants noirs traversèrent un désert que l'on disait sans eau ni pâture. Civilisé depuis des siècles, ce monde possédait des centaines de voies et de routes.

Nous trouvons à Abu Ballas des jarres ayant la forme d'amphores grecques. Hérodote les mentionne.

Dans la forteresse d'El Jof, dans la salle en pierre, jadis la bibliothèque du célèbre cheik senussi, nous bavardons, Bermann et moi, avec un mystérieux vieillard qui ressemble à un serpent. Un vieux Tebu, un guide de caravane, qui parle arabe avec un accent. Citant Hérodote, Bermann dira plus tard « comme le cri rauque des chauves-souris ». Nous parlons avec lui toute la journée, toute la nuit, il garde bien ses secrets. Le credo senussi, leur doctrine fondamentale est de ne pas révéler les secrets du désert à des étrangers.

A Wadi El Melik, nous remarquons des oiseaux d'une espèce inconnue.

Le 5 mai, j'escalade une falaise de roc et j'affronte le plateau Uwaynat sous un nouvel angle. Je me retrouve dans un grand oued plein d'acacias...

Il fut un temps où les cartographes donnaient aux endroits qu'ils traversaient les noms de leurs bien-aimées plutôt que leurs noms à eux. Une femme voyageant en caravane, surprise en train de se baigner au milieu du désert qui, d'un bras, pare de mousseline sa nudité. L'épouse de quelque vieux poète arabe, dont les épaules de blanche colombe valurent à la belle de léguer son nom à une oasis. L'outre l'arrose d'eau, elle se drape dans la mousseline tandis que le vieux scribe se détourne d'elle pour décrire Zerzura.

Ainsi, dans le désert, un homme peut-il se glisser dans un nom comme dans un puits qu'il a découvert, et, une fois dans sa fraîcheur ombreuse, être tenté de ne jamais quitter pareil refuge. Je n'avais qu'un désir, rester là, parmi ces acacias. Je foulais non pas un sol que nul n'avait foulé, mais qui avait accueilli au cours des siècles des peuplades aussi inattendues qu'éphémères : une armée du XIVᵉ siècle, une caravane Tebu, et, en 1915, les raids des Senussi. Entre-temps, il n'y avait rien eu. En l'absence de pluie, les acacias dépérissaient, les oueds s'asséchaient... jusqu'à ce que l'eau réapparaisse, un demi-siècle ou un siècle plus tard. Apparitions et disparitions sporadiques, comme légendes et rumeurs au fil de l'histoire.

Dans le désert, les eaux les plus chéries du monde ruissellent d'azur entre vos mains, sur votre corps, dans votre gorge. Arquant la gracile blancheur de son corps, une femme du Caire se lève et se penche par la fenêtre pour laisser sa nudité accueillir l'averse.

Hana se penche en avant, elle le voit partir à la dérive, elle l'observe, sans dire un mot. Qui est-elle, cette femme ?

Les confins de la terre ne sont jamais les points de la carte auxquels s'en prennent les colons lorsqu'ils tentent d'élargir leur sphère d'influence. D'un côté, vous avez les serviteurs, les esclaves, les vagues du pouvoir et la correspondance avec la Société de Géographie. De l'autre, le premier pas d'un Blanc sur l'autre rive d'un grand fleuve, la première fois qu'un œil blanc a vu une montagne qui est là depuis toujours.

Jeunes, nous ne regardons pas dans les miroirs. Cela vient avec l'âge, avec le souci de notre nom, de notre légende, de ce que nos vies signifieront pour la postérité. Nous tirons gloriole de notre nom, d'avoir été, prétendons-nous, les premiers à voir quelque chose, l'armée la plus forte, le marchand le plus rusé. C'est l'âge venu que Narcisse voudra de lui une image taillée.

Mais nous voulions savoir ce qui liait nos vies au passé. Nous voguions dans le passé. Nous étions jeunes. Nous savions que le pouvoir et la haute finance sont éphémères. Nous gardions toujours Hérodote à notre chevet. « *Car les cités qui furent grandes ont, en général, perdu maintenant leur importance, et celles qui étaient grandes de mon temps ont d'abord été petites... La prospérité de l'homme n'est jamais stable.* »

En 1936, un jeune du nom de Geoffrey Clifton rencontra à Oxford un ami qui lui signala ce que nous faisions. Il me contacta, se maria le lendemain ; quinze jours plus tard, il s'envolait pour Le Caire avec son épouse.

Le jeune couple pénétra ainsi dans notre monde : le prince Kemal el-Din, Bell, Almasy et Madox. Un nom continuait à revenir sur nos lèvres, celui du Jilf Kabir. Quelque part, là-bas, se blottissait Zerzura, dont on retrouve le nom dans des manuscrits arabes du XIIIᵉ siècle. Lorsque vous voyagez aussi loin dans le temps, un avion devient nécessaire. Le jeune Clifton était riche, il savait piloter et possédait un avion.

Clifton nous retrouva à El Jof, au nord d'Uwaynat. Il nous attendait, assis dans le biplace. Nous le rejoignîmes à pied depuis le camp. Se levant dans le cockpit, il prit sa bouteille et se servit un verre. La jeune épousée était assise à ses côtés.

« Je nomme ce site le Bir Messaha Country Club », annonça-t-il.

Je notai l'amical embarras qui envahit le visage de son épouse, ainsi que la crinière léonine de celle-ci lorsqu'elle retira son casque de cuir.

Ils étaient jeunes et se sentaient comme nos enfants. Ils descendirent de l'avion et nous serrèrent la main à tous les cinq.

1936, le début de notre histoire...

Ils sautèrent de l'aile du Moth. Clifton vint à notre rencontre avec la bouteille et nous eûmes droit à une gorgée d'alcool tiède. Les cérémonies, il aimait ça. Il avait baptisé son avion *Rupert Bear*. Je ne pense pas qu'il aimait le désert, disons plutôt qu'il éprouvait de l'affection pour celui-ci, une affection née de certaine admiration pour notre ordre austère dans lequel il voulait trouver place, comme un bachelier exubérant respecte le silence d'une bibliothèque. Nous ne nous attendions pas à ce qu'il amène son épouse, mais nous nous montrâmes courtois. Elle se tint là pendant que le sable s'accumulait dans sa crinière.

Qu'étions-nous pour ce jeune couple ? Certains d'entre nous avaient écrit des ouvrages sur la formation des dunes, la disparition et la réapparition des oasis, la culture perdue des déserts. Nous semblions ne nous intéresser qu'à des choses qui ne pouvaient être ni achetées ni vendues, dépourvues du moindre intérêt pour le reste du monde. Nous nous disputions à propos de latitudes, ou d'événements survenus sept cents ans plus tôt. Les théorèmes de l'exploration. Nous prétendions qu'Abd el Melik Ibrahim el Zwaya, un chamelier qui vivait dans l'oasis de Zuck, avait été le premier parmi ces tribus à comprendre le concept de la photographie.

La lune de miel des Clifton touchait à sa fin. Les laissant avec les autres, je m'en fus rejoindre un homme à Koufra, où je vérifiai des théories que j'avais gardées secrètes sans les communiquer au reste de l'expédition. Trois nuits plus tard, je retournai au camp d'El Jof.

Le feu du désert était entre nous. Les Clifton, Madox, Bell et moi. Un homme se penchait-il de quelques centimètres en arrière, qu'il disparaissait dans l'obscurité. Katharine Clifton se mit à réciter quelque chose et ma tête disparut de l'auréole du feu de brindilles.

Du sang classique coulait dans les veines de la jeune femme. Ses parents, semblait-il, étaient connus dans le milieu de l'histoire du droit. J'étais un de ces hommes qui n'appréciaient pas la poésie, jusqu'à ce que j'entende une femme nous en réciter. Et voici que dans ce désert elle rameuta ses souvenirs estudiantins pour décrire les étoiles, avec les gracieuses métaphores d'Adam enseignant une femme.

Ces astres, quoique non aperçus dans la profondeur de la nuit, ne brillent donc pas en vain. Ne pense pas que, s'il n'était point d'homme, le ciel manquât de spectateurs, et Dieu, de louanges : des millions de créatures spirituelles marchent invisibles dans le monde, quand nous veillons et quand nous dormons ; par des cantiques sans fin, elles louent les ouvrages du Très-Haut qu'elles contemplent jour et nuit. Que de fois sur la pente d'une colline à l'écho, ou dans un bosquet, n'avons-nous pas entendu des

voix célestes à minuit (seules ou se répondant les
unes aux autres) chanter le grand Créateur[1] !...

Cette nuit, je suis tombé amoureux d'une voix. Rien
que d'une voix. Je ne voulus rien entendre d'autre. Je me
suis levé et je suis parti.

Elle était un saule. A quoi ressemblerait-elle, en hiver,
à mon âge ? Je la vois encore, toujours, avec l'œil d'Adam.
Elle avait été ce corps s'extirpant maladroit d'un avion,
se baissant au milieu de nous pour activer un feu, le coude
pointé vers moi, tandis qu'elle buvait à un bidon.

Un mois plus tard, elle valsa avec moi alors que nous
étions allés danser en groupe au Caire. Même légèrement
ivre, elle arborait un visage indomptable ; jamais, à mon
avis, celui-ci ne fut plus révélateur qu'en cette occasion
où nous étions tous deux à moitié éméchés, sans être
amants.

Cela fait des années que j'essaie de comprendre ce qu'il
y avait dans ce regard. Cela ressemblait à du mépris. C'est
du moins ce que je crus. Aujourd'hui, je me dis qu'elle
m'étudiait. C'était une innocente que quelque chose en
moi étonnait. Je me conduisis comme je le fais habituel-
lement dans les bars, mais cette fois je m'étais trompé de
compagne. Je suis de ceux qui ne mélangent pas leurs
codes de conduite. J'avais simplement oublié qu'elle était
plus jeune que moi.

Elle m'*étudiait*. Une chose si simple. Et moi, je guettais
le moindre faux mouvement, dans son regard de statue,
qui la trahirait.

Donnez-moi une carte et je vous bâtirai une ville. Donnez-moi un crayon et je vous dessinerai une chambre dans
la partie sud du Caire, avec des cartes du désert sur le
mur. Le désert était à jamais parmi nous. En me réveillant,
je levais les yeux et j'avais devant moi la carte des vieilles
colonies bordant la côte méditerranéenne : Gazala,

1. John Milton, *Le Paradis perdu*, trad. Chateaubriand. (*N.d.T.*)

Tobrouk, Mersa Matruh, puis, plus au sud, les oueds peints à la main, et, tout autour, les teintes de ce jaune que nous envahissions, dans lequel nous essayions de nous perdre. « *Je suis ici pour décrire brièvement les diverses expéditions qui se sont attaquées au Jilf Kabir. Le docteur Bermann nous ramènera plus tard au désert tel qu'il existait il y a des milliers d'années...* »

C'est ainsi que Madox s'adressait à d'autres géographes, à Kensington Gore. Mais l'adultère n'est pas mentionné dans les minutes de la Société de Géographie. Notre chambre n'apparaît jamais dans les comptes rendus détaillés qui ont relevé chaque butte et chaque incident de l'histoire.

Au Caire, dans la rue aux perroquets, on se fait morigéner par des oiseaux exotiques presque doués de langage. Des rangées d'oiseaux criaillent et sifflent, véritable avenue emplumée. Je savais quelle tribu avait emprunté telle route de la soie ou des chameaux, les transportant dans leurs petits palanquins à travers les déserts. Des voyages de quarante jours, après qu'ils eurent été capturés par des esclaves ou cueillis, comme des fleurs, dans des jardins équatoriaux puis enfermés dans des cages en bambou pour entrer dans ce courant qu'on appelle le commerce. Ces oiseaux étaient comme des fiancées du Moyen Age à qui l'on fait la cour.

Ils nous environnaient. Je lui montrais une ville qui lui était inconnue.

Sa main toucha mon poignet.

« Si je vous donnais ma vie, vous la laisseriez tomber, n'est-ce pas ? »

Je ne répondis rien.

V

Katharine

La première fois qu'elle le vit dans ses rêves, elle s'éveilla en hurlant, aux côtés de son mari.

Elle était là, dans leur chambre, elle regardait le drap, les yeux écarquillés, la bouche ouverte. Son mari posa la main sur son dos.

« Tu as fait un cauchemar, ne t'inquiète pas.

– Oui.

– Veux-tu que j'aille te chercher un verre d'eau ?

– Oui. »

Elle refuse de bouger. Elle refuse de s'étendre à nouveau dans la partie du lit où ils étaient.

Car cela s'est passé dans cette pièce – sa main sur son cou (qu'elle touchait maintenant), cette colère à son égard qu'elle avait perçue en lui les premières fois qu'elle l'avait vu. Non, plutôt un manque d'intérêt que de la colère, certaine exaspération à l'idée d'avoir une femme mariée parmi eux. Ils étaient courbés comme des animaux et il l'avait prise par le cou, l'empêchant de respirer au plus fort de son excitation.

Son mari lui apporta le verre sur une soucoupe mais elle ne put lever les bras : ils tremblaient, flasques. Il plaça tant bien que mal le verre contre ses lèvres pour qu'elle puisse avaler d'un trait l'eau chlorée qui coula sur son menton, et sur son estomac. Lorsqu'elle se rallongea, elle eut à peine le temps de penser à ce qu'elle avait vu, et sombra dans un profond sommeil.

Ainsi avait-elle, pour la première fois, revécu ces moments. Elle y repensa le lendemain, mais, étant occu-

163

pée, elle refusa de passer trop de temps à en comprendre le sens, bannissant ce souvenir de son esprit : une collision fortuite, par une nuit encombrée. Rien de plus.

Un an plus tard, survinrent d'autres rêves. Plus dangereux. Paisibles. Au cours du premier, elle se rappela les mains à son cou et attendit que le calme entre eux vire à la violence.

Qui jetait ces miettes tentatrices ? Cet homme ne l'avait jamais intéressée. Un rêve. Puis, une autre série de rêves.

Il expliqua, par la suite, que c'était la proximité. La proximité dans le désert. Ce sont des choses qui arrivent, par ici, dit-il. Il aimait ce mot : proximité. La proximité de l'eau, la proximité de deux ou trois corps dans une voiture roulant pendant six heures dans la mer de sable. Son genou en sueur contre la boîte de vitesses du camion, son genou s'écartant, montant et descendant au gré des bosses. Dans le désert, on a tout son temps, celui de regarder, d'inventer des théories sur la chorégraphie de ce qui vous entoure

Lorsqu'il parlait comme cela, elle le détestait, son regard restait courtois, mais elle l'aurait giflé. Elle éprouvait souvent le désir de le gifler et elle se rendait compte que même cela était sexuel. Pour lui, toute relation rentrait dans telle ou telle catégorie. Proximité *ou* distance. De même que, pour lui, les *Histoires* d'Hérodote éclairaient toutes les formes de sociétés. Il prétendait connaître par expérience les us et coutumes d'un monde qu'il avait essentiellement abandonné quinze ans plus tôt ; depuis ce temps, il n'avait cessé de se battre pour explorer un monde du désert à moitié inventé.

A l'aérodrome du Caire, ils chargèrent l'équipement dans les trois véhicules. Son mari resta pour vérifier le circuit de carburant du Moth avant le départ des trois hommes, prévu pour le lendemain. Madox se rendit à l'une des ambassades afin d'envoyer un télégramme. Et *il* irait en ville prendre une cuite, une tradition au Caire pour fêter la dernière soirée. Il commencerait par le Casino Opéra de Madame Badin, puis disparaîtrait dans les petites rues à l'ombre de l'hôtel Pasha. Il préparerait ses valises à l'avance de façon à n'avoir plus qu'à grimper dans le camion le lendemain matin, avec la gueule de bois.

Il la conduisit donc en ville. Il y avait de l'humidité dans l'air. La circulation était ralentie, c'était la mauvaise heure.

« Comme il fait chaud ! Je boirais bien une bière. Tu en veux une ?

– Non, j'ai des tas de choses à faire dans les deux heures qui suivent. Il va falloir que tu m'excuses.

– Sans problème, dit-elle. Je ne veux pas te gêner.

– J'en prendrai une avec toi à mon retour.

– Dans trois semaines, c'est ça ?

– A peu près.

– J'aimerais bien venir avec toi... »

Il ne répondit rien. Ils traversèrent le pont du Boulaq, la circulation était pire. Trop de carrioles, trop de piétons qui s'imaginaient que les rues leur appartenaient. Il prit un raccourci, par le sud, le long du Nil, jusqu'à l'hôtel Sémiramis où elle était descendue, derrière les casernes.

« Cette fois, tu vas trouver Zerzura, n'est-ce pas ?

– Cette fois, je la trouve. »

Son naturel reprenait le dessus. Il prit à peine le temps de la regarder pendant le trajet, même lorsqu'ils restaient bloqués plus de cinq minutes au même endroit.

Une fois arrivés à l'hôtel, il se montra excessivement poli. Quand il se conduisait ainsi, elle l'aimait encore moins ; tout le monde devait faire comme si cette attitude était courtoise. Civile. Cela lui faisait penser à un chien habillé. Qu'il aille au diable. Si son mari n'avait pas eu à travailler avec lui, elle aurait préféré ne jamais le revoir.

Il sortit son sac de l'arrière de la voiture et s'apprêta à le porter dans le hall de l'hôtel.

« Laisse, je peux le porter. » Lorsqu'elle se leva du siège du passager, le dos de son chemisier était humide. Le portier offrit de porter le sac, mais il répondit : « Non, elle

165

veut le porter elle-même. » Pareille assurance de sa part ne manqua pas de l'agacer à nouveau. Le portier les laissa. Elle se tourna vers lui et il lui tendit le sac de sorte qu'elle se retrouva en face de lui, en train de soulever maladroitement des deux mains la grosse valise.

« Alors, au revoir et bonne chance.

– Oui. Je veillerai sur eux tous. Il ne leur arrivera rien. »

Elle fit un signe de tête. Elle se tenait à l'ombre et lui en plein soleil, inconscient, eût-on dit, de la brutalité de la lumière.

Alors il s'approcha d'elle, tout près, elle crut même un instant qu'il allait la prendre dans ses bras. Au lieu de cela, il avança le bras droit puis le retira brusquement, effleurant ainsi la peau de son cou, de toute la longueur de son avant-bras moite.

« Au revoir. »

Il retourna au camion. Elle sentit sa sueur, comme du sang laissé par une lame que le geste de son bras avait, semblait-il, imité.

Elle ramasse un coussin, le place sur son ventre, tel un bouclier contre lui. « Si tu me fais l'amour, je ne mentirai pas. Si je te fais l'amour, je ne mentirai pas. Certains êtres sont comme des planètes. Je pense que tu en fais partie. Tu déranges, tu sèmes le désordre. Tu nous as désalignés. »

Elle place le coussin sur son cœur comme pour étouffer cette part d'elle-même qui a pris des libertés.

« Qu'est-ce que tu détestes le plus ?

– Le mensonge. Et toi ?

– Posséder quelque chose, dit-il. Quand tu me quitteras, oublie-moi. »

Elle balance son poing dans sa direction et le frappe durement sur l'os, juste au-dessous de l'œil. Elle se rhabille et s'en va.

Chaque jour, en rentrant chez lui, il regardait son œil poché dans le miroir. Il commença à se poser des questions,

166

moins à cause de la contusion qu'à propos de la forme de son visage. Les sourcils trop longs qu'il n'avait jamais vraiment remarqués jusque-là, l'apparition de fils gris dans ses cheveux blond roux. Cela faisait des années qu'il ne s'était pas regardé dans un miroir. Le sourcil était long.

Rien ne peut le tenir éloigné d'elle.

Lorsqu'il n'est pas dans le désert avec Madox, ou en train de courir les bibliothèques arabes en compagnie de Bermann, il va la retrouver à Groppi Park, à côté des pruniers abondamment arrosés. C'est là qu'elle est le plus heureuse. Elle fait partie de ces femmes qui ont la nostalgie de l'humidité, elle a toujours aimé les haies verdoyantes et les fougères. Alors que, pour lui, un tel déploiement de vert, c'est carnaval.

Depuis Groppi Park, ils décrivent un arc de cercle à travers la vieille ville, le sud du Caire, les marchés peu fréquentés par les Européens. Des cartes tapissent les murs de sa chambre. Malgré ses efforts d'aménagement, ses quartiers ont gardé quelque chose de militaire.

Ils reposent dans les bras l'un de l'autre, le ventilateur les couvre de sa pulsation et de son ombre. Bermann et lui ont passé la matinée au musée archéologique à comparer des textes arabes avec l'histoire de l'Europe, s'efforçant de repérer les échos, les coïncidences, les changements de noms, en remontant au-delà d'Hérodote, jusqu'au *Kitab al Kanuz*, où Zerzura reçoit le nom de la belle voyageant en caravane, surprise en train de se baigner en plein désert. Et là aussi, le lent clignotement de l'ombre d'un ventilateur. Et ici l'échange intime, l'écho, l'histoire d'une enfance, d'une cicatrice, d'une sorte de baiser.

« Je ne sais pas quoi faire. Je ne sais pas quoi faire ! Comment puis-je être ta maîtresse ? Il deviendra fou. »

« Je ne supporte pas que tu surgisses comme ça, que tu me surprennes en public, sans prévenir. Avec toi, je ne peux me débrouiller que si je t'attends. J'avais envie de te gifler.

– Toute forme de contact humain me ravit », dit-il.

Il s'incline, moqueur.

Une liste de blessures.

La palette colorée de la meurtrissure. Un roux éclatant, virant au brun. L'assiette avec laquelle elle a traversé la pièce, dont elle a envoyé promener le contenu, avant de la lui briser en travers du crâne, tandis que le sang jaillissait dans la chevelure jaune paille. La fourchette qu'elle lui a plantée dans l'épaule, laissant des marques de crocs que le docteur a pris pour ceux d'un renard.

Avant de s'enlacer, il repérait d'un coup d'œil, autour d'eux, les objets susceptibles d'être déplacés. Quand il la retrouvait en compagnie d'autres personnes, couvert de contusions ou la tête bandée, il expliquait que le taxi avait dû freiner brutalement et qu'il avait heurté le déflecteur. A moins que la teinture d'iode sur l'avant-bras ne camoufle un coup. Madox s'inquiétait de le voir subitement devenir sujet aux accidents. Quant à elle, elle riait en silence de la pauvreté de ses explications. C'est l'âge, peut-être, il devrait porter des lunettes, disait son mari, en faisant du coude à Madox. Peut-être que c'est une femme qu'il a rencontrée, disait-elle. Regarde, tu ne trouves pas que ça ressemble à une griffure ou à une morsure de femme ?

C'était un scorpion, disait-il. *Androctonus australis.*

Une carte postale. Une jolie écriture remplit le rectangle.

La moitié du temps, je ne puis supporter de ne pas te toucher. Le reste du temps, je me dis : peu importe que je te revoie ou pas. Ce n'est pas un problème moral, mais plutôt de savoir combien de temps tu vas tenir

Pas de date. Pas de nom.

Parfois, lorsqu'elle peut passer la nuit avec lui, ils sont réveillés par les trois minarets de la ville qui commencent leurs prières avant l'aube. Il traverse avec elle les marchés d'indigo, entre le quartier sud du Caire et son domicile. Les admirables chants de la foi pénètrent l'air, telles des flèches. Les minarets se répondent, comme s'ils se passaient quelque rumeur les concernant, tandis qu'ils bravent la froidure de six heures du matin. L'odeur de charbon de bois et de chanvre imprègne déjà l'air et lui donne sa profondeur. Pécheurs dans une ville sainte...

D'un revers du bras, il envoie promener les assiettes et les verres d'une table de restaurant, afin qu'elle cherche autour d'elle, à l'autre bout de la ville, la cause de ce vacarme. Quand il est sans elle. Lui, qui ne s'est jamais senti seul dans l'immensité qui sépare les villes du désert. Un homme dans le désert peut recueillir l'absence dans ses mains en coupe en sachant qu'elle le nourrit davantage que l'eau. Il connaît une plante, près de Taj, dans le désert, dont le cœur, une fois coupé, est remplacé par un fluide aux propriétés bienfaisantes. Chaque matin, on peut ainsi boire le contenu d'un cœur manquant. La plante continue à fleurir pendant une année avant de mourir.

Il est allongé dans sa chambre, entouré des cartes décolorées. Il est sans Katharine. Son appétit voudrait détruire par le feu les conventions sociales, la courtoisie.

Sa vie avec les autres ne l'intéresse plus. Il ne veut que sa beauté hautaine, le théâtre de ses expressions. Il veut l'image secrète et minuscule qu'il y a entre eux, la profondeur de champ minimale, leur intimité étrangère, comme deux pages d'un livre fermé.

Elle l'a mis en pièces.
Et si elle l'a mené là, où lui l'a-t-il menée ?

Lorsqu'elle s'est retranchée derrière le mur de sa caste et qu'il est à ses côtés avec d'autres, il raconte des plaisanteries dont il ne rit pas lui-même. Avec une furie inhabituelle, il s'en prend à l'histoire de l'exploration. Il fait cela lorsqu'il est mécontent. Madox est le seul à avoir

169

repéré cette habitude. Mais *elle* n'attire même pas son attention. Elle sourit à tout le monde. Aux objets dans la pièce. Elle s'émerveille devant un arrangement floral, des choses impersonnelles, sans valeur. Elle interprète à tort sa conduite, présume que c'est ce qu'il veut, et redouble l'épaisseur du mur pour mieux se protéger.

Mais il ne supporte plus ce mur qui est en elle. Toi aussi, tu t'es construit des murailles, lui dit-elle, par conséquent, j'ai les miennes. Elle le dit, resplendissant d'une beauté qu'il ne peut supporter. Avec ses beaux vêtements, avec son visage au teint pâle qui se moque de quiconque lui sourit, avec un sourire indécis en réponse à ses blagues agressives. Il poursuit ses déclarations ahurissantes à propos de ceci et de cela, au sujet d'une expédition qu'ils connaissent tous.

A l'instant où elle le quitte, à l'entrée du bar de Groppi, après l'avoir saluée, il s'affole. Il sait que le seul moyen d'accepter de la perdre, c'est de continuer à tenir sa main, ou de sentir sa main à elle qui le tient. S'ils s'aident mutuellement à guérir. Tendrement. Pas en érigeant un mur.

Le soleil inonde sa chambre du Caire. Sa main pend au-dessus du Journal d'Hérodote, toute la tension s'est réfugiée dans le reste de son corps ; du coup, il se trompe dans les mots, sa plume s'écrase désarticulée. Il arrive à peine à écrire les mots *lumière du soleil*, *amoureux*.

Dans l'appartement, la seule lumière provient du fleuve et du désert. Elle ruisselle sur son cou, sur ses pieds, sur la cicatrice de vaccin à son bras droit qui lui est si chère. Elle s'assied sur le lit, étreint sa nudité. Il passe la paume sur la moiteur de son épaule. Cette épaule m'appartient, pense-t-il, pas à son mari. Elle est à moi. Amants, ils se sont offert des parties de leur corps. Comme ceci. Dans cette pièce, près du fleuve.

Au cours des quelques heures dont ils disposent, la pièce s'est assombrie à ce point. Juste le fleuve et la lumière du désert. Seul le rare tambourinement de la pluie les incite à aller jusqu'à la fenêtre pour y tendre les bras en s'étirant afin d'être aussi trempés que possible. Des cris retentissent dans les rues, accueillant la brève averse.

« Nous ne nous aimerons plus jamais. Nous ne pourrons plus nous revoir.

– Je sais », dit-il.

La nuit où elle a insisté pour rompre.

Elle est assise, claustrée en elle-même. Il est incapable de l'atteindre. Seul son corps est près d'elle.

« Jamais plus. Quoi qu'il arrive.

– Oui.

– Je pense qu'il va devenir fou. Tu comprends ? »

Il ne dit rien, abandonnant ses efforts pour la faire venir en lui.

Une heure plus tard, ils marchent dans la nuit sèche. Au loin, on entend les airs du gramophone du cinéma Musique pour Tous, dont les fenêtres sont ouvertes à cause de la chaleur. Il faudra qu'ils se séparent avant la fermeture. Avant qu'il en sorte des gens qu'elle pourrait connaître.

Ils sont au jardin botanique, près de la cathédrale de la Toussaint. Elle voit une larme, elle se penche, elle la lèche, la prend dans sa bouche. Comme elle a pris le sang de sa main lorsqu'il s'est coupé en lui faisant la cuisine. Sang. Larme. Il sent que son corps manque de tout, comme s'il contenait de la fumée. Seule y vibre encore la conscience d'un désir et d'un besoin futurs. Ce qu'il voudrait dire, il ne saurait le dire à cette femme dont la franchise est une blessure, dont la jeunesse n'est pas encore mortelle. Il ne saurait altérer ce qu'il aime par-dessus tout en elle, son refus du compromis, où le côté fleur bleue des poèmes qu'elle aime cohabite encore aisément avec le monde réel. En dehors de ces qualités, il sait que ce monde est chaos.

La nuit où elle a insisté. Le 28 septembre. Le clair de lune brûlant a séché la pluie dans les arbres. Pas la moindre goutte fraîche pour tomber sur lui, comme une larme. Cette séparation dans les jardins Groppi. Il ne lui a pas demandé si son mari était à la maison, dans ce carré de lumière haut perché, de l'autre côté de la rue.

Il voit au-dessus d'eux la haute rangée de palmiers, comme des bras tendus. Sa tête et ses cheveux se balançaient au-dessus de lui quand elle était sa maîtresse.

Il n'y a pas de baiser. Une simple étreinte. Il se détache d'elle, s'éloigne puis se retourne. Elle est encore là. Il revient à quelques mètres d'elle, un doigt levé : il a quelque chose à dire.

« Je voulais que tu le saches : tu ne me manques pas encore. »

Horrible pour elle, ce visage qui essaie de sourire. Elle détourne la tête et se cogne au montant de la barrière. Il voit qu'elle s'est fait mal, il remarque la grimace. Mais chacun s'est déjà retiré en soi-même. Des murs les séparent, elle l'a voulu. Sa douleur est accidentelle, son tressaillement intentionnel. Elle a la main contre sa tempe.

« Ça viendra », dit-elle.

A partir de ce moment de nos vies, lui avait-elle soufflé dans l'oreille, soit nous nous retrouverons, soit nous nous perdrons.

Comment cela arrive-t-il, de tomber amoureux et d'être mis en pièces ?

J'étais dans ses bras. J'avais remonté la manche de son chemisier jusqu'à son épaule pour voir la cicatrice de son vaccin. J'aime ça, dis-je. Cette auréole pâle sur son bras. Je vois l'instrument égratigner puis injecter le sérum avant de ressortir de sa peau. Cela s'est passé il y a des années, quand elle avait neuf ans. Dans la salle de gymnastique de l'école.

VI

L'avion enterré

Il laisse errer son regard sur le grand lit au bout duquel se trouve Hana. Après l'avoir baigné, elle casse une ampoule et se tourne vers lui avec la morphine. Une effigie. Un lit. Il vogue sur le bateau de la morphine. Elle court dans ses veines et implose, comprimant le temps et la géographie, tout comme l'atlas réduit le monde à une feuille de papier en projection plane.

Les longues soirées du Caire. L'océan du ciel nocturne. Les faucons bien alignés jusqu'à ce qu'ils soient relâchés au crépuscule et s'élancent en arc de cercle vers les dernières couleurs du désert. Harmonie, poignée de graines que l'on jette.

En 1936, on pouvait tout acheter dans cette ville – un chien, un oiseau qui venait au premier coup de sifflet, ou ces abominables laisses que l'on passait au petit doigt des femmes pour les attacher, quand le marché était encombré.

Dans la partie nord-est du Caire se trouvait la grande cour des étudiants islamistes et, par-derrière, le bazar Khan el Khalili. Au-dessus des rues étroites, nous apercevions les chats sur les toits ondulés qui, eux, contemplaient la rue et les boutiques, trois mètres plus bas. Notre chambre dominait tout cela. Fenêtres ouvertes aux minarets, aux felouques, aux chats, au vacarme. Elle me parlait des jardins de son enfance. Quand elle ne parvenait pas à s'endormir, elle me dessinait mot à mot, lit par lit, le jardin de sa mère, la glace de décembre sur la mare aux poissons, le crissement des buissons de roses. Elle prenait mon poignet là où les veines se rejoignent et le guidait dans le creux de son cou.

Mars 1937. Uwaynat. La légèreté de l'air rend Madox agressif. A trois cents mètres au-dessus du niveau de la mer, même à cette faible élévation, il est mal à l'aise. C'est un homme du désert. Faisant fi des us et coutumes, il a quitté Yeovil, dans le Somerset, le berceau de sa famille, pour être au niveau de la mer et bénéficier d'un climat sec.

« Dis-moi, Madox, comment s'appelle ce creux à la base du cou d'une femme ? Devant. *Ici*. Qu'est-ce que c'est ? Ça a un nom officiel. Ce creux à peu près de la taille de l'empreinte de ton pouce ? »

Madox me regarde un moment à travers la lumière aveuglante de midi.

« Ressaisis-toi », grommelle-t-il.

« Je vais te raconter une histoire, dit Caravaggio. Il était une fois un Hongrois, un dénommé Almasy, qui travaillait pour les Allemands pendant la guerre. Il avait un peu volé pour accompagner l'Afrika Korps mais il valait mieux que ça. Dans les années 30, cet Almasy avait été l'un des grands explorateurs du désert. Il connaissait la moindre mare, il avait aidé à établir la carte de la mer de Sable. Il connaissait le désert par cœur. Il en connaissait tous les dialectes. Ça ne te rappelle rien ? Entre les deux guerres, il avait passé son temps en expéditions à partir du Caire. L'une de celles-ci avait pour but Zerzura, l'oasis perdue. Lorsque la guerre éclata, il rejoignit les Allemands. En 1941, il servit de guide aux espions : il les amenait au Caire par le désert. Bref, ce que je veux te dire, c'est qu'à mon avis le patient anglais n'est pas anglais.

— Bien sûr que si ! Et toutes ces plates-bandes fleuries du Gloucestershire, qu'est-ce que tu en fais ?

— Précisément, ça fait très bien dans le décor. Avant-hier soir, lorsque nous essayions de trouver un nom pour le chien. Tu te rappelles ?

— Oui.

— Quelles ont été ses suggestions ?

— Il était bizarre ce soir-là.

— Il était bizarre pour la simple raison que j'avais doublé sa dose de morphine. Tu te rappelles les noms ? Il en a sorti huit. Cinq étaient, et de toute évidence, des plaisanteries, trois autres ont suivi : Cicéron, Zerzura, Dalila.

— Et alors ?

– Cicéron était le nom de code d'un espion. Les Anglais l'ont démasqué. C'était un agent double, puis triple. Il s'est échappé. Quant à Zerzura, c'est plus compliqué.

– Zerzura, je connais. Il en a parlé. Il parle aussi de jardins.

– Mais maintenant, il parle surtout de désert. Le jardin anglais a fait son temps. Il va mourir. Je crois que c'est Almasy que tu as là-haut, l'ami des espions. »

Assis sur les vieux paniers de rotin de la lingerie, ils se regardent, Caravaggio hausse les épaules. « C'est possible.

– Je pense qu'il est anglais, dit-elle, en rentrant ses joues selon son habitude lorsqu'elle réfléchit ou se pose des questions.

– Je sais que tu l'aimes, mais il n'est pas anglais. Au début de la guerre, je travaillais au Caire... L'Axe tripolitain. L'espion Rebecca de Rommel...

– Que veux-tu dire par "l'espion Rebecca" ?

– En 1942, avant la bataille d'El Alamein, les Allemands ont envoyé au Caire un espion du nom d'Eppler. Il se servait de *Rebecca*, le roman de Daphné du Maurier, comme code pour tenir Rommel au courant du mouvement des troupes. Figure-toi que ce bouquin a fini par devenir un best-seller dans les Services de renseignements. Même moi, je l'ai lu.

– Tu as lu un livre ?

– Merci. Celui qui a guidé Eppler à travers le désert jusqu'au Caire, sur les ordres personnels de Rommel, c'était le comte Ladislau de Almasy. On prétendait que personne n'avait réussi à traverser cette partie du désert ; on racontait qu'au Ve siècle une armée entière y avait disparu : ils avaient traversé le Nil, et puis on n'a plus jamais entendu parler d'eux.

« Entre les deux guerres, Almasy avait des amis anglais. De grands explorateurs. Mais le jour où la guerre éclata, il passa dans le camp des Allemands. Rommel lui demanda d'accompagner Eppler au Caire en passant par le désert, car une arrivée en avion ou en parachute eût été trop remarquée. Il traversa donc le désert avec le gars et, parvenu au delta du Nil, il le remit en bonnes mains.

– Tu sembles en savoir long.

– J'étais en poste au Caire. Au Bureau égyptien. Nous les traquions. Il quitta Gialo et s'enfonça dans le désert avec une compagnie de huit hommes. Ils passèrent leur temps à dégager les camions, pris dans les dunes. Il les dirigea vers Uwaynat et son plateau de granit pour qu'ils soient assurés d'avoir de l'eau et puissent se réfugier dans les grottes, à mi-chemin. En 1934, il avait découvert là des grottes ornées de peintures rupestres. Mais le plateau grouillait d'Alliés, il ne put donc utiliser ces puits. Il repartit pour le désert. Un raid sur les réserves d'essence des Anglais leur permit de remplir leurs réservoirs. Parvenus à l'oasis de Khauga, ils revêtirent des uniformes britanniques et accrochèrent des plaques de l'armée britannique à leurs véhicules. Si jamais ils étaient repérés depuis les airs, ils se cachaient dans les oueds, et y restaient jusqu'à trois jours, complètement immobiles, dans le sable, crevant de chaleur.

« Il leur fallut trois semaines pour atteindre Le Caire. Almasy serra la main d'Eppler et s'en alla. Là, nous perdons sa trace. Il était retourné seul au désert. On pense qu'il le traversa une nouvelle fois, en direction de Tripoli. On ne devait jamais le revoir. Les Alliés finirent par arrêter Eppler et, lors de la bataille d'El Alamein, ils se servirent du code Rebecca pour faire passer à Rommel de faux renseignements.

– Je n'y crois toujours pas, David.

– L'homme qui, au Caire, aida à capturer Eppler s'appelait Samson.

– Dalila.

– Précisément.

– C'est peut-être Samson.

– Au début, c'est ce que je me suis dit. Il me rappelait beaucoup Almasy. Un amoureux du désert lui aussi. Il avait passé son enfance au Levant et connaissait les Bédouins, mais Almasy, lui, savait piloter : nous parlons de quelqu'un dont l'avion s'est écrasé au sol. Voici donc cet homme, que ses brûlures rendent impossible à identifier et qui, sans qu'on sache trop comment, se retrouve à Pise, entre les mains des Anglais. Ajoutons qu'à l'entendre parler, on pourrait le prendre pour un Anglais. Almasy a fait ses études en Angleterre. Au Caire, on l'appelait l'espion anglais. »

Assise sur le panier, elle regardait Caravaggio. « Je crois que nous devrions le laisser tranquille. A quoi bon savoir de quel côté il était ? dit-elle.

— J'aimerais rediscuter avec lui. En augmentant la dose de morphine. Pour le faire parler. A nous deux. Comprends-tu ? Pour voir où cela va nous mener. Dalila. Zerzura. L'armée perdue dans le désert. Il va falloir que tu modifies un peu sa piqûre.

— Non, David. C'est une véritable obsession, chez toi. Peu importe qui il était : la guerre est finie.

— Eh bien, je m'en chargerai. Je vais lui concocter un cocktail de Brompton. Morphine et alcool. Pas de solution physiologique. Ils ont inventé ça à l'hôpital de Brompton, pour leurs cancéreux. Ne t'inquiète pas. Ça ne le tuera pas. C'est très vite absorbé par le corps. Je peux en préparer un avec ce que nous avons sous la main. »

Elle le regardait assis sur le panier, l'œil clair, souriant. Quand la guerre tirait à sa fin, Caravaggio était devenu, comme tant d'autres, un voleur de morphine. Quelques heures après son arrivée, il avait déjà reniflé le placard à pharmacie. Les petits tubes de morphine étaient devenus sa source d'approvisionnement. On aurait dit des tubes de dentifrice pour poupées, avait-elle pensé, en les voyant pour la première fois, même si elle les avait trouvés plus que bizarres. Caravaggio en gardait deux ou trois dans sa poche pendant la journée, qu'il s'injectait. Un jour, elle l'avait trouvé en train de vomir, sous l'effet d'une surdose, recroquevillé et tremblant dans un recoin obscur de la villa ; il leva la tête mais la reconnut à peine. Elle essaya de lui parler ; il ne put que la regarder d'un air ahuri. Il avait trouvé le coffret en métal des médicaments, l'avait éventré, Dieu sait comment. Un jour où le sapeur s'était ouvert la paume sur une grille en fer forgé, Caravaggio avait cassé le bout de l'ampoule avec ses dents, sucé puis recraché la morphine sur la main brune avant même que Kip sache ce que c'était. Kip l'avait repoussé, furieux.

« Laisse-le tranquille, c'est mon patient.

– Je ne lui ferai pas de mal. La morphine et l'alcool éloigneront la douleur. »

Caravaggio subtilise le livre que l'homme a dans les mains.

« Quand votre avion s'est écrasé dans le désert, d'où veniez-vous ?

– Je venais de quitter le Jilf Kabir où j'étais allé chercher quelqu'un. Nous étions à la fin du mois d'août 1942.

– En pleine guerre ? Il ne devait plus y avoir personne.

– Exact. Il ne restait plus que les troupes.

– Le Jilf Kabir.

– Oui.

– Où est-ce ?

– Passez-moi le livre de Kipling... Tenez... »

Sur la couverture de *Kim*, une carte avec une ligne en pointillé indiquait la route qu'avaient suivie le jeune garçon et le Saint Homme. Elle ne montrait qu'une partie de l'Inde, un Afghanistan en hachures sombres, et le Cachemire, au creux des montagnes.

De sa main noire, il suit le Numi, jusqu'à ce qu'il se jette dans la mer à 23° 30' de latitude. Il laisse glisser son doigt à dix centimètres à l'ouest, en dehors de la page, sur son torse, il touche sa côte.

Nous y sommes. Le Jilf Kabir, juste au nord du tropique du Cancer. A la frontière égypto-libyenne.

Que s'est-il passé en 1942 ?

J'avais fait le voyage jusqu'au Caire et j'en revenais. Je me faufilais entre les lignes ennemies et, me rappelant les vieilles cartes, je retrouvais les dépôts secrets d'essence et d'eau datant d'avant la guerre. C'est ainsi que je regagnai Uwaynat. C'était plus facile maintenant que j'étais seul. A une centaine de kilomètres du Jilf Kabir, mon camion explosa et je capotai, je le laissai rouler dans le sable, de peur qu'une étincelle me touche. Dans le désert, on a toujours peur du feu.

Le camion explosa : sans doute avait-il été saboté. Il y avait des espions parmi les Bédouins, leurs caravanes continuaient à circuler, comme des villes où l'on trouvait des épices, des logements, et des conseillers du gouvernement. En ces temps de guerre, on était sûr de rencontrer à tout moment des Anglais aussi bien que des Allemands parmi les Bédouins.

Laissant là le camion, je me mis à marcher en direction d'Uwaynat où je savais qu'un avion avait été enterré

Attendez. Qu'entendez-vous par avion enterré ?

Autrefois, Madox possédait un vieil avion, qu'il avait réduit au strict minimum, le seul « extra » étant la bulle fermée du cockpit, indispensable si l'on survole le désert. Lors de nos séjours dans le désert, il m'avait appris à piloter et nous faisions tous les deux le tour de la bête, assujettie par des cordes, nous lançant dans de grandes théories sur la façon dont le vent la faisait tanguer ou changer de direction.

Lorsque *Rupert*, l'avion de Clifton, fit son apparition, l'engin de Madox, qui commençait à se faire vieux, fut abandonné sur place. Il fut recouvert d'une toile goudronnée et immobilisé, dans un renfoncement situé au nord-est du plateau de Gilfa. Au cours des années qui suivirent, le sable le recouvrit progressivement. Personne ne pensait jamais le revoir. Une nouvelle victime du désert... Quelques mois plus tard, lorsque nous traversions le ravin du nord-est, nous n'en apercevions même plus la silhouette. Désormais, l'avion de Clifton, de dix ans son cadet, était entré dans notre histoire.

C'était donc vers cet avion que vous vous dirigiez ?

Oui. Quatre nuits de marche. J'avais laissé l'homme au Caire et j'étais retourné dans le désert. Partout, c'était la guerre. Des « équipes » surgissaient. Celles de Bermann, de Bagnold, de Slatin Pasha – qui, à un moment ou à un autre, s'étaient mutuellement sauvé la vie – avaient éclaté en différents camps.

Mon camion ayant sauté, je rejoignis Uwaynat à pied. J'y arrivai vers midi et montai dans les grottes du plateau. Au-dessus du puits appelé *Ain Dua*.

« Caravaggio croit savoir qui vous êtes », dit Hana.

L'homme dans le lit ne répondit pas.

« Il dit que vous n'êtes pas anglais. Il a travaillé pendant quelque temps dans les services d'espionnage au Caire et en Italie. Jusqu'à ce qu'il se fasse prendre. Ma famille connaissait Caravaggio avant la guerre. C'était un voleur. Il croyait au "mouvement des choses". Il y a des voleurs qui sont collectionneurs, comme certains de ces explorateurs que vous regardez de si haut. Certains hommes collectionnent les femmes et certaines femmes, les hommes. Caravaggio, lui, n'était pas comme ça. Il était trop curieux et trop généreux pour réussir en tant que voleur. Il n'est jamais parvenu à récupérer la moitié de son butin. Il pense que vous n'êtes pas anglais. »

Tout en parlant, elle observait son calme. Apparemment, il ne l'écoutait pas d'une oreille attentive. Il était perdu dans des pensées lointaines. Avec son air pensif, il rappelait Duke Ellington jouant « Solitude ».

Elle s'arrêta de parler.

Il atteignit un puits peu profond portant le nom d'*Ain Dua*. Il enleva ses vêtements, les trempa dans le puits, puis il plongea dans l'eau bleue sa tête et son corps maigre, ses membres épuisés après quatre nuits de marche. Il étendit ses vêtements sur les rochers et se mit à grimper, laissant au-dessous de lui le désert qui, en 1942, était un immense champ de bataille, puis il pénétra nu dans l'obscurité de la grotte.

Autour de lui, il reconnut les peintures qu'il avait découvertes des années plus tôt. Des girafes. Du bétail.

L'homme aux bras levés, à la coiffure empanachée. Plusieurs silhouettes – des nageurs, de toute évidence. Bermann avait raison : il y avait eu jadis un lac à cet endroit. Il s'aventura dans le froid, dans la grotte des Nageurs où il l'avait laissée. Elle était encore là. Elle s'était traînée dans un coin, emmitouflée dans la toile du parachute. Il avait promis de revenir la chercher.

Pour sa part, il aurait préféré mourir dans une grotte, dans son intimité, avec les nageurs figés dans la roche autour d'eux. Bermann lui avait dit que, dans les jardins asiatiques, on pouvait regarder des rochers et imaginer que c'était de l'eau ; contempler une mare immobile, et croire qu'elle était dure comme le roc. Mais c'était une femme qui avait grandi entourée de jardins, de moiteur, de mots comme *treillis* ou *hérisson*. Sa passion pour le désert ne durerait pas. Elle avait fini par en aimer l'austérité, dans son désir de comprendre le réconfort qu'il trouvait dans cette solitude. Elle était toujours plus heureuse sous la pluie, dans des salles de bains saturées de vapeur, dans l'humidité somnolente, comme en cette nuit pluvieuse, au Caire, où elle était sortie par sa fenêtre, après avoir remis ses vêtements encore mouillés, pour retenir l'humidité. Tout comme elle aimait les traditions familiales, le cérémonial et les vieux poèmes appris par cœur. Elle aurait détesté mourir dans l'anonymat. Pour elle, il existait une tradition tangible, remontant à ses ancêtres, alors que lui avait effacé le sentier d'où il avait émergé. Il n'en revenait pas qu'elle l'ait aimé en dépit de cet anonymat.

Elle était sur le dos, dans la position d'un gisant médiéval. Je m'approchai d'elle, nu, comme je l'aurais fait dans notre chambre au sud du Caire. Je voulais la déshabiller. Je voulais encore l'aimer.

Qu'ai-je fait là de si abominable ? Ne pardonnons-nous pas tout à l'être aimé ? Nous pardonnons égoïsme, désir, perfidie. Tant que nous en sommes cause. On peut faire l'amour à une femme au bras cassé ou qui a la fièvre. Elle avait sucé un jour le sang d'une blessure à ma main tout comme j'avais goûté et avalé son sang menstruel. Il est des mots européens que l'on ne saurait traduire avec précision dans une autre langue. *Felhomaly*. La pénombre des tombes. Avec la connotation d'intimité entre les morts et les vivants.

Je la pris dans mes bras pour l'enlever au sommeil. Ses vêtements, des toiles d'araignée. Je bouleversai tout cela.

Je l'emportai au soleil. Je m'habillai. La chaleur des pierres avait séché mes vêtements, les rendant cassants.

J'entrecroisai mes doigts pour lui faire une selle afin qu'elle se repose. Dès que j'atteignis le sable, je la fis basculer par-dessus mon épaule. J'étais conscient de sa légèreté aérienne. J'avais l'habitude de la tenir dans mes bras. Elle avait tournoyé autour de moi dans ma chambre, comme une image humaine du ventilateur, les bras étendus, les doigts ouverts comme une étoile de mer.

Nous nous dirigeâmes ainsi vers le ravin du nord-est, là où l'avion était enseveli. Je n'avais pas besoin de carte. J'avais avec moi le réservoir de carburant, je l'avais porté depuis l'endroit où le camion s'était retourné. Trois ans plus tôt, ne l'ayant pas avec nous, nous n'avions rien pu faire.

« Que s'est-il passé il y a trois ans ?
– Elle avait été blessée. En 1939. Son mari s'était écrasé avec son appareil. Ce n'était pas un accident, mais un suicide ; ou plutôt un meurtre, puisque nous étions visés tous les trois. A l'époque, nous n'étions même pas amants. Je suppose qu'il avait dû avoir vent de l'affaire, d'une façon ou d'une autre.
– Elle était donc trop grièvement blessée pour que vous puissiez l'emmener avec vous ?
– Oui. Le seul espoir de la sauver, c'était que je me débrouille pour trouver de l'aide. »

Après tous ces mois de séparation et de colère, ils s'étaient retrouvés dans la grotte et s'étaient parlé une fois de plus comme des amants, envoyant rouler au loin le roc qu'ils avaient placé entre eux, en vertu d'une convention sociale à laquelle ni l'un ni l'autre n'avaient cru.

Dans le jardin botanique, elle s'était cogné la tête contre le montant de la barrière, en signe de détermination et de rage. Trop fière pour n'être qu'une maîtresse. Pour rester secrète. Il n'y aurait pas de compartiment dans son monde. Il s'était tourné vers elle, le doigt levé. *Tu ne me manques pas encore.*

Ça viendra.

Au cours de leurs mois de séparation, il était devenu amer et indépendant. Il évitait sa compagnie. Lorsqu'il la voyait, il ne pouvait supporter son calme. Il appelait chez elle, parlait à son mari et l'entendait rire dans le fond. Il y avait en elle un charme sensible à tous. C'était là quelque chose qu'il avait aimé en elle. Il commença à ne plus croire en rien.

Il la soupçonnait de l'avoir remplacé. Il interprétait chacun des gestes qu'elle adressait aux autres comme une secrète promesse. Parce qu'un jour, dans le hall d'un hôtel, il l'avait vue saisir le devant de la veste de Roundell et se mettre à tirailler dessus en se moquant de lui, tandis que ce dernier grommelait quelque chose, il suivit l'innocent fonctionnaire pendant quarante-huit heures, afin de savoir s'il y avait autre chose entre eux. Il n'avait plus confiance dans les derniers mots tendres qu'elle avait eus pour lui. Elle était soit avec lui, soit contre lui. Elle était contre lui. Il ne pouvait même pas supporter ses ébauches de sourire. Si elle lui tendait un verre, il refusait d'y toucher. Si au dîner elle lui montrait une coupe dans laquelle flottait un lys du Nil, il refusait de regarder. Encore une de ces foutues fleurs... Elle avait un nouveau groupe d'amis intimes qui les excluait, son mari et lui. On ne revient jamais à son mari. De l'amour et de la nature humaine, il savait au moins ça.

Il acheta des feuilles de papier à cigarettes brun, les colla à certains passages des *Histoires* qui relataient des guerres ne présentant pour lui aucun intérêt. Il fit la liste de tous les griefs qu'elle avait contre lui. Il les colla dans

187

le livre, ne s'accordant que la voix de celui qui observe. De celui qui écoute. Du « il ».

Au cours des jours qui précédèrent la guerre, il s'était rendu une dernière fois dans le Jilf Kabir pour évacuer la base. Clifton devait aller le rechercher. Le mari que tous deux avaient aimé, jusqu'à ce qu'ils commencent à s'aimer.

Au jour dit, Clifton alla le chercher en avion à Uwaynat, vrombissant en rase-mottes dans l'oasis perdue, arrachant leurs feuilles aux buissons d'acacias dans son sillage. Le Moth se faufilait dans les dépressions et les passes tandis que, du haut de la butte, il lui adressait des signaux avec de la toile bleue goudronnée. Puis l'avion piqua du nez dans sa direction avant d'aller s'écraser une quarantaine de mètres plus loin. Une ligne bleue de fumée s'éleva en spirale du train d'atterrissage. Il n'y eut pas d'incendie.

Un mari devenu fou. Les tuant tous. Se tuant avec sa femme. Et lui aussi, du même coup, puisqu'il n'y avait plus moyen de sortir du désert.

Seulement, elle n'était pas morte. Il dégagea le corps, l'arracha à l'emprise de la ferraille de l'avion. A l'emprise de son mari.

Comment en es-tu venu à me haïr ? murmure-t-elle dans la grotte des Nageurs, bravant la douleur que lui causent ses blessures. Un poignet cassé. Des côtes brisées. Tu as été terrible avec moi. C'est ce qui a éveillé les soupçons de mon mari. Une chose que je n'arrive toujours pas à supporter, chez toi, c'est quand tu disparais dans les déserts ou les bars.

Tu m'as *abandonné* à Groppi Park.

Parce que tu ne voulais plus de moi, comme du reste d'ailleurs.

Parce que tu disais que ton mari devenait fou. Eh bien, il est devenu fou.

Pas avant un bon moment. En fait, je suis devenue folle avant lui. Tu as tué tout ce qui était en moi. Embrasse-moi, veux-tu. Cesse de te défendre. Embrasse-moi, et appelle-moi par mon nom.

Leurs corps s'étaient connus dans les parfums ou dans la sueur, dans leur ardeur à hasarder une langue, une dent sous cette fine pellicule, comme pour capter l'être intime et se l'arracher mutuellement pendant l'amour.

Il n'y a plus ni talc sur son bras, ni eau de rose sur sa cuisse.

Tu te prends, à tort, pour un iconoclaste. Tu ne fais que changer de place, ou remplacer ce que tu n'as pas. Si tu échoues, tu te replies sur autre chose. Rien ne te change. Combien de femmes as-tu possédées ? Je t'ai quitté parce que je savais que je ne pourrais jamais te faire changer. Je te revois, dans la pièce, parfois immobile, parfois muet, comme si révéler un centimètre de plus de ton être intime eût été haute trahison.

Dans la grotte des Nageurs, nous avons parlé. Nous n'étions qu'à deux degrés de latitude de Koufra, un endroit sûr.

Il fait une pause et tend la main. Caravaggio place un comprimé de morphine dans la paume noire, celui-ci disparaît dans la bouche sombre de l'homme.

Je traversai le lac asséché qui menait à l'oasis de Koufra, je n'avais avec moi que des tuniques afin de me prémunir contre la chaleur de la journée ou la fraîcheur de la nuit, mon livre d'Hérodote était resté avec elle. Trois années plus tard, en 1942, je me rendis à pied avec elle jusqu'à l'avion enseveli, portant son corps comme s'il s'agissait de l'armure d'un chevalier.

Dans le désert, les instruments de survie sont souterrains : repaires de troglodytes, eau dormant dans une plante, munitions, avion. Par 25° de longitude est et 23° de latitude nord, je creusai du côté de la toile goudronnée et vis émerger le vieil avion de Madox. Il faisait nuit mais je transpirais, malgré la fraîcheur de l'air. J'allai vers elle avec la lampe à pétrole et m'assis un moment auprès de l'ombre que dessinait sa tête inclinée. Deux amants, un désert. Étoiles ou clair de lune, je ne m'en souviens pas. Partout ailleurs, c'était la guerre.

L'avion sortit du sable. N'ayant rien eu à manger, j'étais faible. La toile était si lourde que je ne parvenais pas à la tirer du sol, et que je dus la découper.

Le lendemain matin, après deux heures de sommeil, je la portai dans le cockpit. Je démarrai le moteur, il reprit vie. Nous bougeâmes puis nous glissâmes dans le ciel. Des années trop tard.

La voix se tait. Le brûlé regarde droit devant lui, avec ce regard concentré que donne la morphine.

L'avion est maintenant dans son champ de vision. La voix lente le porte avec effort au-dessus de la terre, le moteur a des ratés, le linceul se déploie dans l'air, le cockpit est plein de bruit, ce bruit épouvantable, après des jours de marche silencieuse. Il regarde vers le bas et voit de l'huile couler sur ses genoux. Une branche se détache de son chemisier. Acacia et os. A quelle hauteur est-il, au-dessus de la terre ? A quelle profondeur, au-dessous du ciel ?

Le train d'atterrissage effleure le haut d'un palmier, il remonte en spirale. L'essence se répand sur le siège, son corps glisse dessus. Un court-circuit provoque une étincelle, les brindilles sur son genou prennent feu. Il la tire sur le siège à côté de lui. Il tente d'enfoncer le pare-brise du cockpit, celui-ci ne bouge pas. D'un coup de poing il fêle le verre et finit par le briser, huile et flammes se répandent en tournoyant. A quelle profondeur est-il au-dessous du ciel ? Elle s'effondre. Les brindilles d'acacia, les feuilles, les branches qu'elle serrait dans ses bras se répandent. Ils commencent à disparaître, aspirés par l'air. L'odeur de morphine sur sa langue. Caravaggio dans le lac noir de sa pupille. Il monte et descend, comme le seau d'un puits. Son visage est maculé de sang. Il pilote un avion qui se décompose. La toile des ailes se déchire avec

la vitesse. Charogne. A quelle distance était le palmier ?
A combien de temps cela remontait-il ? Il tente de soulever ses jambes qui trempent dans l'huile, mais elles sont
si lourdes. Il est incapable de les soulever. Il est âgé. Tout
à coup. Las de vivre sans elle. Il ne peut pas s'allonger
dans ses bras, assuré qu'elle montera la garde jour et nuit
tandis qu'il dort. Il n'a personne. Ce n'est pas le désert
qui l'épuise, mais la solitude. Plus de Madox. La femme
métamorphosée en feuilles et en brindilles. Le verre brisé
béant au ciel, mâchoire au-dessus de lui.

Il se glisse dans le harnais du parachute imprégné
d'huile, pivote pour se retrouver la tête en bas, se dégage
du verre tandis que le vent plaque son corps en arrière.
Ses jambes se libèrent alors de tout ce qui les retenait, et
il est dans l'air, éblouissant, sans savoir pourquoi il est
éblouissant, jusqu'à ce qu'il comprenne qu'il est en feu.

Hana peut entendre les voix dans la chambre du patient anglais, debout dans le couloir, elle essaie de saisir ce qu'ils disent.

Qu'en dis-tu ?

Merveilleux !

A mon tour, maintenant.

Oh ! Admirable ! Admirable !

C'est la plus belle des inventions.

Une trouvaille remarquable, mon jeune ami.

En entrant, elle voit Kip et le patient anglais en train de se passer et repasser une boîte de lait condensé. L'Anglais tète la boîte puis l'écarte de son visage pour en mâchonner le fluide épais. Il adresse un sourire radieux à Kip qui paraît irrité de ne pas avoir la boîte dans les mains. Le sapeur lance un coup d'œil à Hana, il se glisse près du lit, fait claquer ses doigts une ou deux fois et parvient finalement à éloigner la boîte du visage sombre.

« Nous avons découvert un plaisir commun, ce garçon et moi. Pour moi, lors de mes voyages en Égypte. Pour lui, aux Indes.

– Avez-vous déjà mangé des sandwiches au lait condensé ? » demande le sapeur.

Le regard de Hana passe de l'un à l'autre.

Kip examine l'intérieur de la boîte.

« Je vais t'en chercher une autre », dit-il, et il sort de la pièce. Hana regarde l'homme dans le lit.

« Kip et moi, nous sommes tous deux des bâtards internationaux : nés à un endroit, nous avons choisi de vivre ailleurs. Nous battant toute notre vie pour revenir dans nos patries ou nous en éloigner. Même si Kip ne l'admet pas encore. C'est pour cela que nous nous entendons si bien. »

A la cuisine, Kip perce deux trous dans la boîte neuve de lait condensé, à l'aide de sa baïonnette qu'il utilise de plus en plus à cette seule fin, il s'en rend compte, puis il se dépêche de remonter dans la chambre.

« Tu as dû être élevé ailleurs, dit le sapeur. Les Anglais ne tètent pas ça comme ça.

– J'ai passé plusieurs années dans le désert, c'est là que j'ai appris tout ce que je sais. Tout ce qui m'est arrivé d'important m'est arrivé dans le désert. »

Il relève la tête pour regarder Hana.

« On me nourrit de morphine. On me nourrit de lait concentré. Peut-être avons-nous découvert là un régime équilibré ! » Il se tourne vers le sapeur.

« Ça fait combien de temps que tu es sapeur ?

– Cinq ans. D'abord et surtout à Londres, puis en Italie. Avec les unités de déminage.

– Qui t'a appris le métier ?

– Un Anglais qui habitait Woolwich. On le disait excentrique.

– Ce sont les meilleurs maîtres. Ça devait être Lord Suffolk. As-tu rencontré Miss Morden ?

– Oui. »

A aucun moment ils ne font le moindre effort pour inclure Hana dans leur conversation. Elle veut en savoir plus au sujet de son maître, savoir comment il le décrirait.

« A quoi ressemblait-il, Kip ?

– Il travaillait dans la recherche scientifique. Il dirigeait une unité expérimentale. Miss Morden, sa secrétaire, et Mr. Fred Harts, son chauffeur, ne le quittaient pas. Miss Morden prenait des notes qu'il lui dictait tout en travaillant à une bombe, et Mr. Harts lui passait les instruments. C'était un homme extraordinaire. On les appelait la Sainte

Trinité. Tous trois sautèrent sur une mine, à Erith, en 1941. »

Elle regarde le sapeur adossé au mur, un pied en l'air, la semelle de sa botte contre un buisson peint. Aucune expression de tristesse, rien à interpréter.

Dans ses bras, elle avait tenu des hommes à l'instant où se dénouait le dernier nœud de leur vie. A Anghiari, en soulevant des corps en vie, elle avait découvert qu'ils étaient déjà rongés par les vers. A Ortona, elle avait tenu des cigarettes dans la bouche du garçon sans bras. Rien ne l'avait arrêtée. Elle avait continué à faire ce qu'on attendait d'elle, tout en s'efforçant secrètement de restaurer son vrai moi. Dans leur uniforme jaune et pourpre, aux boutons en os, trop d'infirmières étaient devenues les servantes névrosées de la guerre.

Elle observe la façon dont Kip renverse la tête contre le mur, elle connaît cet air neutre sur son visage. Elle peut le lire.

VII

In situ

Kirpal Singh se tenait debout, là où, d'ordinaire, repose la selle du cheval. Au début, il se contenta de se tenir sur le dos de sa monture, s'arrêtant pour saluer de la main ceux qu'il ne pouvait voir mais qui le regardaient, il le savait. Lord Suffolk, qui le suivait à la jumelle, vit le jeune homme saluer, les bras levés, en se balançant.

Il descendit ensuite dans le gigantesque cheval de craie de Westbury. Dans la blancheur du cheval, sculpté dans la colline. L'arrière-plan exagérant l'obscurité de sa peau et de son uniforme kaki de sapeur, il n'était plus maintenant qu'une silhouette noire. Si ses jumelles étaient bien réglées, Lord Suffolk pourrait repérer sur son épaule l'étroit cordon écarlate, insigne de son unité de sapeur. A leurs yeux, il arpenterait une carte en papier découpée en forme d'animal. Mais Singh n'était conscient que de ses bottes raclant la craie blanche et rude tandis qu'il dévalait la pente.

Derrière lui, sacoche à l'épaule, Miss Morden, elle aussi, descendait lentement la colline, s'aidant d'un parapluie fermé. Elle s'arrêta à trois mètres du cheval, installa son parapluie et se mit à l'ombre. Puis elle ouvrit ses carnets.

« Vous m'entendez ? demanda-t-il.

– Oui, très bien. » Elle essuya ses mains pleines de craie sur sa jupe, remit ses lunettes. Elle regarda au loin et, comme Singh, fit signe à tous ceux qu'elle ne pouvait voir.

Singh l'aimait bien. Elle était, en effet, la première Anglaise à laquelle il eût vraiment parlé depuis son arrivée en Angleterre. Il avait passé la plupart de son temps dans une caserne, à Woolwich : en trois mois, il n'avait rencontré que d'autres Indiens et des officiers anglais. A la cantine de la NAAFI[1], une femme répondrait, le cas échéant, à l'une de vos questions, mais les conversations avec ces dames ne dépassaient pas deux ou trois phrases.

Il était le deuxième fils. Le fils aîné était dans l'armée ; le frère qui venait après lui était médecin, un troisième était homme d'affaires. Une vieille tradition dans sa famille. Mais la guerre devait changer tout cela. C'est ainsi qu'il s'enrôla dans un régiment sikh et fut envoyé en Angleterre. Après quelques mois à Londres, il s'engagea comme volontaire dans un régiment du génie ayant pour mission de désamorcer les bombes à retardement et les obus non explosés. En 1939, les consignes des autorités étaient simplistes : « *Les obus non explosés relèvent de la responsabilité du ministère de l'Intérieur ; avec son accord, ils seront enlevés par des prévôts d'A.R.P.[2] et par la police qui les transporteront dans des décharges situées dans les environs, où, en temps utile, des membres des forces armées les feront exploser.* »

Il fallut attendre 1940 pour que la responsabilité du déminage soit confiée au ministère de la Guerre qui, à son tour, la confia au génie. Vingt-cinq unités de déminage furent ainsi organisées. Elles manquaient de matériel, n'ayant à leur disposition que des marteaux, des burins et des outils de cantonnier. Il n'y avait pas de spécialistes.

Une bombe est composée des éléments suivants :
1. Une enveloppe, ou corps de la bombe. On l'appelle le « corps ».
2. Un détonateur.

---

1. Navy, Army and Air Force Institutes : coopérative militaire.
2. Ammunition Refilling Point : dépôt de munitions.

3. Une charge initiale (cartouche ou booster).

4. Une charge principale d'explosif à grande puis-
sance.

5. Les accessoires de la superstructure : ailettes,
mentonnets, kopfrings, etc.

Quatre-vingts pour cent des bombes qui furent lâchées au-dessus de la Grande-Bretagne étaient à paroi mince, des bombes à tout usage. Elles allaient de cinquante à cent kilos. On appelait un « Hermann » ou un « Esaü » une bombe d'une tonne, un « Satan » une bombe de deux tonnes.

A la fin de ces longues journées d'instruction, Singh s'endormait, des diagrammes et des graphiques entre les mains. Il se voyait, dans un demi-rêve, pénétrant dans le labyrinthe d'un cylindre, entre l'acide picrique, la gaine et les condensateurs, jusqu'à ce qu'il atteigne le détonateur, au fin fond de l'élément principal. Et puis, soudain, il s'éveillait.

Dès qu'une bombe atteignait un objectif, l'impact activait un trembleur, allumant ainsi l'amorce du détonateur. Cette infime explosion pénétrant la gaine faisait détoner le pentryte, activant ainsi l'acide picrique qui, à son tour, faisait exploser la charge principale faite de TNT, d'amatol et de poudre à l'aluminium. Le trajet du trembleur à l'explosion prenait une micro-seconde.

Les bombes lâchées à basse altitude étaient les plus dangereuses, elles n'étaient activées qu'à l'atterrissage. Les bombes non explosées allaient s'enterrer dans les villes ou dans les champs, restant inactives jusqu'à ce qu'un bâton de fermier, une roue de voiture, ou une balle de tennis heurtant l'enveloppe activent les points de contact du trembleur, provoquant alors l'explosion.

Singh et d'autres volontaires furent transportés en camion aux services du génie situés à Woolwich. A cette époque, le taux d'accidents au cours du déminage était étonnamment élevé par rapport au nombre d'engins inexplosés. En 1940, après la défaite de la France et une fois l'état de siège déclaré en Grande-Bretagne, ce taux empira.

Au mois d'août, le blitz avait déjà commencé ; en un mois, il fallut faire face à 2 500 bombes non explosées. Des routes furent fermées, des usines abandonnées. Au mois de septembre, on comptait environ 3 700 bombes actives. Une centaine de nouvelles unités de déminage furent créées. Restait à comprendre la façon dont fonctionnaient les bombes. Dans ces unités, l'espérance de vie était de dix semaines.

« C'étaient les temps héroïques du déminage, une époque d'exploits individuels où l'urgence, combinée au manque de connaissances et de matériel, entraînait une prise de risques fantastique. C'étaient néanmoins des temps héroïques dont les héros restèrent obscurs, leurs actions étant tenues cachées du public pour des raisons de sécurité. Il n'était pas, bien sûr, souhaitable de publier des rapports susceptibles d'aider l'ennemi à évaluer leur capacité à neutraliser ces armes. »

Pour se rendre en voiture à Westbury, Singh s'était assis à l'avant, à côté de Mr. Harts. Miss Morden avait pris place à l'arrière, près de Lord Suffolk. Tout le monde connaissait la Humber kaki. Les ailes étaient peintes en rouge vif, comme toutes les unités mobiles de déminage ; la nuit, un filtre teintait de bleu les feux de position gauche. Deux jours plus tôt, en traversant les Downs, non loin du célèbre cheval en craie, un homme avait sauté sur une mine. A leur arrivée sur les lieux, les soldats du génie s'aperçurent qu'une autre bombe avait atterri au milieu de ce site historique, dans la panse du gigantesque cheval blanc de Westbury, sculpté en 1778, au milieu de ces mamelons crayeux. Peu après cet événement, chaque cheval en craie – les Downs en possédaient sept – fut recouvert par des filets de camouflage, moins pour le protéger que pour l'empêcher de servir de point de repère lors de raids de bombardiers au-dessus de l'Angleterre.

Depuis le siège arrière, Lord Suffolk discourait sur la

migration des rouges-gorges fuyant l'Europe en guerre, l'histoire du déminage, et la crème du Devon. Il présentait au jeune Sikh les traditions anglaises comme s'il s'agissait pour ce dernier d'une culture encore neuve. Il avait beau s'appeler Lord Suffolk, il vivait dans le Devon et sa passion, jusqu'à ce que la guerre éclate, avait été l'étude de *Lorna Doone*, roman dont il vantait l'authenticité tant historique que géographique. Il passait la plupart de ses hivers à s'entraîner au golf autour des villages de Brandon et de Porlock ; il avait même réussi à convaincre les autorités qu'Exmoor serait un endroit idéal pour former des techniciens du déminage. Il en avait douze sous ses ordres, un échantillon de talents relevant de divers corps d'armée, sapeurs et ingénieurs. Singh en faisait partie. Ils passaient la majeure partie de la semaine à Londres, à Richmond Park, où on leur enseignait les nouvelles méthodes et où ils s'exerçaient sur des bombes non explosées tandis que des daims flânaient autour d'eux. En fin de semaine, ils se rendaient à Exmoor où ils continuaient leur formation pendant la journée. Le soir venu, Lord Suffolk les conduisait à l'église où l'on avait tiré sur Lorna Doone pendant la cérémonie du mariage. « Depuis cette fenêtre, ou cette petite porte... On lui a tiré dessus pendant qu'elle s'avançait vers l'autel, elle a été atteinte à l'épaule. Somme toute, un coup splendide, mais, bien sûr, répréhensible. Le scélérat a été pourchassé à travers la lande, ils l'ont écartelé. » Pour Singh cela ressemblait à une fable indienne qui lui était familière.

La meilleure amie de Lord Suffolk dans les environs était une aviatrice qui détestait et la société et les hommes, mais adorait Lord Suffolk. Ils allaient ensemble s'exercer au tir. Elle habitait une petite maison de campagne à Countisbury, sur une colline surplombant le chenal de Bristol. Lord Suffolk se livrait à une description des charmes exotiques de chaque village qu'ils traversaient en Jeep. « Ici, c'est le meilleur endroit pour acheter des cannes en bois de prunier. » comme si Singh avait eu l'intention d'entrer, en uniforme et turban, dans le magasin de style Tudor, au coin de la rue, pour parler cannes avec les propriétaires. Lord Suffolk était le plus délicieux des Anglais, devait-il dire plus tard à Hana. Sans la guerre, il ne serait jamais sorti de Countisbury, ni de sa retraite, « Home Farm », où il vieillissait avec le vin et les mouches de l'ancienne buanderie. La cinquantaine, mais célibataire dans l'âme, il traversait chaque jour à pied les collines pour rendre visite à son amie aviatrice. Il aimait bricoler, et savait tout réparer, depuis les vieux bacs à lessive jusqu'aux générateurs en passant par les broches à moteur hydraulique. Il avait aidé Miss Darker, l'aviatrice, à se documenter sur les habitudes des blaireaux.

Le trajet menant au cheval de craie de Westbury était ainsi jalonné d'anecdotes et de renseignements divers. Même en temps de guerre, il connaissait toujours le meilleur endroit pour prendre une tasse de thé. Il fit, un jour, une grande entrée dans le salon de thé de Pamela, le bras en bandoulière, souvenir d'un accident avec du fulmicoton, et suivi par son clan – secrétaire, chauffeur, sapeur, comme s'ils étaient ses enfants. Comment Lord Suffolk avait-il réussi à persuader le comité chargé de superviser le déminage de l'autoriser à poursuivre ses expériences, personne n'en était vraiment sûr ; mais, vu les inventions qu'il avait à son crédit, il était sans doute plus qualifié que la plupart. Autodidacte, il croyait pouvoir lire les motivations et l'esprit qui avaient inspiré chaque invention. Il avait immédiatement inventé la chemise à poches qui permettait à un sapeur d'avoir amorces et accessoires à portée de la main.

Ils burent du thé et attendirent les scones tout en discutant du désamorçage des explosifs *in situ*.

« J'ai confiance en vous, Mr. Singh, vous le savez, n'est-ce pas ?

– Oui, monsieur. » Singh l'adorait. A l'en croire, Lord Suffolk était le premier vrai gentleman qu'il avait rencontré en Angleterre.

« Vous savez que je suis persuadé que vous ferez aussi bien que moi. Miss Morden vous accompagnera pour prendre des notes. Mr. Harts se tiendra un peu plus loin, en retrait. Si vous avez besoin de matériel ou de renfort, servez-vous du sifflet de police et ça arrivera. Mr. Harts ne vous donnera pas de conseils mais il comprend parfaitement ce qui se passe. S'il refuse de faire quelque chose, cela voudra dire qu'il n'est pas d'accord avec vous et, à votre place, je suivrais son avis. Mais sur le site même, vous avez pleine autorité. Voici mon revolver. Les détonateurs sont sans doute plus sophistiqués maintenant, mais on ne sait jamais, vous pourriez avoir de la chance... »

Lord Suffolk faisait allusion à un incident qui l'avait rendu célèbre. Il s'agissait d'une méthode de son invention pour inhiber l'action d'une bombe à retardement : il sortait son revolver et tirait une balle à travers la tête du détonateur, arrêtant ainsi le mouvement d'horlogerie. La méthode fut abandonnée le jour où les Allemands introduisirent un nouveau détonateur, surmonté non plus par l'horloge mais par un percuteur.

Cette amitié, Kirpal Singh ne l'oublierait jamais. Depuis qu'il était sous les drapeaux, il avait passé la moitié de son temps dans le sillage de ce Lord qui n'avait jamais mis le pied hors d'Angleterre, bien décidé, la guerre finie, à ne plus jamais sortir de Countisbury. Singh avait débarqué en Angleterre sans y connaître personne, ayant laissé toute sa famille au Pendjab. Il était âgé de vingt et un ans. A part des soldats, il n'avait rencontré personne. Lorsqu'il était tombé sur l'annonce demandant des volontaires pour un peloton procédant à des expériences de déminage, et malgré les propos des autres sapeurs qui tenaient Lord Suffolk pour un fou, Singh avait déjà pris sa décision : à la guerre, l'important, c'était d'avoir le contrôle de la situation ; les possibilités de choix et les chances de survie étaient donc d'autant plus grandes si l'on attachait son sort à celui d'une personnalité ou d'un individu.

Il était le seul Indien parmi les candidats, et Lord Suffolk était en retard. Quinze d'entre eux furent conduits dans une bibliothèque, où une secrétaire les pria d'attendre. Elle resta à son bureau à écrire leurs noms tandis que les soldats plaisantaient sur l'entretien et sur l'examen.

Il ne connaissait personne. Il se dirigea vers un mur et se mit à contempler un baromètre. Il faillit le toucher mais il retira sa main, se contentant d'approcher son visage, le regard rivé aux aiguilles du cadran. *Très sec*, *Beau fixe*, *Orageux*. Il marmonna les mots avec sa prononciation anglaise toute neuve. « TTré sec. *Très* sec ». Il se retourna vers les autres, fit d'un coup d'œil le tour de la pièce surprenant ainsi le regard que la secrétaire, une dame entre deux âges, braquait sur lui. Le regard était sévère. Un jeune Indien. Il sourit et se dirigea vers les étagères. Là non plus, il ne toucha rien. Il hasarda juste son nez contre un ouvrage de Sir Oliver Hodge, *Raymond, ou La Vie et la Mort*. Il repéra un autre titre du même genre : *Pierre, ou Les Ambiguïtés*. Il se retourna et saisit le regard de la femme, à nouveau braqué sur lui. Il se sentit aussi gêné que s'il avait glissé l'ouvrage dans sa poche. Elle n'avait jamais dû voir un turban de sa vie. Ah ! Ces Anglais ! Ils trouvent normal que vous vous battiez pour eux, mais pour rien au monde ils ne vous adresseraient la parole. Singh. Et les ambiguïtés.

Au déjeuner, ils firent la connaissance d'un Lord Suffolk très jovial, qui versait libéralement le vin, et riait haut et fort de la moindre tentative de plaisanterie émanant des conscrits. Dans l'après-midi, ils passèrent tous un examen bizarre au cours duquel il leur fallut remonter un mécanisme, dont ils ignoraient l'emploi. On leur donnait deux heures et la possibilité de partir dès qu'ils auraient trouvé la solution. Singh termina rapidement, il passa le reste du temps à inventer d'autres objets susceptibles d'être fabriqués avec les mêmes pièces. S'il n'y avait pas cette histoire de race, pensait-il, il aurait des chances d'être admis. Il venait d'un pays où mathématiques et mécanique étaient presque des traits de naissance. Les voitures n'étaient jamais détruites. On en transportait les pièces à l'autre bout du village, et elles se transformaient en machine à coudre ou en pompe hydraulique. Le siège arrière d'une Ford resurgissait sous la forme d'un canapé. La plupart des habitants de son village avaient plus souvent sur eux une clef à molette ou un tire-bouchon qu'un crayon. D'autres pièces de voiture, sans utilité directe, servaient à fabriquer une horloge, une poulie d'irrigation ou le mécanisme pivotant d'une chaise de bureau. On inventait sans mal des antidotes aux catastrophes mécanisées. Fallait-il refroidir un moteur de voiture en surchauffe ? Au lieu de remplacer les tuyaux de caoutchouc, on plaquait de la bouse autour du condensateur. Ce qu'il voyait en Angleterre, c'était une surabondance de pièces détachées, de quoi subvenir aux besoins du continent indien pendant deux siècles.

Il fut l'un des trois candidats sélectionnés par Lord Suffolk. Cet homme qui ne lui avait même pas parlé (et qui n'avait pas ri avec lui pour la simple raison qu'il n'avait pas plaisanté) traversa la pièce et le prit par l'épaule. Il se trouva que l'austère secrétaire était Miss Morden. Cette dernière se hâta d'arriver avec un plateau sur lequel étaient posés deux verres de sherry, elle en tendit un à Lord Suffolk puis, en disant « Je sais que vous ne buvez pas », elle s'empara de l'autre et le leva en l'honneur du jeune Indien.

« Félicitations ! Vous vous en êtes admirablement tiré. D'ailleurs, j'étais sûre que vous seriez choisi avant même d'écrire quoi que ce soit.

— Miss Morden n'a pas son pareil pour évaluer le caractère d'un individu. Elle flaire aussi bien l'intelligence que le caractère.

— Le caractère, monsieur ?

— Oui. Bien sûr. Disons que ce n'est pas vraiment indispensable mais nous *allons* travailler ensemble. Ici, c'est une sorte de grande famille. Avant même le déjeuner, Miss Morden vous avait sélectionné.

— J'ai trouvé bien pénible de ne pas pouvoir vous faire de clins d'œil, Mr. Singh. »

Lord Suffolk avait à nouveau passé son bras autour des épaules de Singh. Il l'accompagna jusqu'à la fenêtre.

« Puisque nous ne commençons pas avant le milieu de la semaine prochaine, j'ai pensé inviter quelques membres de l'unité à nous rejoindre à Home Farm. Nous pourrons ainsi mettre en commun notre science, et apprendre à nous connaître. Vous pouvez venir avec nous dans la Humber. »

Il avait donc satisfait à l'examen de passage, il s'était affranchi de la machinerie chaotique de la guerre. Il rentrait dans une famille comme si, après une année au loin, on l'accueillait, lui le prodige, on lui offrait un siège à la table, on l'étreignait de paroles.

Il faisait presque sombre lorsqu'ils traversèrent la frontière entre le Somerset et le Devon, sur la route côtière au-dessus du chenal de Bristol. Mr. Harts tourna au bout du sentier étroit bordé de bruyère et de rhododendrons que la lumière mourante empourprait de sang foncé. L'allée qui menait à la maison avait quatre kilomètres de long.

En dehors de la trinité formée par Suffolk, Morden et Harts, six sapeurs composaient l'unité. Pendant la fin de semaine, ils se promenèrent dans la lande, autour du cottage en pierre. Miss Morden, Lord Suffolk et son épouse ne cessaient de boire. L'aviatrice vint se joindre à eux pour le dîner du samedi soir. Miss Darker avoua à Singh qu'elle avait toujours eu envie de se rendre aux Indes en survolant le continent. Une fois sorti de ses quartiers, Singh n'avait aucune idée de l'endroit où il se trouvait. Il aperçut une carte sur rouleau, remontée tout là-haut, contre le plafond. Un matin, profitant d'un moment de solitude, il la tira jusqu'au sol. *Countisbury et ses environs. Carte établie par R. Fones. Dessinée selon le désir de Mr. James Halliday.*

« Dessinée selon le désir... » Il commençait à aimer les Anglais.

Il était sous la tente de nuit avec Hana quand il lui raconta l'explosion d'Erith. Une bombe de 250 kilos

206

éclata au moment où Lord Suffolk essayait de la désamorcer. Elle tua également Mr. Fred Harts et Miss Morden,
ainsi que quatre sapeurs que Lord Suffolk était en train
de former. Mai 1941. Cela faisait un an que Singh appartenait à l'unité de Suffolk.

Ce jour-là, il travaillait à Londres avec le lieutenant
James, aux alentours d'Elephant and Castle, sur une
bombe de type Satan. Tous deux avaient peiné pour désamorcer la bombe de deux tonnes. Ils étaient épuisés. Il se
rappelait avoir levé la tête au milieu de son travail, et
aperçu deux officiers du génie en train de le montrer du
doigt. Cela l'avait intrigué. Sans doute en avaient-ils
trouvé une autre. Il était plus de dix heures du soir et il
se sentait dangereusement fatigué. Il y en avait encore une
qui l'attendait. Il s'en retourna donc au travail.

Quand ils en eurent fini avec la bombe Satan, il décida
de gagner du temps, aussi se dirigea-t-il vers l'officier.
Celui-ci fit d'abord mine de s'en aller.

« Oui. Qu'y a-t-il ? »

L'homme lui prit la main droite. Singh comprit que
quelque chose n'allait pas. Le lieutenant James se tenait
derrière lui. L'officier leur raconta ce qui s'était passé. Le
lieutenant James posa les mains sur les épaules de Singh
et l'étreignit.

Il se rendit à Erith. Il avait deviné ce que l'officier hési-
tait à lui demander. Il savait que l'homme ne serait pas
venu jusque-là juste pour lui faire part de ces décès. Après
tout, c'était la guerre. Cela signifiait qu'il devait y avoir,
quelque part dans le voisinage, une autre bombe, sans
doute du même genre, et c'était là leur seule chance de
découvrir la cause de l'accident.

Il voulut le faire seul. Le lieutenant James resterait à
Londres. Ils étaient les deux seuls survivants de l'unité,
aussi eût-il été ridicule qu'ils prennent un risque ensemble. Si Lord Suffolk avait échoué, cela laissait supposer
qu'il y avait du nouveau. Et puis, de toute façon, il voulait
être seul. Lorsque deux hommes travaillaient ensemble, il

fallait de la méthode. Il fallait partager les décisions, négocier des compromis.

Sur la route, qu'il fit de nuit, il refoula ses émotions. S'il voulait garder l'esprit clair, il fallait qu'ils soient encore en vie. Miss Morden, quand elle s'octroyait un grand whisky bien raide avant d'attaquer le sherry. Cela lui permettait de boire plus lentement, de se comporter davantage en grande dame le reste de la soirée. « Vous ne buvez pas, Mr. Singh, mais si un jour vous buvez, faites comme moi. Un whisky bien tassé et après vous savourez, à petites gorgées, comme un bon courtisan. » Suivait son rire, indolent et râpeux. Jamais il ne rencontrerait une autre femme qui, comme elle, portait toujours sur elle deux flasques d'argent. Et elle continuait à boire tandis que Lord Suffolk, lui, grignotait ses petits gâteaux à la Kipling.

L'autre bombe était tombée à huit cents mètres de là. Encore une SC de 250 kilos. Elle paraissait du type habituel. Ils en avaient désamorcé des centaines de ce genre, cela faisait partie de la routine. Chaque mois, l'ennemi modifiait quelque chose, c'était ainsi que la guerre progressait : on apprenait le tour, le truc, le petit déchant, l'ongle en fil de fer, et on l'enseignait au reste de l'unité. Ils étaient maintenant passés à un nouveau stade.

Il ne prit personne avec lui. Il lui faudrait se rappeler chaque pas. L'officier qui le conduisit s'appelait Hardy, il devait rester dans la Jeep. On lui avait suggéré d'attendre le lendemain matin, mais il sentait qu'ils préféraient le voir s'y mettre tout de suite. La bombe de 250 kilos était des plus courantes ; s'il y avait une modification, il fallait le savoir vite. Il leur demanda de téléphoner pour que l'on veille à l'éclairage. Travailler en étant fatigué lui était égal ; en revanche, il voulait être assuré d'un éclairage convenable, meilleur que les phares de deux Jeeps.

Lorsqu'il atteignit Erith, la zone où se trouvait la bombe était déjà éclairée. En plein jour, en toute innocence, ce n'était qu'un champ. Des haies, peut-être une mare. A présent, c'était une arène. Il avait froid. Il emprunta le tricot de Hardy et l'enfila par-dessus le sien. De toute façon, toutes ces lumières lui tiendraient chaud. Quand il se dirigea vers la bombe, dans son esprit, ils étaient toujours en vie. Examen.

En pleine lumière, la porosité du métal sautait aux yeux. Il oublia tout, sauf de se méfier. A en croire Lord Suffolk, on pouvait trouver un brillant joueur d'échecs de dix-sept ans, voire de treize, capable, qui sait, de battre un grand maître. Par contre, on ne trouverait jamais un brillant joueur de bridge aussi jeune. Le bridge dépend du caractère. De votre caractère et de celui de votre partenaire. Il est indispensable de prendre en considération le tempérament de l'ennemi. Il en va de même pour le déminage. C'est un bridge à deux. Vous avez un adversaire. Vous n'avez pas de partenaire. Il m'arrive de faire jouer au bridge les candidats à l'examen. Les gens s'imaginent qu'une bombe est un objet mécanique. Un ennemi mécanique. Mais vous devez prendre en compte le fait que quelqu'un l'a fabriquée.

Le corps de la bombe de 250 kilos s'était fendu, et une fissure dans le métal laissait entrevoir la charge explosive. Il eut le sentiment qu'on l'observait, mais il refusa de se demander s'il s'agissait du lieutenant James, de Suffolk ou de l'inventeur de ce dispositif. La fraîcheur de la lumière artificielle l'avait ramené à la vie. Il décida d'enlever le culot à l'extrémité de la bombe avant de vider la charge principale, une espèce de poudre, sans doute. Il défit la sacoche et, à l'aide d'une clef universelle, il fit lentement tourner le lourd culot dans le filetage et le souleva. Il jeta un coup d'œil à l'intérieur.

Le détonateur s'était détaché. Au cours de la chute, le point de soudure avait cédé. Le détonateur n'était plus qu'un embrouillamini de fils et de pièces électriques. Était-ce ou non un heureux hasard ? Il se le demandait encore. Le problème était qu'il ignorait si le mécanisme fonctionnait déjà, s'il avait été déclenché. A genoux, penché, il appréciait d'être seul : il retrouvait le monde des choix irréversibles. Tournez vers la droite ou vers la gauche. Coupez ceci ou cela. Mais il était las et il subsistait en lui un arrière-fond de colère.

Il n'avait aucune idée du temps dont il disposait. Le culot coincé entre ses bottes, il arracha le tube et les fils qui pendaient. A peine eut-il terminé qu'il se mit à trembler, le paquet entre les mains. La bombe était désamorcée. La charge principale ne risquait plus d'exploser. Il posa avec soin le tube et les fils sur l'herbe, que la lumière rendait soyeuse. Il entreprit ensuite de traîner le corps même de la bombe jusqu'au camion, à une cinquantaine de mètres de là. Les hommes pourraient ainsi en vider le contenu dans des sacs de lest puis l'emporter. Il en était là lorsqu'une troisième bombe explosa, à environ quatre cents mètres, embrasant le ciel dans une lueur qui fit paraître les lampes à arc discrètes, humaines.

Un officier lui tendit une tasse de Horlicks à laquelle on avait ajouté un peu d'alcool, puis il s'en retourna, seul, vers le détonateur. Il inhala les vapeurs de la boisson.

Il n'y avait plus de danger réel. S'il se trompait, la petite explosion lui arracherait la main. Mais il n'en mourrait pas, sauf, bien sûr, s'il avait la main sur le cœur au moment de l'explosion. Le problème était maintenant réduit à sa plus simple expression. L'amorce. La nouvelle « astuce » dans la bombe.

Il lui faudrait remettre cet embrouillamini de fils dans l'ordre original. Il alla retrouver l'officier pour lui demander le reste de la boisson chaude qui était dans la bouteille thermos. Puis il revint s'asseoir à côté du détonateur. Il devait être environ une heure et demie du matin, se dit-il, car il n'avait pas de montre. Pendant une demi-heure, il se contenta de l'examiner avec sa loupe, une espèce de monocle suspendu à sa boutonnière. Il se pencha pour voir si le cuivre portait d'autres marques qu'une pince aurait pu laisser. Pas la moindre.

Plus tard, il lui faudrait des distractions. Plus tard, l'esprit encombré par une histoire personnelle faite d'une succession d'événements, de moments, il aurait besoin d'une sorte de bruit de fond pour tout engloutir tandis qu'il réfléchirait au problème posé là, devant lui. Plus tard viendraient la radio ou le poste à galène et sa musique d'orchestre jouant à plein, telle une bâche qui l'aurait protégé des averses de la vie réelle. Mais à présent, quelque part, au loin, tel un reflet d'éclair sur un nuage, il était conscient que Harts, Morden et Suffolk étaient morts. Qu'ils n'étaient plus soudain que des noms. Son regard revint sur les fils. Lentement, il les remit en ordre puis il déconnecta le détonateur du dispositif de retardement afin d'en voir l'autre côté. Il fit mentalement pivoter l'engin, puis il le remit à l'horizontale. Tout était parfait. Il dévissa la cartouche en se penchant par-dessus, collant l'oreille de sorte que le cuivre grinçât tout contre lui. Pas de petits bruits secs. Elle se défit en silence. Il glissa dans une poche les pièces électriques et, dans l'autre, le mécanisme d'horlogerie. Ces poches étaient en bas de ses côtes, sur son flanc. Il les boutonna. Il ramassa le tube, non sans jeter un autre coup d'œil à l'intérieur.

Il semblait y avoir autre chose que les pastilles d'acide picrique. Il ne l'aurait pas remarqué s'il n'y avait pas eu le poids. Et il n'aurait jamais pensé au poids s'il n'avait pas cherché l'astuce. En général, on se contentait d'écouter ou de regarder de près. Il inclina doucement le tube, une autre cartouche apparut en partie.

Il retirait la deuxième cartouche lorsqu'un craquement suivi d'un petit éclair parcourut l'engin. Le mécanisme avait été déclenché. Sachant qu'il ne recommencerait pas, il le fit disparaître dans une troisième poche. Il fit ensuite ressortir les pastilles restées au fond du tube et les détruisit dans la solution qu'il avait préparée. Il retourna à la Jeep.

« Il y avait une seconde gaine, grommela-t-il. J'ai eu beaucoup de chance de réussir à dégager tous ces fils. Appelez le quartier général et essayez de savoir s'il reste d'autres bombes. »

Il écarta les soldats de la Jeep, remit en place un siège mal fixé et demanda que l'on braque les lampes à arc. Déboutonnant alors ses poches, il sortit les trois composants qu'il disposa sur ce banc de fortune, à une trentaine de centimètres l'un de l'autre. Il avait froid. De son corps tiède, il exhala un souffle. Il releva la tête. Au loin, des soldats continuaient à vider la charge principale. Il griffonna quelques notes puis il tendit à un officier ses conclusions au sujet de la nouvelle bombe. Il n'avait pas tout compris, bien sûr, mais ils auraient le renseignement.

Sitôt que le soleil pénètre dans une pièce où pétille un feu, le feu disparaît. Il avait adoré Lord Suffolk et ses enseignements insolites. Mais son absence, dans la mesure où tout reposait maintenant sur Singh, signifiait que c'était à lui qu'il incombait désormais d'être attentif à toutes les bombes de ce genre, éparpillées dans la ville de Londres. Voici que sa responsabilité se trouvait engagée, particularité qui, comprit-il, avait suivi partout Lord Suffolk. C'est cette vigilance qui devait créer chez lui un si grand besoin de s'isoler lorsqu'il travaillait sur une bombe. Il était de ceux qui ne seraient jamais attirés par la chorégraphie du pouvoir. Il se sentait gêné de véhiculer plans et solutions, capable seulement de reconnaître le terrain, de repérer une solution. Quand il prit vraiment conscience de la mort de Lord Suffolk, il acheva le travail qu'on lui avait assigné et il s'enrôla à nouveau dans la machine anonyme de l'armée. Il se retrouva sur le *Macdonald*, un transporteur de troupes qui convoyait une centaine de sapeurs sur le front italien. On les utilisait non seulement pour déminer, mais aussi pour construire des ponts, déblayer le terrain et ouvrir le passage à certains blindés. C'est là qu'il se cacha jusqu'à la fin de la guerre. Peu se rappelaient le Sikh qui avait fait partie de l'unité de Suffolk. En l'espace d'une année, l'unité fut dissoute et oubliée. Le lieutenant James fut le seul à se distinguer et à prendre du galon.

Mais cette nuit-là, en traversant Lewisham et Blackheath pour se rendre à Erith, il comprit que, de tous les sapeurs, c'était lui qui avait le mieux assimilé les connaissances de Suffolk. On s'attendait à ce qu'à son tour il ait l'œil.

Il était encore près du camion lorsqu'un coup de sifflet lui signala qu'on éteignait les lampes à arc. En trente secondes, la lumière métallique avait été remplacée par des torches au soufre, à l'arrière du camion. Un autre bombardement. Cet éclairage, de moindre intensité, pourrait être atténué lorsqu'ils entendraient les avions. Il s'assit sur le bidon d'essence vide, face aux trois composants qu'il avait retirés de la bombe. Après le silence des lampes à arc, le chuintement des torches de signalisation semblait bruyant.

Il resta là assis, tout regard et tout ouïe, à attendre que ça se mette à cliqueter. Les autres hommes se tenaient, en silence, à cinquante mètres de là. Il savait que, pour le moment, il était le roi. Le montreur de marionnettes. Qu'il pouvait demander n'importe quoi, un seau de sable ou une tarte aux fruits si tel était son bon plaisir. Que ces hommes qui, n'étant pas de service, n'auraient jamais traversé un bar à moitié plein pour lui dire un mot feraient tout ce qu'il désirait. Voilà qui lui semblait étrange. Comme si on lui avait donné un complet dans lequel il pouvait déambuler, mais dont les manches traînaient derrière lui. Quoi qu'il en fût, il savait qu'il n'aimait pas ça, habitué qu'il était à son invisibilité. En Angleterre, dans les diverses casernes par lesquelles il était passé, on l'avait ignoré : il en était arrivé à préférer cela. Le fait qu'il eût été sapeur pendant la campagne d'Italie ne suffisait pas à expliquer cette indépendance, ce côté secret que Hana percevrait un jour en lui. Il était le membre anonyme d'une autre race, une part du monde invisible. Il s'était bâti des défenses intimes, n'accordant sa confiance qu'à ceux qui se montraient ses amis. Ce soir-là, à Erith, il comprit qu'il savait tirer les fils susceptibles d'actionner ceux qui, autour de lui, n'avaient pas ses talents.

Quelques mois plus tard, il parviendrait à s'échapper en Italie, ayant enfoui l'ombre de son maître dans un sac d'ordonnance, comme il l'avait vu faire au jeune garçon en vert, à l'hippodrome, lors de sa première permission de Noël. Lord Suffolk et Miss Morden lui avaient proposé de l'emmener voir une pièce de théâtre anglaise. Il avait choisi *Peter Pan*. Ils avaient accepté, sans ciller, l'accompagnant à un spectacle bourré d'enfants qui piaillaient. Tels étaient les souvenirs fantômes qui lui revenaient tandis qu'il reposait sous la tente avec Hana, près de cette petite ville, dans les collines italiennes.

Révéler son passé ou l'une ou l'autre de ses qualités eût été trop peu discret. Tout comme il n'aurait jamais pu se tourner vers elle et lui demander la raison profonde de cette relation. Il l'étreignait avec la même force d'affection qu'il avait ressentie à l'égard de ces trois Anglais bizarres, dont il avait partagé la table, et qui avaient assisté à son enchantement, à ses éclats de rire et à son ébahissement en voyant le jeune garçon en vert lever les bras et s'envoler dans l'obscurité, au-dessus de la scène, pour aller enseigner toutes ces merveilles à la fillette d'une famille bien terre à terre.

A Erith, dans l'obscurité striée par les torches, il s'arrêtait dès qu'il entendait des avions. On étouffait alors les feux, un par un, dans des seaux remplis de sable. Il allait s'asseoir dans l'obscurité bourdonnante, déplaçait son siège de façon à pouvoir se pencher pour tendre l'oreille, continuait à compter péniblement les tic-tac, en dépit des bombardiers allemands qui vrombissaient au-dessus de sa tête.

Survint alors ce qu'il attendait. A une heure exactement, la capsule explosa. La cartouche principale contenait un percuteur qui activait un second détonateur, resté parfaitement invisible lors du démontage du premier. Soixante minutes plus tard, le second mécanisme mettait à feu l'autre cartouche, provoquant l'explosion de ce que l'on croyait être une bombe désamorcée.

Cette découverte devait révolutionner la technique de désamorçage des bombes. Désormais, chaque bombe fut soupçonnée de dissimuler une seconde cartouche. On ne pourrait plus désamorcer le tube principal à la main, ni même par télécommande. Il faudrait les inactiver sans retirer le détonateur. Si jamais le second détonateur était déclenché, on disposait d'une heure pour en venir à bout, en le gelant à l'oxygène liquide. La première fois, sous les lampes à arc, il avait, dans sa hâte, retiré du piège le second détonateur dont la tête avait été cisaillée. Dans l'obscurité sulfureuse des bombardements, il fut ainsi témoin de l'éclair blanc zébré de vert, de la taille de sa main. Une heure de retard. Il n'avait survécu que par chance. Il alla trouver l'officier et lui dit : « J'ai besoin d'une autre bombe pour vérifier. »

Ils rallumèrent les feux autour de lui. Une fois de plus, le cercle d'obscurité au milieu duquel il se trouvait fut inondé de lumière. Il resta encore deux heures ce soir-là à essayer les nouveaux détonateurs : le décalage de soixante minutes s'avéra constant.

Il passa presque toute la nuit à Erith. Le matin, en se réveillant, il se retrouva à Londres. Il n'avait pas souvenir d'y avoir été ramené. Il s'éveilla, s'installa devant une table et se mit à esquisser le profil d'une bombe, dessina les cartouches, les détonateurs. Tout le problème du ZVS-40. Depuis l'amorce jusqu'aux anneaux de verrouillage. Il traça ensuite sur ce dessin toutes les lignes d'attaque possibles et imaginables pour procéder au désamorçage. Chaque flèche était dessinée avec précision, le texte écrit bien nettement, comme on le lui avait enseigné.

Ce qu'il avait découvert la nuit précédente n'en demeurait pas moins vrai. Il n'avait survécu que par chance. Il n'était pas possible de désamorcer une bombe *in situ* sans la faire exploser. Il dessina et écrivit tout ce qu'il savait sur la grande feuille d'épure. En bas de celle-ci, il ajouta : *Dessiné selon le désir de Lord Suffolk par son élève, le lieutenant Kirpal Singh. 30 mai 1941.*

Après la mort de Suffolk, il se mit à travailler d'arrache-pied, comme un fou. Les bombes changeaient vite ; nouvelles techniques, nouveaux dispositifs. Il logeait à la caserne de Regent's Park en compagnie du lieutenant James et de trois autres experts. Ils travaillaient à des solutions, faisaient une épure de chaque nouvelle bombe qui arrivait.

Après avoir passé douze jours à étudier la question aux quartiers généraux du génie, ils trouvèrent la réponse. Il fallait oublier complètement le détonateur. Oublier ce que l'on tenait, jusqu'ici, pour le premier principe, à savoir : « Désamorcer la bombe. » Brillant. Ils étaient tous là, au mess des officiers, à rire, à applaudir, à se congratuler. Ils n'avaient aucune idée de ce que pouvait être l'alternative, mais ils savaient qu'en théorie ils avaient raison. Le problème ne serait pas résolu si on lui sautait dessus. C'était le mot du lieutenant James. « Si vous vous trouvez dans une pièce en même temps qu'un problème, ne lui parlez pas. » Une remarque en l'air. Singh alla le trouver et lui présenta la conclusion sous un autre angle : « Par conséquent, on ne touche pas du tout au détonateur. »

Une fois qu'ils en furent là, quelqu'un trouva la solution en une semaine. Un stérilisateur à vapeur. On pratiquait une ouverture dans le corps de la bombe, ce qui permettait d'émulsifier l'explosif principal, grâce à une injection de vapeur, et de le drainer. Le problème était donc résolu pour le moment. Mais il était déjà sur un bateau, en route pour l'Italie.

« Il y a toujours des gribouillis à la craie jaune sur les bombes. Avez-vous remarqué ça ? Tout comme nos corps étaient gribouillés de craie jaune lorsque nous faisions la queue dans la cour de Lahore.

« Nous étions là, en ligne, qui avancions en traînant le pas, de la rue jusqu'au dispensaire avant de ressortir dans la cour où nous nous engagions. Nous signions nos engagements. A l'aide de ses instruments, un médecin acceptait ou rejetait nos corps. Des mains, il explorait notre cou. Les pinces sortaient du Dettol pour récolter des petits bouts de peau.

« Ceux qui étaient acceptés allaient s'entasser dans la cour. Les résultats codés étaient inscrits à la craie jaune, sur notre peau. Plus tard, dans la queue, après un bref entretien, un officier indien écrivait de nouveaux signes jaunes sur les ardoises suspendues à nos cous. Poids, âge, région militaire, niveau d'éducation, état des dents, unité qui conviendrait le mieux.

« Je ne me suis pas senti insulté pour autant. Je suis persuadé que mon frère, lui, l'aurait été. Il se serait dirigé, furieux, vers le puits, aurait tiré un seau d'eau et lavé les marques à la craie. Je n'étais pas comme lui. Même si je l'aimais. Même si je l'admirais. Un côté de ma nature voyait une raison en toute chose. J'étais celui qui, en classe, arborait un air honnête et sérieux que lui se complaisait à contrefaire et à ridiculiser. Vous l'avez deviné, j'étais en réalité bien moins sérieux que lui ; simplement, je détestais les affrontements. Cela ne m'empêchait ni de faire ce dont j'avais envie, ni de le faire à ma façon. J'avais découvert assez jeune l'espace méconnu ouvert à ceux qui ont une vie silencieuse. Je ne discutais pas avec l'agent de police qui prétendait que je n'avais pas le droit, à vélo, de traverser tel ou tel pont, ni de pénétrer dans le fort par telle ou telle porte. Je restais là, sans bouger, jusqu'à ce que je devienne invisible, et puis j'entrais. Comme un grillon. Comme une tasse d'eau cachée. C'est ça, voyez-vous, la leçon que j'ai tirée des escarmouches publiques de mon frère.

« A mes yeux, mon frère était néanmoins le héros de la famille. Je suivais ses traces de boutefeu. Je constatais son épuisement après chaque protestation, quand tout son corps se cabrait contre une insulte ou un décret. Il rompit avec la tradition familiale en refusant, bien qu'étant l'aîné, de faire une carrière militaire. Il se regimbait contre toute situation où les Anglais avaient le pouvoir. Ils le traînèrent donc dans leurs prisons. Dans la prison centrale de Lahore. Puis dans celle de Jatnagar. La nuit, étendu sur son lit de camp, il brandissait un bras plâtré, un bras que ses amis avaient cassé pour le protéger, pour l'empêcher de s'échapper. En prison, il devint serein et astucieux. Il se mit à me ressembler. Il ne parut pas insulté d'apprendre que j'avais signé pour le remplacer dans l'enrôlement, renonçant ainsi à la médecine, il se contenta de rire et de me faire passer un message par le truchement de notre

217

père : il me conseillait d'être prudent. Jamais il ne partirait en guerre ni contre moi, ni contre ce que je faisais. Il était persuadé que j'avais l'instinct de survie, que je savais me tapir dans des recoins silencieux. »

Assis sur le comptoir de la cuisine, il parle avec Hana. Caravaggio passe en coup de vent, de grosses cordes autour des épaules. Ça ne regarde que lui, répond-il quand on lui pose une question. Traînant les cordes derrière lui, il sort. « Le patient anglais veut te voir, mon petit gars.

– D'accord, mon petit gars. » D'un bond, le sapeur descend du comptoir, son accent indien mâtiné du faux gallois de Caravaggio.

« Mon père avait un oiseau, un petit martinet, je crois, qu'il gardait auprès de lui. Celui-ci était aussi indispensable à son confort qu'une paire de lunettes ou un verre d'eau pendant un repas. A la maison, même s'il ne faisait qu'entrer dans sa chambre, il fallait qu'il prenne l'oiseau avec lui. Lorsqu'il se rendait au travail, la petite cage était accrochée au guidon de sa bicyclette.

– Ton père vit encore ?

– Oh ! oui, je pense. Ça fait un moment que je n'ai pas reçu de lettre de lui. Et vraisemblablement mon frère est encore en prison. »

Une chose ne cesse de lui revenir à l'esprit. Il est dans le cheval blanc. Il a chaud sur cette colline crayeuse, dont la poussière blanche voltige autour de lui. Il travaille à ce dispositif relativement simple, mais pour la première fois il travaille seul. Assise à une vingtaine de mètres au-dessus de lui, en haut de la pente, Miss Morden prend des notes sur ce qu'il fait. Il sait qu'en bas, de l'autre côté de la vallée, Lord Suffolk est là qui suit à la jumelle.

Il travaille lentement. La craie empoussière tout, aussi bien ses mains que le dispositif. Il ne cesse de souffler dessus pour en débarrasser les têtes du détonateur et les fils afin de voir les détails. Sa tunique lui tient chaud. Il passe ses mains dans son dos pour tamponner la sueur avec sa chemise. Les poches en travers de son torse sont bourrées de pièces disparates. Il est las, il ralentit, il revérifie inlassablement chaque chose. Il entend la voix de Miss Morden. « Kip ? – Oui. – Arrêtez un moment, je descends. – Vous feriez mieux de ne pas faire ça, Miss Morden. – Bien sûr que si. » Il boutonne toutes ses poches et recouvre la bombe d'un linge. Miss Morden dégringole maladroitement du cheval blanc, elle vient s'asseoir à côté de lui et ouvre sa sacoche. Elle asperge d'eau de Cologne un mouchoir de dentelle et le lui tend. « Essuyez-vous donc le visage avec ça. Lord Suffolk s'en sert pour se rafraîchir. » Il le prend avec une certaine hésitation et se tamponne le front, le cou et les poignets, comme elle l'a suggéré. Elle dévisse la bouteille thermos et verse à chacun un peu de thé. Elle déplie du papier huilé et en sort des morceaux de gâteau.

Elle ne semble guère pressée de remonter, de se retrouver en sécurité. Et il paraîtrait malvenu de lui rappeler qu'elle ferait mieux de retourner là-haut. Elle parle simplement de cette fichue chaleur, raconte qu'en ville ils ont enfin retenu, pour chacun d'entre eux, une chambre avec salle de bains. Voilà de quoi se réjouir à l'avance... Elle commence une histoire sans queue ni tête sur la façon dont elle a rencontré Lord Suffolk. Pas un mot sur la bombe à côté d'eux. Il a ralenti l'allure, comme lorsqu'on dort à moitié et qu'on lit et relit vingt fois le même paragraphe, en essayant de trouver un lien entre les phrases. Elle l'a tiré du tourbillon du problème. Elle range sa sacoche, pose la main sur son épaule droite et s'en retourne à sa place sur la couverture, au-dessus du cheval de Westbury. Elle lui laisse des lunettes de soleil, mais il les pose sur le côté, car elles ne lui permettent pas de voir assez clair. Puis il y revient. Le parfum de l'eau de Cologne. Il se rappelle l'avoir senti un jour, enfant. Il avait de la fièvre et quelqu'un lui en avait frictionné le corps.

VIII

La forêt sacrée

Kip quitte le champ où il creusait, il tient sa main gauche en l'air, comme s'il se l'était foulée.

Il passe devant l'épouvantail du jardin de Hana, le crucifix et ses boîtes à sardines qui pendent, puis il remonte la colline, vers la villa. Son autre main vient former une coupe avec celle qu'il tient devant lui pour abriter, dirait-on, la flamme d'une chandelle. Hana le retrouve sur la terrasse, il lui prend la main et la presse dans les siennes. La coccinelle qui chemine autour de l'ongle de son petit doigt s'empresse de s'aventurer sur le poignet de la jeune femme.

Hana rentre dans la maison, sa main maintenant devant elle. Elle traverse la cuisine, monte l'escalier.

Au moment où elle entre, le patient se tourne vers elle. De la main qu'explore la coccinelle, elle lui touche le pied. La coccinelle la quitte pour aller cheminer sur la peau brune puis, évitant l'océan de drap blanc, elle entreprend le long chemin vers les confins du reste de son corps, petite tache rouge sur cette chair de basalte.

Dans la bibliothèque, le détonateur voltige : d'un coup de coude Caravaggio l'a envoyé promener du comptoir, en se retournant au cri de joie poussé par Hana dans le couloir. Avant qu'il n'atteigne le plancher, le corps de Kip se glisse par-dessous, il le rattrape.

Caravaggio voit le visage du jeune homme souffler l'air qui gonfle ses joues.

Il se dit tout à coup qu'il lui doit la vie.

Les fils du détonateur entre les mains, Kip se met à rire, oubliant sa timidité à l'égard de son aîné.

Caravaggio s'en souviendra. Même s'il devait s'en aller et ne jamais le revoir, il ne l'oubliera jamais. Des années plus tard, dans une rue de Toronto, Caravaggio sortira d'un taxi, il tiendra la portière ouverte à un Indien qui s'apprêtera à y monter et il pensera à Kip.

Le sapeur éclate de rire en regardant le visage de Caravaggio, son rire monte jusqu'au plafond.

« Les sarongs, ça me connaît. » Caravaggio a accompagné ces mots d'un signe de la main à l'intention de Kip et de Hana. « Dans les quartiers est de Toronto, j'ai fait la connaissance des Indiens. J'étais en train de cambrioler une maison et il s'avéra qu'elle appartenait à une famille indienne. Je les ai surpris au lit, dans ces vêtements, des sarongs, qu'ils portaient pour dormir. Cela m'a intrigué. Nous avons eu une longue discussion, et ils ont fini par me persuader d'essayer un sarong. Je me suis déshabillé.

Au moment où j'allais en passer un, ils se sont précipités sur moi et m'ont poursuivi, à moitié nu, dans la nuit.

– C'est une histoire vraie ? demanda-t-elle avec un sourire jusqu'aux oreilles.

– Une parmi bien d'autres ! »

Elle en savait assez à son sujet pour le croire. Ou presque. Au cours de ses cambriolages, Caravaggio se laissait sans cesse distraire par l'élément humain. S'introduisant dans une maison au moment de Noël, il ne pouvait supporter que le calendrier de l'Avent ne soit pas à la bonne date. Il se lançait souvent dans de grandes conversations avec les différents animaux abandonnés dans les maisons, discutant des repas, leur octroyant de larges portions, aussi ces derniers l'accueillaient-ils avec un incommensurable plaisir lorsqu'il retournait sur les lieux de l'un de ses méfaits.

Elle passe devant les étagères de la bibliothèque, les yeux fermés. Elle prend un ouvrage, au hasard. Repérant un espace vierge entre deux parties d'un livre de poésie, elle se met à écrire.

Il dit que Lahore est une ville ancienne. Comparée à Lahore, Londres est récente. Je dis : Eh bien, moi, je viens d'un pays encore plus récent. Il dit qu'ils ont toujours connu la poudre à canon. Au XVIIᵉ siècle déjà, des tableaux de la cour représentaient des feux d'artifice.

Il est petit, pas beaucoup plus grand que moi. Un sourire intime, tout proche, susceptible de charmer n'importe quoi quand il l'arbore. Un côté opiniâtre qu'il ne montre pas. L'Anglais dit que c'est un de ces saints guerriers, mais il a un sens de l'humour bien à lui, plus gamin que ne le laisserait présager sa façon d'être. Rappelle-toi « Je le rebrancherai demain matin ». Oh ! la la !

Il dit que Lahore a treize portes, elles portent le nom de saints, d'empereurs ou de l'endroit où elles vous mènent.

Le mot bungalow *vient de* Bengale.

A quatre heures de l'après-midi, ils avaient descendu Kip, en harnais, dans la fosse, jusqu'à ce que l'eau bourbeuse lui arrive à la taille. Son corps était plaqué contre le corps de la bombe Esaü. De l'ailette à l'extrémité, elle mesurait trois mètres de haut, le nez enfoui dans la boue, à ses pieds. Ses cuisses coinçaient l'enveloppe de métal dans l'eau brune, un peu comme il avait vu des soldats le faire avec des femmes dans les coulisses des pistes de danse de la NAAFI. Quand ses bras se fatiguèrent, il les passa par-dessus les traverses en bois, à hauteur de ses épaules, prévues pour l'empêcher de s'enliser. Les sapeurs avaient creusé le fossé entourant l'Esaü, ils en avaient étançonné les parois avant son arrivée. En 1941, des bombes Esaü dotées d'une nouvelle amorce Y avaient fait leur apparition. C'était sa deuxième.

Au cours des réunions préparatoires, il fut décidé que la seule façon de procéder avec le nouveau détonateur était de l'immuniser. Il s'agissait d'une énorme bombe, dans la position de l'autruche. Il était arrivé pieds nus et il commençait déjà à s'enfoncer lentement, pris dans l'argile, incapable, dans cette eau froide, de trouver à quoi s'agripper. Il ne portait pas de bottes, elles l'auraient bloqué dans l'argile et plus tard, lorsqu'on le hisserait à la surface, la secousse initiale risquerait de lui casser les chevilles.

Il posa la joue gauche contre le manchon métallique, essayant de se dire qu'il faisait chaud autour de lui, se concentrant sur la petite tache de soleil qui s'étirait au fond de la fosse de sept mètres, jusque sur sa nuque. Ce qu'il serrait dans ses bras pouvait exploser à tout moment, dès que les culbuteurs vibreraient, dès que la cartouche serait mise à feu. Et il n'y aurait ni magie, ni rayons X pour le prévenir qu'une petite capsule avait cédé, ou qu'un fil métallique n'oscillait plus. Ces petits sémaphores mécaniques étaient comme un souffle au cœur, ou l'attaque terrassant l'homme qui traverse innocemment la rue devant vous.

Dans quelle ville se trouvait-il ? Il n'arrivait même pas à se le rappeler. Entendant une voix, il leva la tête. Hardy lui faisait parvenir le matériel dans une sacoche, au bout d'une corde, et la sacoche se balançait tandis que Kip glissait les cosses et les outils dans les poches de sa tunique. Il fredonnait la chanson que Hardy chantait dans la Jeep en se rendant sur les lieux.

C'est la relève de la garde à Buckingham Palace,
Christopher Robin s'en est allé avec Alice.

Il sécha la zone autour de la tête du détonateur et entreprit de modeler par-dessus une sorte de tasse en argile. Puis il y perça une ouverture et versa l'oxygène liquide dans la tasse. A l'aide de ruban adhésif, il fixa solidement le récipient au métal. Maintenant, il lui faudrait à nouveau attendre.

Il y avait si peu d'espace entre la bombe et lui qu'il pouvait déjà sentir le changement de température. S'il avait été sur la terre ferme, il aurait pu s'éloigner et revenir dix minutes plus tard. Mais il lui fallait rester là, près de la bombe. Deux créatures suspectes dans un espace clos. Un jour, alors que le commandant Carlyle travaillait dans un puits avec de l'oxygène liquide, la fosse avait pris feu. On avait eu beau se dépêcher, il était déjà inconscient dans son harnais quand on l'avait tiré de là.

Où était-il ? Lisson Grove ? Old Kent Road ?

Kip plongea un morceau de coton dans l'eau boueuse et le posa sur la surface métallique, à une trentaine de centimètres du détonateur. Le coton se détacha : il devrait donc attendre. Quand le coton resterait collé, cela signifierait que la zone entourant l'amorce était gelée, et qu'il pouvait continuer. Il rajouta de l'oxygène dans la tasse.

La calotte de glace avait maintenant une trentaine de centimètres de rayon. Encore quelques minutes. Il regarda un article que quelqu'un avait collé sur la bombe. Ils l'avaient lu en riant bien fort ce matin, il accompagnait le dossier de mise à jour adressé à toutes les unités de déminage.

Quand une explosion est-elle raisonnablement permise ?

> *Supposons que la lettre X représente une vie humaine, la lettre Y le risque encouru et la lettre V les dégâts évalués de l'explosion, un logicien dirait alors que, si V est inférieur à X sur Y, mieux vaut faire exploser la bombe ; mais que, si V sur Y est supérieur à X, un effort devrait être fait pour éviter l'explosion in situ.*

Qui avait écrit de pareilles inepties ?

Cela faisait plus d'une heure qu'il était dans le puits avec la bombe. Il continuait à verser l'oxygène liquide. A hauteur de son épaule, juste à sa droite, un tuyau soufflait de l'air ordinaire pour que l'oxygène ne l'étourdisse pas. (Il avait vu des soldats avec la gueule de bois utiliser de l'oxygène pour soulager leur mal de tête.) Il essaya le coton à nouveau. Cette fois, il gela sur place. Il disposait d'une vingtaine de minutes. Passé ce délai, la température de l'accumulateur placé à l'intérieur de la bombe recommencerait à s'élever. Pour le moment, le détonateur était gelé, il pouvait commencer à le démonter.

Il tâta la surface de la bombe afin de déceler la moindre fissure dans le métal. La partie submergée était sûre, mais l'oxygène pourrait s'enflammer s'il entrait en contact avec l'explosif exposé à l'air. C'était là l'erreur de Carlyle... *X sur Y...* S'il y avait des fissures, ils devraient utiliser de l'azote liquide.

« C'est une bombe d'une tonne, lieutenant. *Esaü*. » C'était la voix de Hardy, en haut de cette fosse fangeuse.

« Numéro 50, dans un cercle, suivi d'un B. Deux détonateurs, vraisemblablement. Mais le second n'est sans doute pas armé. C'est bien ça ? »

Ils avaient déjà vu tout cela dans le détail, mais c'était une façon de confirmer les choses, de se les remettre en tête, une dernière fois. « Branchez-moi sur micro maintenant et éloignez-vous.

– Entendu, lieutenant. »

Kip sourit. Il avait dix ans de moins que Hardy et n'était pas anglais, mais Hardy était aux anges dans le cocon de la discipline militaire. Les soldats hésitaient toujours à l'appeler lieutenant, mais Hardy aboyait haut et fort en y mettant tout son enthousiasme.

Il allait vite maintenant pour soulever le détonateur, l'accumulateur était inerte.

« Vous m'entendez ? Sifflez... Parfait, j'ai entendu. Un dernier coup d'oxygène. On le laisse mousser pendant trente secondes. Puis on commence. On rafraîchit la glace. D'accord, je vais enlever le *truc*... Okay, le *truc* a foutu le camp. »

Hardy écoutait tout, il enregistrait également, au cas où quelque chose n'irait pas. Une étincelle, et Kip serait la proie des flammes. Ou bien il pouvait y avoir une astuce dans la bombe. Le suivant devrait peser les alternatives.

« Je me sers de la clef à molette. » Il l'avait tirée de la poche de sa chemise. Elle était froide, il lui fallut la frotter pour la réchauffer. Il entreprit alors de retirer l'anneau de verrouillage. Celui-ci céda sans effort, il en fit part à Hardy.

« *C'est la relève de la garde à Buckingham Palace* », sifflait Kip. Il enleva l'anneau de verrouillage et l'anneau de repérage et les laissa disparaître dans l'eau. Il les sentit rouler lentement à ses pieds. Cela prendrait encore quatre minutes.

« *Alice épouse un des gardes. "La vie de soldat, ce n'est pas une vie !" dit Alice.* »

Il chantait fort, tentant de se réchauffer, il avait douloureusement froid à la poitrine. Il essayait de se pencher en arrière pour s'éloigner du métal glacé qui était devant lui. Il lui fallait sans cesse porter les mains à sa nuque, encore gratifiée par le soleil, puis les frotter pour les débarrasser de la saleté, de la graisse et de la glace. Il n'était pas facile d'atteindre la tête. Tout à coup, à sa grande horreur, la tête du détonateur céda et se défit complètement.

« Problème, Hardy. La tête du détonateur s'est détachée. Répondez-moi, okay ? Le corps du détonateur est coincé là-dessous, je ne peux pas y accéder, je n'ai pas de prise.

– Où en est la glace ? » Hardy était juste au-dessus de lui. Il lui avait fallu quelques secondes, mais il avait accouru au puits.

« Encore six minutes.

– Remontez et nous la ferons exploser.

– Non, renvoyez-moi de l'oxygène. »

Il leva la main droite et sentit que l'on y plaçait une boîte métallique glaciale.

« Je vais laisser couler la saloperie sur la partie du détonateur qui est à l'air, à l'endroit où la tête s'est séparée, puis je m'attaquerai au métal. Je le rognerai jusqu'à ce que j'aie prise. Maintenant, éloignez-vous. Je parlerai pendant toute l'opération. »

Il avait un mal terrible à retenir sa rage devant ce qui s'était passé. La « saloperie », c'est ainsi qu'ils appelaient l'oxygène, dégoulinait sur ses vêtements, sifflant dès qu'elle atteignait l'eau. Il attendit que le givre apparaisse puis il se mit à attaquer le métal au burin. Il versa davantage d'oxygène, attendit et creusa plus en profondeur. Voyant qu'il ne sortait plus rien, il déchira un pan de sa chemise, le plaça entre le métal et le burin puis, armé d'un maillet, il cogna dangereusement sur l'outil, faisant voltiger des éclats de métal. Le tissu de sa chemise, sa seule et unique protection contre une étincelle... Ses doigts

231

glacés étaient un sérieux problème : ils avaient perdu leur agilité, ils étaient aussi inertes que les accumulateurs. Il continua à tailler sur le côté, autour de l'emplacement laissé vide par la tête du détonateur, détachant des copeaux de métal, espérant que la glace survivrait à cette opération. S'il y était allé plus franchement, il aurait risqué de heurter la capsule du percuteur, et d'activer ainsi la cartouche.

Il fallut encore cinq minutes. Non seulement Hardy n'avait pas bougé du haut de la fosse, mais il lui signalait combien de temps il lui restait avant le dégel. A vrai dire, ni l'un ni l'autre ne pouvait en être vraiment sûr. Depuis que la tête du détonateur avait cédé, ils avaient entrepris de congeler une zone différente et, si la température de l'eau lui semblait froide, elle était toutefois plus chaude que le métal.

C'est alors qu'il aperçut quelque chose. Il n'osa pas agrandir le trou. Le contact du circuit frémissait, telle une vrille d'argent. S'il avait pu l'atteindre... Il essaya de se réchauffer les mains en les frottant l'une contre l'autre.

Il souffla, resta quelques secondes immobile puis, à l'aide des pinces à bec effilé, il trancha le contact et respira à nouveau. Il suffoqua lorsque le givre lui brûla une partie de la main, au moment où il la retirait des circuits. La bombe était morte.

« Détonateur hors d'usage. Cartouche éteinte. Une bise, s'il vous plaît. » Hardy faisait déjà remonter le treuil et Kip essayait de s'accrocher à la corde ; avec ses brûlures et le froid, il avait du mal à y parvenir, ses muscles étaient engourdis. Entendant grincer la poulie, il se contenta de s'agripper aux bretelles de cuir encore à moitié attachées autour de lui. Il commença à sentir que l'on arrachait ses jambes brunes à l'emprise de la boue, comme un vieux cadavre sorti d'une tourbière. Voilà que ses pieds sortaient de l'eau. Il émergea, hissé de la fosse vers le soleil. La tête, puis le torse.

Il était là, tournant lentement sous la hutte formée par les mâts auxquels était suspendue la poulie. Hardy l'étreignit tout en le libérant du harnais. Il vit soudain qu'une foule se pressait pour le voir, à une vingtaine de mètres, trop près, beaucoup trop près pour être hors de danger. Ils auraient pu être anéantis. Bien entendu, Hardy n'était pas là pour les tenir à l'écart.

Ils l'observaient en silence, cet Indien, accroché à l'épaule de Hardy, à peine capable de retourner à la Jeep avec tout son équipement – les outils, les boîtes métalliques, les couvertures et les appareils enregistreurs qui tournaient encore, prêtant leur oreille au néant, au fond de la fosse.

« Je ne peux pas marcher.

– Seulement jusqu'à la Jeep. Plus que quelques mètres, lieutenant, je retournerai chercher le reste. »

Ils s'arrêtaient, puis ils repartaient lentement. Il leur fallait dépasser les visages ébahis qui regardaient l'homme brun, frêle, nu-pieds, dans sa tunique détrempée. Ils regardaient le visage épuisé qui ne reconnaissait rien ni personne. Silencieux, ils reculèrent pour les laisser passer, Hardy et lui. Parvenu à la Jeep, il se mit à trembler. Ses yeux ne pouvaient supporter la réverbération du pare-brise. Hardy dut le soulever, pour l'installer progressivement sur le siège du passager.

Hardy parti, Kip retira lentement son pantalon mouillé et s'enveloppa dans la couverture, puis il s'assit sans bouger. Il avait trop froid, il était trop las pour seulement dévisser la thermos de thé chaud sur le siège, à côté de lui. Il pensait : je n'avais même pas peur, là en bas. J'étais simplement en colère, à cause de mon erreur ou de la crainte d'une éventuelle astuce. Un animal qui réagissait, juste pour se protéger.

Maintenant, s'avoua-t-il, seul Hardy me permet de rester humain.

Quand il faisait chaud à la villa San Girolamo, ils se lavaient les cheveux : d'abord au kérosène, pour éliminer les poux éventuels, puis à l'eau. Allongé, les cheveux ébouriffés, les yeux fermés à cause du soleil, Kip paraissait soudain vulnérable. Il y avait en lui une certaine timidité lorsqu'il prenait cette position fragile, qui le faisait plutôt ressembler à un cadavre mythique qu'à quelque chose de vivant ou d'humain. Hana s'asseyait près de lui, ses cheveux bruns déjà secs. C'est en ces moments-là qu'il parlait de sa famille et de son frère en prison.

Il se redressait, et, d'un coup de tête, ramenait ses cheveux en avant pour les essuyer sur toute leur longueur avec une serviette de toilette. Elle imaginait l'Asie à travers les gestes de cet homme. L'indolence avec laquelle il bougeait, sa silencieuse civilité. Il parlait de saints guerriers, et elle voyait maintenant en lui l'un d'entre eux, austère et visionnaire, ne s'arrêtant qu'en ces rares moments de soleil où il oubliait Dieu, naturel, la tête à nouveau sur la table pour permettre au soleil de sécher sa chevelure étalée comme du grain dans un panier d'osier en forme d'éventail. Même si le jeune sapeur était un Asiatique qui, en ces dernières années de guerre, s'était arrogé des ancêtres anglais dont il suivait les préceptes, tel un fils respectueux.

« Oh ! mais mon frère trouve que je suis un sot de faire confiance aux Anglais. » Il se tourna vers elle, le soleil dans les yeux. « Un jour, dit-il, mes yeux s'ouvriront. L'Asie n'est toujours pas un continent libre et la façon dont nous nous engageons dans les guerres anglaises l'étonne. C'est une différence d'opinion que nous avons toujours eue. "Un jour tes yeux s'ouvriront", ne cesse de me répéter mon frère. »

Le sapeur prononça ces mots les yeux hermétiquement clos, façon de se moquer de la métaphore. « Je lui réponds que le Japon fait partie de l'Asie, et que les Sikhs ont été brutalisés par les Japonais en Malaisie. Mais mon frère n'en tient aucun compte. Il dit que les Anglais pendent les Sikhs qui se battent pour leur indépendance... »

Elle se détourna de lui, les bras croisés. Les querelles du monde. Les querelles du monde. Elle s'enfonça dans l'ombre qui régnait dans la villa, en plein jour, et s'en alla s'asseoir auprès de l'Anglais.

Le soir, lorsqu'elle libérait les cheveux de Kip, il devenait une autre constellation. Les bras d'un millier d'équateurs sur son oreiller, des vagues entre eux, dans leur étreinte, dans leurs mouvements ensommeillés. Elle tenait dans ses bras une divinité indienne, du blé, des rubans. Lorsqu'il se penchait vers elle, cela se répandait. Elle enroulait ses cheveux autour de son poignet. Quand il bougeait, elle gardait les yeux ouverts pour voir les étincelles briller dans ses cheveux, dans l'obscurité de la tente.

Il évolue toujours relativement aux choses, il longe les murs, les haies sur les terrasses. Il inspecte la périphérie. Lorsqu'il regarde Hana, il voit un fragment de sa joue se détacher sur le paysage en arrière-plan. Tout comme il considère l'angle décrit par le vol d'une linotte en fonction de l'espace qu'il couvre sur la surface de la Terre. Il a remonté l'Italie avec des yeux qui essayaient de tout voir, sauf ce qui était provisoire et humain.

La seule et unique chose qu'il ne met jamais en cause, c'est lui. Ni son ombre crépusculaire, ni son bras cherchant à atteindre le dossier d'une chaise, ni l'image que lui renvoie une vitre, ni la façon dont on l'observe. Les années de guerre lui ont appris que la seule chose sûre, c'est lui.

Il passe des heures avec l'Anglais qui lui rappelle ce sapin anglais dont la branche malade, ployant sous les années, était soutenue par une béquille provenant d'un autre arbre. Il se dressait, telle une sentinelle, dans le jardin de Lord Suffolk, au bord de la falaise, au-dessus du chenal de Bristol. Malgré cette infirmité, il percevait que l'être intime était noble, doté d'une mémoire dont la puissance rayonnait par-delà la maladie.

Il n'a pas de miroirs. Il enroule son turban dehors, dans son jardin, en contemplant la mousse sur les arbres. Il remarque les traces qu'ont laissées les ciseaux dans les cheveux de Hana. Il connaît sa respiration quand il place son visage contre son corps, à la clavicule, là où l'os affine la peau, mais si elle lui demande de quelle couleur sont ses yeux, même s'il l'adore, il ne sera pas capable, pense-t-elle, de lui répondre. Il se mettra à rire, il essaiera de deviner, mais si elle, dont les yeux sont noirs, lui dit, en les tenant bien fermés, qu'ils sont verts, il la croira. Il peut regarder intensément des yeux sans pour autant enregistrer leur couleur, de même que, une fois dans sa gorge ou dans son estomac, la nourriture n'est que texture plutôt qu'un goût ou un objet spécifique.

Quand quelqu'un parle, il voit une bouche et non pas des yeux et leur couleur, qui, lui semble-t-il, change en fonction de l'éclairage d'une pièce ou de l'instant de la journée. La bouche révèle le manque de confiance en soi, la suffisance, ou toute autre nuance du caractère. Pour lui, elle est ce qu'un visage a de plus complexe. Il n'est jamais sûr de ce qu'un œil révèle. Mais il peut lire la façon dont la bouche peut s'assombrir jusqu'à la dureté, suggérer la tendresse. Il est aisé de se méprendre sur un œil en se fixant à sa réaction à un simple rayon de soleil.

Il recueille chaque chose, comme si elle appartenait à une harmonie changeante. Il la voit à différentes heures, en différents lieux qui altèrent sa voix, sa nature, ou même sa beauté, tout comme, au loin, la toute-puissance de la mer berce ou régit la destinée d'un canot de sauvetage.

Ils avaient pris l'habitude de se lever à l'aube et de dîner à la lueur du dernier rayon du jour. En fin de soirée, seule une chandelle vacillait dans l'ombre, au chevet du patient anglais, à moins que ce ne soit une lampe à pétrole à moitié pleine, si Caravaggio s'était bien débrouillé ce jour-là. Mais les couloirs et les autres chambres demeuraient dans l'obscurité, comme dans une cité ensevelie. Ils finirent par s'habituer à marcher dans l'ombre, les mains tendues, tâtant les murs du bout des doigts.

« Finie la lumière. Finie la couleur... » se chantait et se rechantait Hana. Il fallait mettre un terme à cette habitude exaspérante qu'avait Kip de sauter en bas des marches, la main au milieu de la rampe. Elle imaginait ses pieds voltigeant et allant atterrir dans l'estomac de Caravaggio qui remontait en sens inverse.

Une heure plus tôt, elle avait éteint la bougie dans la chambre de l'Anglais. Elle avait retiré ses chaussures de tennis, son tablier était déboutonné à l'encolure à cause de la chaleur de l'été, les manches, vagues, étaient remontées tout en haut de son bras. Un délicieux désordre.

A l'étage principal de l'aile de la villa, à l'écart de la cuisine, de la bibliothèque et de la chapelle désaffectée, il y avait une cour intérieure vitrée. Quatre murs de verre et une porte vitrée donnant sur un puits couvert et des étagères de plantes mortes qui, jadis, avaient dû fleurir dans la pièce chauffée. Cette cour intérieure lui rappelait de plus en plus un herbier, quelque chose qui méritait un coup d'œil en passant, mais pas que l'on y pénètre.

Il était deux heures du matin.

Ils entrèrent dans la villa par des portes différentes. Hana par la porte de la chapelle, au bas des trente-six marches ; lui, par la cour qui était au nord. En pénétrant dans la maison, il retira sa montre et la glissa dans une niche où reposait un petit saint. Le patron de cette villa-hôpital. Il avait déjà retiré ses chaussures, il était juste en pantalon. La lampe attachée à son bras était éteinte. Il ne portait rien d'autre. Il se tint là, un moment, dans l'obscurité, un garçon maigre, un turban sombre, le *kara* flottant sur son poignet, à même la peau. Il s'adossa à l'angle du vestibule, comme une lance.

Il se faufila ensuite dans la cour intérieure. Il entra dans la cuisine et perçut immédiatement la présence du chien dans l'ombre ; il l'attrapa, l'attacha à la table avec une corde. Il prit ensuite la boîte de lait condensé sur l'étagère de la cuisine et revint à la pièce vitrée, dans la cour intérieure. En passant la main le long du bas de la porte, il sentit deux petits bâtons appuyés contre celle-ci. Il entra, referma la porte derrière lui, tout en glissant la main pour remettre les bâtons contre la porte. Au cas où elle les aurait repérés... Il descendit ensuite dans le puits. Il y avait, un mètre plus bas, une planche transversale qu'il savait solide. Il referma le couvercle derrière lui, se blottit là, imaginant Hana en train de le chercher ou de se cacher, et se mit à téter la boîte de lait condensé.

Elle le soupçonnait capable de quelque chose de ce genre. S'étant faufilée dans la bibliothèque, elle alluma la lampe attachée à son bras et longea les étagères qui allaient de ses chevilles jusqu'à des hauteurs invisibles. La porte était fermée, aucune lumière ne pouvait donc attirer l'attention de qui que ce soit dans les couloirs. Pour entrevoir une lueur à travers les portes vitrées, il aurait fallu qu'il soit dehors. Elle s'arrêtait presque à chaque pas, cherchant une nouvelle fois parmi ces livres à prédomi nance italienne l'ouvrage anglais sortant de l'ordinaire dont elle pourrait faire présent au patient anglais. Elle avait fini par chérir ces volumes parés de leurs reliures italiennes, par affectionner leurs frontispices, leurs illustrations en couleurs recouvertes de papier de soie, leur odeur et même la façon dont ils craquaient quand on les ouvrait trop vite, comme si l'on brisait une invisible série d'os minuscules. Elle s'arrêta une fois de plus. *La Chartreuse de Parme*.

> « *Si jamais je me tire d'affaire, dit-il à Clélia, j'irai voir les beaux tableaux de Parme, et alors daignerez-vous vous rappeler ce nom : Fabrice del Dongo ?* »

Caravaggio était allongé sur le tapis, à l'autre bout de la bibliothèque. De ses ténèbres, on aurait cru que le bras gauche de Hana était du phosphore à l'état pur, qui éclairait les livres, moirait de roux ses cheveux sombres, brûlait contre le coton de son tablier et la manche ballon cachant son épaule.

Il sortit du puits.

Le diamètre de lumière s'agrandit autour de son bras avant d'être absorbé par l'obscurité, il sembla donc à Caravaggio qu'une vallée d'ombre les séparait. Elle glissa sous son bras droit le livre à la couverture brune. Au fur et à mesure qu'elle bougeait, de nouveaux livres apparaissaient, d'autres disparaissaient.

Elle avait pris de l'âge et il l'aimait davantage, maintenant, qu'à une époque où il l'avait mieux comprise, où elle était le produit de ses parents. Elle était aujourd'hui ce qu'elle avait décidé de devenir. Il savait que, s'il avait croisé Hana dans une rue, quelque part en Europe, il lui aurait trouvé l'air familier, mais il ne l'aurait pas reconnue. Le premier soir où il s'était rendu à la villa, il avait masqué sa surprise. Le visage ascétique de la jeune femme, glacial à première vue, avait une certaine finesse. Il comprit qu'au cours des deux derniers mois il avait lui-même évolué vers ce qu'elle était devenue. Il avait peine à croire le plaisir qu'il éprouvait devant cette évolution. Des années plus tôt, il avait essayé de l'imaginer adulte, mais il avait inventé un être doté de qualités calquées sur sa communauté ethnique. Pas cette merveilleuse étrangère qu'il pouvait aimer d'autant plus profondément qu'il n'avait en rien contribué à ce qu'elle était.

Allongée sur le canapé, elle avait tourné la lampe vers l'intérieur afin de lire, elle était déjà plongée dans son livre. A un moment, elle leva la tête, écouta et se hâta d'éteindre.

Était-elle consciente de sa présence dans la pièce ? Caravaggio se rendait compte du bruit qu'il faisait en respirant, de la difficulté qu'il avait à garder un rythme régulier et posé. La lumière s'alluma un bref instant.

Soudain on eût dit que tout bougeait dans la pièce, sauf Caravaggio. Il entendit ce remue-ménage autour de lui, mais, à son étonnement, rien ne l'effleura. Le garçon était dans la pièce. Caravaggio se dirigea vers le canapé, il posa la main dessus, en direction de Hana. Elle n'était pas là. Au moment où il se redressa, un bras passa autour de son cou, l'empoigna et le tira en arrière. Une lumière brutale éclaira son visage, tous deux s'écroulèrent, hoquetant de surprise. Le bras à la lanterne le tenait encore par le cou. Un pied nu émergea à la lumière, passa devant le visage de Caravaggio et alla se poser sur le cou du garçon qui était à côté de lui. Une autre lumière s'alluma.

« Je t'ai eu. *Je t'ai eu.* »

Les deux corps sur le sol regardèrent la silhouette sombre de Hana au-dessus de la lumière. C'était elle qui chantait : « *Je t'ai eu, je t'ai eu.* Grâce à Caravaggio – qui a de sérieux problèmes respiratoires ! Je savais qu'il serait là, c'était lui l'attrape ! »

Son pied pressa plus fort sur le cou du garçon. « Rends-toi. *Avoue !* »

Caravaggio se mit à trembler sous l'étreinte du garçon

Tout en sueur, il était incapable de se débattre. Les deux lampes étaient braquées sur lui. Il lui fallait se hisser de façon à s'enfuir à quatre pattes de cette terreur. *Avoue*. La jeune femme riait. Il avait besoin de calmer sa voix avant de parler mais ils écoutaient à peine, excités par leur aventure. Il réussit à se soustraire à la poigne faiblissante du garçon et, sans dire un mot, sortit de la pièce.

Ils se retrouvèrent dans l'obscurité. Où es-tu ? demanda-t-elle. Puis elle s'éloigna rapidement. Il se plaça de façon qu'elle vienne cogner dans sa poitrine, et la fit ainsi glisser dans ses bras. Elle mit la main sur son cou puis sa bouche contre sa bouche. « Lait condensé ! Pendant notre concours ? Lait condensé ? » Elle porta la bouche à son cou. A sa sueur. Elle le goûta, là même où elle avait posé son pied nu. Je veux te voir. Sa lumière s'allume, il la voit, le visage zébré de poussière, les cheveux relevés en une natte à cause de la transpiration, avec un grand sourire pour lui.

Il glisse ses mains fines dans les manches vagues de sa robe, puis les place sur ses épaules. Si elle s'éloigne, ses mains la suivront. Elle commence à se pencher, de tout son poids elle se laisse tomber en arrière, sûre qu'il la suivra, sûre que ses mains adouciront la chute. Alors il se pelotonne, les pieds en l'air, seuls ses mains, ses bras et sa bouche sont sur elle, le reste de son corps, la queue d'une mante. La lampe est encore attachée au muscle et à la sueur de son bras gauche. Son visage se coule dans la lumière pour embrasser, lécher, goûter. Son front s'essuie à l'humidité de sa chevelure.

Le voici soudain à l'autre bout de la bibliothèque, sa lampe de sapeur sautillant dans cette pièce qu'il a passé une semaine à débarrasser des détonateurs de toutes sortes, afin qu'elle ne présente plus aucun danger. Comme si cet endroit avait enfin échappé à la guerre, n'était plus ni zone, ni territoire. Il se déplace avec la lampe, balançant le bras, laissant entrevoir tantôt le plafond tantôt le visage rieur de la jeune femme tandis qu'il passe devant elle.

Grimpée sur le dos du canapé, celle-ci regarde étinceler son corps mince. La prochaine fois qu'il repasse devant elle, il la voit, courbée, qui s'essuie les bras au bas de sa robe. « Mais je t'ai eu, je t'ai eu, chante-t-elle. Je suis le Mohican de Danforth Avenue. »

Elle grimpe sur son dos, sa torche balaie le dos des ouvrages sur les hautes étagères, ses bras montent et descendent tandis qu'il la fait tournoyer, elle fait la morte, se laisse tomber vers l'avant, se rattrape à ses cuisses, échappe à son emprise en virevoltant, et se retrouve, les bras humides englués de poussière et de saletés, allongée sur le vieux tapis qui fleure encore les pluies d'autrefois. Il se penche vers elle, elle tend la main pour éteindre sa torche. « J'ai gagné, hein ? » Il n'a encore rien dit depuis qu'il est entré dans la pièce. Sa tête s'abandonne à ce geste qu'elle aime tant, en partie assentiment, en partie désaccord éventuel. La lumière l'aveugle. Il éteint sa torche pour qu'ils soient à égalité dans l'obscurité.

Il y eut ce mois de leur vie où Hana et Kip dormirent côte à côte. Un célibat dans les formes. Ils découvrirent que l'amour était une civilisation, un pays qu'ils n'avaient pas encore atteint. L'amour de l'idée que je me fais de lui, ou d'elle. Je ne veux pas qu'il me baise. Je ne veux pas te baiser. Si jeunes, d'où leur venait cette science ? Peut-être de Caravaggio, qui, pendant ces soirées, lui avait parlé de son âge, de la tendresse qui naît à l'égard de chaque cellule de l'être aimé le jour où l'on découvre sa mortalité. C'était, après tout, un âge mortel. Le désir du garçon ne s'achevait vraiment qu'au plus profond de son sommeil, dans les bras de Hana, son orgasme dépendait davantage de l'influence de la lune, de la nuit qui étreignait son corps.

Toute la soirée son visage fin reposait contre ses côtes. Elle lui rappelait le plaisir d'être gratté, ses ongles raclant des cercles dans son dos. Une de ces choses qu'une *ayah* lui avait apprises, il y avait des années. Tout le bien-être, toute la sérénité qu'il avait pu connaître pendant son enfance, Kip les lui devait à elle, et non point à la mère qu'il aimait, ni à son frère, ni à son père, avec lesquels il jouait. S'il avait peur ou s'il n'arrivait pas à s'endormir, c'était l'*ayah* qui devinait ce qui lui manquait, qui l'aidait à trouver le sommeil, la main sur son petit dos maigre. Cette étrangère intime, du Sud de l'Inde, qui vivait avec eux, aidait à tenir la maison, préparait et servait les repas, élevait ses propres enfants dans le cocon familial. Des années plus tôt, elle avait consolé son frère aîné et connaissait sans doute mieux que les parents eux-mêmes le caractère de chacun des enfants.

C'était une affection réciproque. Si l'on avait demandé à Kip qui il préférait, il aurait nommé son *ayah* avant sa mère. Son amour consolateur dépassait tout amour consanguin ou sexuel. Toute sa vie, comprendrait-il plus tard, il aurait tendance à rechercher cette sorte d'amour à l'extérieur de la famille. L'intimité platonique ou, parfois, l'intimité sexuelle d'une étrangère. Il faudrait qu'il atteigne un certain âge pour le percevoir, pour seulement pouvoir se poser la question, à savoir qui il aimait le plus.

Une seule fois il sentit qu'il lui avait été à son tour de quelque réconfort, bien qu'elle eût déjà compris quel amour il lui portait. Le jour où sa mère était morte, il s'était glissé dans sa chambre et avait étreint ce corps soudain vieilli. En silence, il était allongé à côté d'elle, tout endeuillée dans sa petite chambre de domestique où elle pleurait sauvagement, cérémonieusement. Il l'avait regardée recueillir ses larmes dans une petite tasse en verre qu'elle tenait contre son visage et emporterait, il le savait, aux funérailles. Il se tenait derrière son corps voûté, sa main de neuf ans sur son épaule, et quand elle eut fini par s'apaiser, quand ses frissons se furent espacés, il se mit à la gratter, à travers le sari, puis, écartant celui-ci, à même la peau – tout comme maintenant Hana recevait cet art de tendresse, ses ongles contre les millions de cellules de sa peau, sous sa tente, en 1945, au carrefour de leurs continents, près d'une ville, dans les montagnes.

IX

La grotte des Nageurs

J'ai promis de vous raconter comment on tombe amoureux.

Un jeune homme du nom de Geoffrey Clifton avait rencontré à Oxford un ami qui lui avait signalé ce que nous faisions. Il me contacta, se maria le lendemain et, quinze jours plus tard, s'envola avec son épouse à destination du Caire. Leur voyage de noces tirait à sa fin. C'est là que commence notre histoire.

Lorsque je fis la connaissance de Katharine, elle était mariée. Une femme mariée. Clifton descendit de l'avion, et voici qu'à notre surprise – nous avions en effet prévu l'expédition en escomptant qu'il serait seul –, elle apparut. Avec son short kaki, ses genoux durs. A l'époque, elle était trop ardente pour le désert. J'aimai sa jeunesse à lui plus que la fougue de sa jeune épousée. Il était notre pilote, notre messager, notre éclaireur, il était le Nouvel Age, qui survolait le désert et laissait tomber des messages faits de longs rubans de couleur pour nous dire où nous devrions être. Il ne cessait de faire partager à la ronde son adoration pour elle. Quatre hommes et une femme, et un mari, tout à la joie de sa lune de miel. Ils repartirent pour Le Caire, en revinrent un mois plus tard, et ce fut à peu près la même chose. Cette fois, elle était plus calme mais lui toujours aussi gamin. Elle s'accroupissait sur des bidons d'essence, la mâchoire dans le creux de la main, les coudes sur les genoux, les yeux rivés sur une bâche qui claquait au vent, et Clifton était là qui chantait les louanges de la belle. Nous essayions de le faire changer en le taquinant, mais le prier de se montrer plus discret eût été l'agresser, ce qu'aucun de nous ne voulait.

Après ce mois passé au Caire, elle n'ouvrait plus la bouche, passait son temps à lire, se repliait sur elle-même, comme s'il s'était passé quelque chose ou comme si elle avait soudain découvert cette chose prodigieuse au sujet de l'être humain, à savoir qu'il peut changer. Elle n'était pas forcée de rester la femme du monde qui avait épousé un aventurier. Elle se découvrait. Cela faisait peine à voir car Clifton, lui, ne pouvait se rendre compte des efforts qu'elle faisait pour s'éduquer. Elle lisait tout ce qu'elle trouvait sur le désert. Elle pouvait parler d'Uwaynat, de l'oasis perdue, elle avait même réussi à mettre la main sur des articles pour le moins marginaux.

J'étais de quinze ans son aîné, vous comprenez. J'avais atteint cet âge de ma vie où, dans les romans, je m'identifiais aux personnages d'hommes méchants et cyniques. Je ne crois pas à la permanence, à des relations qui durent une éternité, j'avais quinze ans de plus qu'elle, mais elle était plus maligne que moi. Elle était plus avide de changement que je ne m'y attendais.

Qu'est-ce qui l'avait changée au cours de leur lune de miel en différé, sur l'estuaire du Nil, à la sortie du Caire ? Nous les avions vus pendant quelque temps, ils étaient arrivés quinze jours après leur mariage dans le Cheshire. Il avait emmené sa jeune épouse, car il ne pouvait ni la laisser, ni manquer à sa parole à notre égard. A Madox et à moi. Nous aurions été fous furieux. Voilà pourquoi ses genoux durs émergèrent de l'avion ce jour-là. Tel est le point de départ de notre histoire. Notre situation.

Clifton célébrait la beauté de ses bras, la finesse de ses chevilles. Il la décrivait en train de nager. Il parlait des bidets dernier cri de leur suite à l'hôtel, de sa voracité au petit déjeuner.

A tout cela, je ne répondais rien, me contentant à l'occasion de lever la tête, saisissant le regard de la jeune femme, témoin de ma tacite exaspération, puis son sourire affecté. Il y avait de l'ironie. J'étais l'aîné. J'étais ce bon vivant qui, dix ans plus tôt, avait rejoint à pied le Jilf Kabir depuis l'oasis de Dakhla, qui avait exploré le Farafra, connaissait la Cyrénaïque et s'était égaré plus de deux fois dans la mer de sable. Quand elle me rencontra, j'avais toutes ces étiquettes. En pivotant de quelques degrés, elle aurait pu voir celles de Madox. Pourtant, en dehors de la Société de géographie, personne n'avait entendu parler de nous, nous représentions le premier pas vers un culte qu'elle avait découvert par hasard, à cause de ce mariage.

Les mots dont son mari se servait pour la célébrer ne signifiaient rien. Mais je suis un homme dont la vie, même en tant qu'explorateur, a été souvent régie par des mots. Par des rumeurs, par des légendes. Des traces. Des tessons de poterie barbouillés. La délicatesse des mots. Au désert, répéter quelque chose reviendrait à envoyer un peu plus d'eau sur la terre. Ici, une nuance vous faisait faire cent kilomètres.

Notre expédition était à une soixantaine de kilomètres d'Uwaynat ; Madox et moi devions partir en reconnaissance. Les Clifton et les autres resteraient derrière. N'ayant plus rien à lire, elle me demanda des livres. Je n'avais avec moi que des cartes. « Et ce livre que vous lisez le soir ? – Hérodote. Ah. Vous voulez ça ? – Je ne pense pas. Si c'est personnel. – J'ai mes notes à l'intérieur. Et des collages. J'ai besoin de le garder avec moi. – C'était indiscret de ma part, veuillez m'excuser. – A mon retour, je vous le montrerai. Il est rare que je ne l'aie pas avec moi quand je voyage. »

Tout cela se passa avec beaucoup d'élégance et de courtoisie. Je lui expliquai qu'il s'agissait plutôt d'un agenda, elle s'inclina. Je pus ainsi repartir sans me sentir le moins du monde égoïste. Je la remerciai de son aimable compréhension. Clifton n'était pas là. Nous étions seuls. Je me trouvais sous ma tente, en train de faire mes bagages, lorsqu'elle m'avait abordé. Je suis un homme qui a tourné le dos à la plupart des mondanités, mais il m'arrive d'apprécier la délicatesse des manières.

Une semaine plus tard, nous étions de retour. Nous avions fait de nombreuses découvertes, beaucoup de choses s'étaient mises en place. Nous étions de bonne humeur. Au camp, il y eut une petite fête. Clifton était toujours prêt à fêter les autres. C'était contagieux.

Elle s'approcha de moi avec une tasse d'eau. « Félicitations ! Geoffrey m'a déjà mise au courant. – Allons ! buvez ça. » Je tendis la main, elle mit la tasse dans ma paume. L'eau semblait très froide après le contenu des gourdes auquel nous avions eu droit. « Robert a organisé une petite fête en votre honneur. Il est en train d'écrire une chanson et il veut que je lise un poème, mais j'ai plutôt envie de faire autre chose. – Tenez, prenez le livre et feuilletez-le. » Je le sortis de mon sac à dos et le lui tendis.

Après le repas et les infusions, Clifton apporta une bouteille de cognac qu'il avait jusque-là tenue cachée. Cette bouteille devait être bue ce soir-là pendant le récit que Madox ferait de notre voyage, pendant l'étrange chanson de Clifton... Elle se mit à lire des passages des *Histoires*, l'histoire de Candaule et de sa reine. J'ai toujours parcouru rapidement cet épisode. Il est situé au début du livre, et il y est question d'endroits et d'une époque qui m'intéressent ; bien sûr, c'est une histoire connue. C'était précisément ce dont elle avait choisi de parler.

Ce Candaule était éperdument épris de son épouse et pensait, dans sa passion, avoir la femme la plus belle qui fût au monde... A Gygès, fils de Dascylos, il vantait aussi sans mesure la beauté de sa femme.

« Tu m'écoutes, Geoffrey ?
– Oui, ma chérie. »

Candaule dit à Gygès : « Il me semble, Gygès, que tu ne me crois pas quand je te parle de la beauté de ma femme : les hommes ont moins de confiance dans leurs oreilles que dans leurs yeux. Eh bien, fais en sorte de la voir nue. »

On peut en tirer plusieurs conclusions. Sachant que je finirais par devenir son amant, tout comme Gygès serait l'amant de la reine et l'assassin de Candaule. Il m'arrivait souvent d'ouvrir Hérodote pour m'y retrouver dans ma géographie. Mais Katharine, elle, avait fait cela pour ouvrir une fenêtre dans sa vie. Sa voix était lasse. Son regard ne quittait pas la page, comme si, en parlant, elle s'enlisait dans des sables mouvants.

« Pour moi, je suis persuadé que ton épouse est la plus belle des femmes, et je te supplie de ne pas m'imposer un acte coupable. »
... Candaule lui répliqua : « Rassure-toi, Gygès, tu n'as rien à craindre : ne crois pas que je cherche à t'éprouver ; ne redoute rien non plus de la part de ma femme : j'arrangerai tout moi-même de telle façon qu'elle ne saura même pas que tu l'as vue. »

Voilà comment je suis tombé amoureux d'une fille, parce qu'elle m'avait lu une histoire bien précise, tirée d'Hérodote. J'entendais les mots qu'elle prononçait, de l'autre côté du feu, sans jamais relever la tête, même lorsqu'elle taquinait son mari. Peut-être ne lisait-elle qu'à son intention. Peut-être n'existait-il pas de motif secret derrière ce choix, sauf pour eux. Il s'agissait simplement d'une histoire qui l'avait frappée, à cause de la familiarité de la situation. Un sentier se révélait tout à coup dans la vie réelle, même si elle n'avait pas vu là un premier pas vers l'errance, j'en suis sûr.

« Je t'introduirai dans la chambre où nous dor-mons et je te placerai derrière le battant ouvert de

la porte ; dès que je serai dans la chambre
viendra se coucher aussi. Il y a une c...
la porte, c'est là qu'elle placera ses vê...
déshabillant, et tu auras ainsi l'occ...
contempler tout à loisir. »

Mais la reine aperçoit Gygès qui sort de ... ...hambre.
Elle comprend alors ce qu'a fait son époux, et, bien que
honteuse, elle ne pousse aucun cri. Elle garde son calme.

C'est une histoire étrange. N'est-ce pas, Caravaggio ?
La vanité d'un homme poussée au point qu'il souhaite
qu'on l'envie. Ou qu'il souhaite qu'on le croie, car il
s'imagine ne pas être cru. Ce n'était en rien un portrait
de Clifton, mais il fit bientôt partie de l'histoire. L'attitude
du mari a un côté très choquant, mais humain. Quelque
chose qui la rend vraisemblable.

Le lendemain, l'épouse fait venir Gygès et lui offre un
choix.

> « *Gygès, deux routes s'ouvrent maintenant devant*
> *toi, je te laisse choisir celle que tu veux : tue Can-*
> *daule et prends-moi, et le royaume de Lydie avec*
> *moi, ou bien il te faut périr sur l'heure, sans recours ;*
> *ainsi tu n'auras plus l'occasion d'obéir en tout à*
> *Candaule et de voir ce que tu ne dois point voir. L'un*
> *de vous doit mourir, ou bien lui, l'auteur de ce*
> *complot, ou bien toi qui m'as vue nue, qui a commis*
> *cette indécence. »*

Le roi est donc assassiné. Un Nouvel Age commence.
Il existe des poèmes sur Gygès écrits en trimètres iambi-
ques. Il fut le premier Barbare à consacrer des offrandes
à Delphes. Il fut roi de Lydie pendant vingt-huit ans, mais
nous ne nous souvenons de lui que comme un personnage
secondaire dans une histoire d'amour qui sort de l'ordinaire.

Elle s'arrêta de lire et leva la tête. Hors des sables mouvants. Elle évoluait. Le pouvoir avait donc changé de

252

mains. Entre-temps, avec l'aide d'une anecdote, je tombai amoureux.

Les mots, Caravaggio. Ils ont un pouvoir.

Lorsque les Clifton n'étaient pas avec nous, ils résidaient au Caire. Clifton y faisait un autre travail pour les Anglais, Dieu seul sait quoi, il devait avoir un oncle au gouvernement. Tout cela se passait avant la guerre. A l'époque, la ville grouillait de citoyens appartenant à toutes les nationalités, on se retrouvait chez Groppi pour les concerts, le soir, et on dansait jusqu'à l'aube. C'était un jeune couple en vue, avec une réputation à défendre ; moi, je vivais en marge de la bonne société du Caire. Pour eux, c'était la grande vie, une vie de mondanités dans laquelle je me glissais de temps en temps. Des dîners, des garden-parties. Autant d'événements qui, d'ordinaire, ne m'auraient pas intéressé, mais que je ne manquais plus désormais, sachant qu'elle y serait. Je suis un homme qui jeûne, jusqu'à ce qu'il ait trouvé ce qu'il veut.

Comment vous l'expliquer ? A l'aide de mes mains ? En dessinant dans l'air la forme d'une mesa ou d'un rocher ? Il y avait presque un an qu'elle faisait partie de l'expédition. Je la voyais, je conversais avec elle. Nous avions été continuellement en présence l'un de l'autre. Plus tard, une fois conscients d'un désir mutuel, ces moments antérieurs submergeaient nos cœurs. La main qui s'agrippait nerveusement à votre bras sur une falaise, le regard que l'on n'avait pas remarqué, ou que l'on avait mal interprété, prenaient un sens.

A l'époque, je n'étais que rarement au Caire, environ un mois sur trois. Je faisais des recherches à l'Institut d'égyptologie en vue de mon ouvrage, *Récentes explorations dans le désert de Libye*, me rapprochant chaque jour du texte, comme si le désert était presque là, quelque part sur la page, comme l'odeur de l'encre qui coulait du stylo. En même temps, je luttais contre sa présence toute proche, obsédé, en vérité, par sa bouche, par ses genoux, par les blanches plages de son ventre, tandis que j'écrivais mon livre, un résumé de soixante-dix pages, succinct et cernant bien la question, accompagné de cartes. J'étais incapable d'éloigner son corps de la page. Je voulais lui dédier cette étude, la dédier à sa voix, à son corps, que j'imaginais sortant du lit, tout blanc, comme un grand arc, mais je dédiai l'ouvrage à un roi, certain que mon obsession serait bafouée, et qu'elle me traiterait de haut avec un petit signe de tête poli et gêné.

Je devins deux fois plus cérémonieux en sa compagnie. Un trait de ma nature. Comme gêné par une nudité déjà révélée. Une habitude européenne. Il était naturel pour moi, qui l'avais étrangement transposée dans mon texte du désert, de revêtir une armure en sa présence.

> *Le poème sauvage est un substitut*
> *Pour la femme qu'on aime, ou que l'on devrait aimer.*
> *Une rhapsodie sauvage, du toc pour du toc...*

Sur la pelouse d'Hassanein Bey – le célèbre vieillard de l'expédition de 1923 –, elle vint à ma rencontre avec Roundell, l'aide de camp du gouverneur. Elle me serra la main, le pria d'aller lui chercher à boire, puis, se tournant à nouveau vers moi, elle me dit : « Enlevez-moi. » Roundell revint. C'était comme si elle m'avait tendu un couteau. En un mois, j'étais devenu son amant. Dans cette pièce, au-dessus du souk, au nord de la rue des perroquets.

Je tombais à genoux dans le couloir pavé de mosaïque, le visage dans le rideau de sa robe, le goût salé des doigts dans sa bouche. Nous formions tous deux une étrange statue avant de donner libre cours à notre appétit. Ses doigts frottant le sable dans mes cheveux clairsemés. Le Caire et tous ses déserts autour de nous.

Était-ce sa jeunesse que je désirais, son corps mince et habile d'adolescente ? Ses jardins étaient ceux dont je parlais quand je vous parlais de jardins.

Il y avait ce petit creux dans sa gorge que nous appelions le Bosphore. Je plongeais de son épaule dans le

Bosphore. J'y reposais mes yeux. Je m'agenouillais tandis qu'elle jetait sur moi un regard interrogateur, comme si je venais d'une autre planète. La femme au regard interrogateur. Sa main fraîche soudain sur mon cou, dans un autobus du Caire. L'amour à la va-vite entre le pont Khedive Ismaïl et le Tipperary Club, dans un taxi fermé. Le soleil à travers ses ongles, dans le couloir du second étage du musée, alors que sa main couvrait mon visage.

En ce qui nous concernait, il n'y avait qu'une seule personne par laquelle il nous fallait éviter d'être vus.

Mais Geoffrey Clifton était totalement prisonnier de la machine anglaise. Sa famille remontait à Canut le Grand. La machine ne révélerait pas forcément à Clifton, marié depuis à peine dix-huit mois, l'infidélité de sa femme, mais elle commençait à cerner la faille, la maladie du système. La machine connaissait le moindre de nos mouvements, depuis notre premier contact maladroit sous la porte cochère de l'hôtel Sémiramis...

J'avais ignoré ses remarques au sujet de la famille de son mari. Quant à Geoffrey Clifton, il était aussi peu averti que nous de la grande toile d'araignée anglaise qui nous menaçait. Mais le club de gardes du corps veillait sur son époux, le protégeait. Seul Madox, un aristocrate ayant appartenu à divers cercles et clubs militaires, connaissait ces discrètes circonvolutions. Seul Madox, avec un tact considérable, me mit en garde contre ce monde.

Je gardais toujours avec moi Hérodote. Madox, qui était un saint dans la vie conjugale, gardait *Anna Karénine*, lisant et relisant ce livre de l'amour et de la tromperie. Un jour – mais beaucoup trop tard pour arrêter le mécanisme que nous avions mis en mouvement –, il essaya de m'expliquer le monde de Clifton à travers le frère d'Anna Karénine. Passez-moi le livre. Écoutez ça.

Stépane Arcadievitch comptait la moitié de Moscou et de Pétersbourg parmi ses parents et amis. Il était né dans le milieu des puissants de ce monde. Un tiers des hommes d'État de l'autre génération

étaient amis de son père et l'avaient connu au mail-
lot... Les dispensateurs des biens terrestres... étaient
tous ses amis et ne pouvaient abandonner un des
leurs... Il lui suffisait de ne rien refuser, de n'envier
ni quereller personne, de ne pas se montrer suscep-
tible, or c'était la pente de sa bonté naturelle...

J'en suis à aimer votre petit coup d'ongle contre la
seringue, Caravaggio. La première fois que Hana m'a
donné de la morphine en votre compagnie, vous étiez près
de la fenêtre ; au petit bruit qu'a fait son ongle, votre cou
s'est tourné brusquement de notre côté. Je les reconnais,
les camarades. Comme un amant reconnaîtra toujours
d'autres amants sous leur camouflage.

D'un amant, les femmes veulent tout. Et trop souvent
je sombrais. Ainsi les armées disparaissent-elles sous les
sables. Et il y avait sa crainte de son mari, sa foi dans sa
réputation, mon vieux désir d'indépendance, mes disparitions, ses soupçons, mon refus de croire qu'elle m'aimait.
La paranoïa et la claustrophobie de l'amour caché.
    « Je pense que tu n'as plus rien d'humain, me disait-
elle.
    – Je ne suis pas le seul traître.
    – Je crois que tu t'en fiches du fait qu'il y ait eu quelque
chose entre nous. Tu passes, tu glisses avec ta peur, ta
haine de la propriété, de posséder, d'être possédé, d'être
nommé. Tu t'imagines que c'est une vertu. Moi, je te
trouve inhumain. Si je te quitte, vers qui iras-tu ? Trou-
veras-tu une autre maîtresse ? »
    Je ne répondais rien.
    « Dis-moi que ce n'est pas vrai, nom de Dieu. »

Elle avait toujours voulu des mots. Elle les aimait, ils
l'aidaient à grandir. Les mots lui donnaient lucidité, raison
et forme. Moi qui croyais que les mots gauchissaient les
émotions comme les bâtons dans l'eau.

Elle retourna à son mari.

Désormais, murmura-t-elle, soit nous retrouverons nos âmes, soit nous les perdrons.

Les mers se retirent, pourquoi pas les amoureux ? Les ports d'Éphèse, les fleuves d'Héraclite ont disparu, des estuaires de vase ont pris leur place. L'épouse de Candaule devient celle de Gygès. Des bibliothèques ont brûlé.

Qu'avait été notre relation ? Trahison de nos proches ou désir d'une autre vie ?

Elle regagna le domicile conjugal, je me retirai dans les bars.

Je regarderai la lune,
mais c'est toi que je verrai.

Ce vieux classique d'Hérodote. Fredonnant et chantant sans cesse cet air, rabâchant ces paroles pour leur donner la forme d'une vie. On se remet de diverses façons d'une perte secrète. Une de ses connaissances m'aperçut en compagnie d'un marchand d'épices. Elle avait jadis reçu de lui un dé à coudre en étain renfermant du safran. Une chose entre mille.

Et si Bagnold, qui m'avait vu assis en compagnie du marchand d'épices, avait mentionné l'incident au cours du dîner, à la table où elle était assise, comment réagirais-je ? Serait-ce pour moi une satisfaction de savoir qu'elle se souvenait de l'homme qui lui avait fait un modeste cadeau, un dé en étain qu'elle avait porté à son cou, accroché à une fine chaîne foncée pendant deux jours alors que son mari était en voyage ? Le safran était encore dans le dé, ce qui expliquait la tache d'or sur sa poitrine.

Comment avait-elle accueilli cette histoire qui me concernait, moi qui avais provoqué ma propre disgrâce à plusieurs reprises, me transformant ainsi en paria ? Bagnold riait ; son mari, un brave homme, se faisait du souci pour moi ; quant à Madox, il s'était levé, et, s'approchant d'une fenêtre, il s'était mis à contempler les quartiers sud de la ville. La conversation était sans doute passée à tel ou tel détail qu'ils avaient repéré. Après tout, ils étaient cartographes. Mais pour se contenir, était-elle descendue dans le puits que nous avions tous deux contribué à creuser ? Ne sentais-je pas moi aussi dans ma main le désir de me rapprocher d'elle ?

Nous avions maintenant chacun nos vies, protégées par le plus secret des traités.

« Que fais-tu ? » me dit-elle en se trouvant nez à nez avec moi dans la rue. « Ne vois-tu pas que tu nous rends tous *fous* ? »

J'avais confié à Madox que je courtisais une veuve. Mais elle n'était pas encore veuve. Lorsque Madox revint d'Angleterre, nous n'étions plus amants. « Mon bon souvenir à ta veuve du Caire, mumura Madox. J'aurais aimé la rencontrer. » Était-il au courant ? Je me suis toujours senti plutôt déloyal vis-à-vis de lui, cet ami que j'aimais plus que tout autre. C'était en 1939 et, de toute façon, nous quittions tous ce pays pour aller à la guerre.

Madox s'en repartit pour Marston Magna, le village du Somerset où il était né. Un mois plus tard, pendant un sermon consacré à la guerre, alors qu'il assistait à un office religieux, il tira son pistolet d'ordonnance et se tua.

Hérodote d'Halicarnasse présente ici les résultats de son enquête, afin que le temps n'abolisse pas les travaux des hommes et que les grands exploits accomplis soit par les Grecs, soit par les Barbares ne tombent pas dans l'oubli ; il donne en particulier la raison du conflit qui mit ces deux peuples aux prises...

Les hommes ont toujours exalté la poésie du désert. Devant la Société de Géographie, Madox avait fait d'admirables récits de nos traversées et de nos équipées. Bermann réduisait en cendres la théorie. Et moi ? J'étais celui qui avait du métier. L'artisan. Les autres écrivaient par amour de la solitude, ils méditaient sur ce qu'ils trouvaient. Ils n'étaient jamais sûrs de ce que je pensais de tout ça. « Tu l'aimes, cette lune ? » me demanda un jour Madox qui me connaissait pourtant depuis dix ans. Il me posa cette question avec une certaine hésitation, comme s'il avait violé une intimité. Pour eux, j'étais un peu trop malin pour être un de ces amoureux du désert. Je ressemblais plutôt à Ulysse. Et pourtant j'aimais le désert. Montrez-moi un désert, comme vous montreriez un fleuve à un autre ou à un troisième, la ville de son enfance.

Lorsque nous nous séparâmes pour la dernière fois, Madox employa la vieille formule d'adieu. « Que Dieu t'accorde la sécurité pour compagne. » Et moi je m'éloignai de lui en disant : « Il n'y a pas de Dieu. » Nous étions complètement différents l'un de l'autre.

Madox disait qu'Ulysse ne tenait pas de journal intime ; d'ailleurs, il n'écrivait pas. Sans doute se sentait-il étranger à la fausse rhapsodie de l'art. Ma monographie, je dois l'avouer, était d'une austère exactitude. La crainte de décrire sa présence me fit réduire en cendres tout sentiment, toute rhétorique amoureuse. Je décrivis pourtant le désert avec autant d'honnêteté que si j'avais parlé d'elle. C'est au cours de nos derniers jours passés ensemble, avant le début de la guerre, que Madox m'avait posé sa question sur la lune. Nous nous séparâmes. Il partit pour l'Angleterre, l'imminence de la guerre interrompait notre lente exhumation de l'histoire du désert. Au revoir, Ulysse, me dit-il avec un grand sourire, sachant que je ne portais pas particulièrement Ulysse dans mon cœur, et encore moins Énée, mais nous avions décidé que Bagnold était Énée. Au revoir, dis-je.

Je le revois se retournant, en riant. Il pointa son gros doigt juste à côté de sa pomme d'Adam et dit : « C'est ce qui fait l'homme », donnant à ce creux de son cou un nom officiel. Il s'en retourna donc auprès de son épouse, au village de Marston Magna, il prit avec lui son ouvrage préféré de Tostoï, me laissant ses compas et ses cartes. Notre affection restait tacite.

Et Marston Magna, dans le Somerset, qu'il avait évoqué des centaines de fois lors de nos conversations, avait converti ses champs verdoyants en aérodrome. Les avions lâchaient leurs gaz d'échappement au-dessus des châteaux arthuriens. Je n'ai aucune idée de ce qui l'incita à passer à l'acte ; peut-être était-ce le bruit permanent des avions, si bruyant après l'innocent bourdonnement du Gipsy Moth qui avait ponctué nos silences en Libye et en Égypte. La guerre venait de déchirer la délicate tapisserie de ses compagnons. J'étais Ulysse, je comprenais les changements et les veto provisoires dont la guerre était la cause. Mais c'était un homme qui se faisait difficilement des amis. Un homme qui avait connu deux ou trois personnes dans sa vie, et voici qu'elles appartenaient maintenant au camp ennemi.

Il était dans le Somerset, en la seule compagnie de sa femme, qui ne nous avait jamais rencontrés. De petits gestes lui suffisaient. Une balle acheva sa guerre.

On était en juillet 1939. Ils se rendirent en car de leur village à Yeovil. Le car avait pris son temps, ils arrivèrent en retard pour l'office. Dans le fond de l'église qui était comble, ils décidèrent de se séparer afin de pouvoir s'asseoir. Le sermon commença une demi-heure plus tard, un sermon cocardier, de toute évidence en faveur de la guerre. Le prêtre se livra à d'allègres envolées sur le thème du combat, bénissant le gouvernement et les hommes qui allaient entrer en guerre. Madox l'écoutait s'enflammer. Sortant soudain le revolver qui l'avait accompagné dans le désert, il se courba et se tira une balle dans le cœur. Il mourut sur le coup. Il y eut un grand silence. Silence du désert. Silence sans avions. Ils entendirent son corps s'effondrer sur le banc. Rien d'autre ne bougea. Le prêtre se figea sur place. Comme ces silences, dans les églises, lorsque le manchon en verre autour des cierges se fend et que tous les visages se retournent. Sa femme descendit l'allée centrale, elle s'arrêta devant son banc, murmura quelque chose ; on la laissa se mettre à côté de lui. Elle s'agenouilla en le serrant dans ses bras.

Comment Ulysse mourut-il ? Un suicide, n'est-ce pas ? Je crois me le rappeler. Maintenant. Peut-être que le désert avait gâté Madox. Ce temps où nous n'avions aucun rapport avec le monde. Je pense encore au livre russe dont il ne se séparait pas. La Russie a toujours été plus proche de mon pays que du sien. Oui, Madox était mort pour une histoire de nations.

J'appréciais son calme en toute chose. Il m'arrivait de m'emporter pour une question d'emplacement sur une carte ; ses rapports relataient nos « débats » dans des termes raisonnables. Il décrivait posément nos expéditions, joyeusement même, s'il y avait quelque chose de joyeux à rapporter, comme si nous étions Anna et Vronsky à un bal. Pourtant, cet homme ne m'avait jamais accompagné dans les dancings du Caire. Et moi, j'étais celui qui tombe amoureux en dansant.

Sa démarche était lente. Je ne l'ai jamais vu danser. C'était un homme qui écrivait, qui interprétait le monde. Sa science se nourrissait de la plus infime parcelle d'émotion. Un coup d'œil pouvait inspirer des pages de théorie. Repérer une nouvelle sorte de nœud chez une tribu du désert ou découvrir une palme rare l'enchantait pendant des semaines. Dès que nous trouvions un message au cours de nos voyages – dans une langue contemporaine ou ancienne ; de l'arabe sur un mur de boue séchée, ou un gribouillage à la craie en anglais sur le pare-chocs d'une Jeep –, il le lisait, puis posait la main dessus comme pour en saisir le sens profond, pour s'imprégner des mots.

Il tend le bras, les veines meurtries à l'horizontale, tournées vers le haut, attendant la morphine. Tandis qu'elle l'envahit, il entend Caravaggio jeter l'aiguille dans le haricot d'émail. Il voit sa forme grisonnante se détourner de lui puis réapparaître, prise au piège de la morphine, elle aussi. Un collègue.

Il y a des jours où je rentre à la maison après avoir peiné pour écrire ; ma seule planche de salut est alors *Honeysuckle Rose* de Django Reinhardt et Stéphane Grappelli, avec le Hot Club de France. 1935. 1936. 1937. Grandes années du jazz. Années où il sortait du Claridge pour se répandre sur les Champs-Élysées, inondant les bars de Londres, du midi de la France, du Maroc, avant de s'insinuer en Égypte où les échos de ces rythmes furent introduits en secret par un orchestre du Caire, un orchestre sans nom. En repartant pour le désert, j'emportai les soirées où l'on dansait dans les bars sur les 78 tours de *Souvenirs*, les femmes marquant le pas, tels des lévriers, se penchant tout contre vous tandis que vous marmonniez dans le creux de leur épaule en écoutant *My Sweet*. Avec l'autorisation de la Société Ultraphone Française. 1938. 1939. Murmures amoureux dans une cabine. La guerre était au coin de la rue.

Au cours de ces dernières nuits au Caire, des mois après la fin de notre liaison, nous avions réussi à persuader Madox de nous retrouver dans un bar pour lui faire nos adieux. Elle et son mari étaient là. Une dernière soirée. Une dernière danse. Almasy, ivre, s'essayait à une vieille danse de son invention appelée l'« Étreinte du Bosphore », soulevant Katharine Clifton de ses bras maigres et traversant la piste de danse avant de s'effondrer avec elle dans des aspidistras provenant du Nil.

Pour qui se prend-il maintenant ? pense Caravaggio.

Almasy était ivre et sa façon de danser ressemblait plutôt à une succession de mouvements saccadés. A cette époque, on sentait entre eux certain tiraillement. Il la balançait d'un côté ou de l'autre comme s'il s'agissait d'une poupée anonyme, il noyait son chagrin de voir partir Madox. Assis à notre table, il parlait haut et fort. D'habitude, lorsqu'il se conduisait ainsi, nous le laissions seul ; cette fois, nous restâmes car c'était la dernière soirée de

Madox au Caire. Un violoneux égyptien imitait Stéphane Grappelli ; quant à Almasy, on aurait dit une planète folle. « A la nôtre – à nous, les étrangers planétaires. » Il leva son verre. Il voulait danser avec tout le monde. Hommes et femmes. Il frappa dans les mains et annonça : « Et maintenant l'"Étreinte du Bosphore". Toi, Bernhardt ? Hetherton ? » La plupart s'écartèrent. Il se tourna vers la jeune épouse de Clifton qui le regardait avec une fureur courtoise. Voyant qu'il lui faisait signe, elle s'avança. Il lui rentra dedans, collant son cou contre l'épaule gauche de la jeune femme, sur ce plateau nu, au-dessus des sequins. Il s'ensuivit un tango endiablé, jusqu'à ce que l'un d'eux perde la cadence. Elle refusa de baisser pavillon, de le laisser gagner en s'en retournant à sa table. Quand il détourna la tête, elle se contenta de le fixer avec dureté, d'un air non pas solennel mais belliqueux. Sa bouche marmonna quelque chose à l'adresse de la jeune femme lorsqu'il baissa son visage, peut-être grommelait-il les paroles de *Honeysuckle Rose*.

Au Caire, entre les expéditions, on ne voyait guère Almasy. Il semblait lointain ou nerveux. Pendant la journée, il travaillait au musée, et, la nuit venue, il fréquentait les bars du marché dans le quartier sud du Caire. Perdu dans une autre Égypte. C'était pour Madox qu'ils étaient tous venus. Mais voici qu'Almasy dansait avec Katharine Clifton. La bordure de plantes effleurait sa taille mince. Il la souleva, pivota avec elle et se cassa la figure. Clifton ne bougea pas de son siège, les observant du coin de l'œil. A l'autre bout de la pièce, étendu de tout son long sur elle, Almasy essayait lentement de se relever, plaquant en arrière ses cheveux blonds. Il avait été jadis un homme plein de tact.

Il était minuit passé. Les invités n'avaient pas l'air de trouver cela particulièrement drôle, sauf les habitués, qui s'amusaient à bon compte, accoutumés à ces cérémonies du désert à l'européenne. Il y avait des femmes dont les oreilles s'ornaient de longs pendentifs d'argent, des femmes portant des sequins, ces petites larmes de métal attiédies par la chaleur du bar pour lesquelles Almasy avait toujours eu un faible. Il y avait des femmes qui, en dansant, lui balançaient au visage leurs boucles d'oreilles d'argent au bord effilé. Certains soirs, il dansait avec elles, les faisant pivoter sur son torse à mesure que son ivresse augmentait. Oui, elles s'amusaient, riant de la panse d'Almasy dont la chemise se déboutonnait ; mais elles se montraient moins charmées par son poids sur leurs épaules lorsqu'il s'arrêtait au milieu de la danse, avant de s'effondrer sur le plancher, au beau milieu d'une *schottische*.

Dans ce genre de soirées, il était important d'entrer dans l'ambiance, tandis que les constellations humaines tourbillonnaient et dérapaient autour de vous. Il n'y avait ni grandes réflexions, ni idées préconçues. Les remarques sur la soirée venaient après, dans le désert, dans les lignes du paysage entre Dakhla et Koufra. Il se rappelait alors ce jappement animal qui lui avait fait chercher un chien des yeux, avant de comprendre, en regardant maintenant le disque de la boussole flotter sur l'huile, qu'il avait dû marcher sur une femme. Dès qu'il apercevait une oasis, il se vantait de ses talents de danseur, agitait bras et montre-bracelet jusqu'au ciel.

Nuits froides dans le désert. Il arracha un fil à la horde des nuits et le porta à sa bouche comme s'il s'agissait d'un aliment. Cela se passait au cours des deux premiers jours d'un long trajet, alors qu'il se trouvait dans cette zone de limbes entre la ville et le plateau. Au bout de six jours, il ne penserait plus ni au Caire, ni à la musique, ni aux rues, ni aux femmes. Il évoluait déjà à la cadence des temps jadis, il s'était adapté au rythme lent de l'eau profonde. Son seul lien avec le monde des villes, c'était Hérodote, son guide, ancien et moderne, de prétendus mensonges. Découvrait-il la vérité de ce qui semblait une fable, il sortait son pot de colle pour fixer dans cet ouvrage une carte ou un article, à moins qu'il ne profite d'un espace blanc pour dessiner des hommes en jupes et esquisser à leurs côtés des animaux disparus. D'une façon générale, les premiers habitants des oasis n'ont pas représenté d'animaux, même si Hérodote prétend le contraire. Ils adoraient une déesse enceinte, et leurs figures rupestres montrent surtout des femmes enceintes.

En quinze jours, la seule idée d'une ville ne lui effleura même pas l'esprit. On eût dit qu'il avançait sous ce millimètre de brume qui plane au-dessus des fibres noircies d'encre des cartes géographiques, cette zone pure entre le pays et la carte, entre les distances et la légende, entre la nature et le conteur d'histoires. Sandford appelait cela géomorphologie. L'endroit où ils avaient choisi de se rendre, de donner le meilleur d'eux-mêmes, d'oublier leurs ancêtres. Ici, à part la boussole solaire, le kilométrage de l'odomètre et le livre, il était seul. Il était lui-même sa propre invention. Il comprenait, en ces moments-là, le principe du mirage, la *fata morgana*, car c'était là qu'il se trouvait.

Il s'éveille et s'aperçoit que Hana est en train de le laver. Il y a une sorte de commode à hauteur de la taille. Elle se penche au-dessus, ses mains apportent à son torse l'eau de la cuvette de porcelaine. Une fois qu'elle a terminé, elle passe et repasse ses doigts mouillés dans ses cheveux qui deviennent humides et sombres. Elle lève la tête, voit que ses yeux sont ouverts et sourit.

Lorsqu'il rouvre les yeux, Caravaggio est là, loqueteux, épuisé, en train de procéder à la piqûre de morphine, forcé de se servir de ses deux mains, faute de pouces. Comment y parvient-il ? pense-t-il. Il reconnaît l'œil, la langue qui palpite contre la lèvre, la lucidité du cerveau de l'homme qui saisit tout ce qu'il dit. Deux vieux imbéciles.

Caravaggio regarde le rose à l'intérieur de la bouche de l'homme qui parle. Les gencives ont peut-être cette couleur d'iode pâle des peintures rupestres d'Uwaynat. Il y a davantage à découvrir, à deviner dans ce corps sur le lit, ce corps qui n'existe que par une bouche, une veine dans un bras, des yeux gris comme ceux d'un loup. La lucidité de l'homme ne cesse de l'étonner, il passe de la première à la troisième personne, il n'admet toujours pas qu'il est Almasy.

« Qui parlait, tout à l'heure ?

– *"Être mort, c'est être à la troisième personne."* »

Toute la journée, ils se sont partagé les ampoules de morphine. Pour parvenir à lui faire dévider son histoire, Caravaggio déchiffre les signaux. Dès que le brûlé ralentit, ou lorsque Caravaggio sent que quelque chose lui échappe – la liaison amoureuse, la mort de Madox –, il sort la seringue de la boîte en émail, casse le bout d'une ampoule avec une phalange et la remplit. Il ne se gêne plus pour le faire en présence de Hana, maintenant qu'il a complètement déchiré la manche de son bras gauche. Almasy ne porte qu'un maillot de corps gris, son bras noir repose, nu, sous le drap.

Chaque injection de morphine ouvre une autre porte, plus loin, à moins qu'il ne fasse un bond en arrière, dans la grotte aux peintures rupestres, vers un avion enseveli, ou paresse une fois de plus sous un ventilateur avec la femme à côté de lui, la joue contre son ventre.

Caravaggio prend le volume d'Hérodote. Il tourne une page, grimpe sur une dune pour découvrir le Jilf Kabir, Uwaynat, Jabal Kissu. Lorsque Almasy parle, il reste auprès de lui à remettre de l'ordre dans les événements. Seul le désir rend l'histoire flottante, vacillante comme l'aiguille d'une boussole. De toute façon, il s'agit du monde des nomades. D'une histoire apocryphe. D'un esprit vagabondant à l'est et à l'ouest, travesti en tempête de sable.

Après que son mari eut fait capoter leur avion, il avait, d'un coup de couteau, ouvert le parachute de la jeune femme, puis il l'avait étalé sur le sol de la grotte des Nageurs. Elle s'était baissée pour s'y enrouler, grimaçant de douleur à cause de ses blessures. Il avait passé doucement les doigts dans ses cheveux, à la recherche d'autres plaies, il avait tâté ses épaules et ses pieds.

Dans cette grotte, c'était sa beauté qu'il ne voulait pas perdre, sa grâce, ses membres. Il savait qu'il la tenait déjà dans sa main.

C'était une femme qui métamorphosait son visage quand elle se maquillait. Pour se rendre à une soirée, ou avant de se mettre au lit, elle peignait ses lèvres de rouge sanglant, ombrait ses yeux de vermillon.

Il regarda la peinture murale et prit ses couleurs. L'ocre alla à son visage. Il barbouilla de bleu le tour de ses yeux. Il traversa la grotte, les mains imprégnées de rouge, et passa les doigts dans les cheveux de la femme, puis sur toute sa peau, de sorte que le genou qui avait pointé de l'avion ce premier jour paraissait safran. Le pubis. Des anneaux de couleur autour des jambes pour la protéger des humains. Ces traditions, il les avait découvertes chez Hérodote, où les vieux guerriers glorifiaient ceux qu'ils aimaient en les confinant dans un monde où ils demeuraient éternels : un liquide riche en couleurs, un chant, une fresque rupestre.

Le froid gagnait déjà la grotte. Il l'enveloppa dans le parachute pour lui tenir chaud. Il alluma un petit feu, y fit brûler les brindilles d'acacia, dispersant la fumée aux quatre coins de la grotte. Il s'aperçut qu'il ne pouvait lui parler directement. Il resta impersonnel, sa voix devant affronter l'écho des murs de la grotte. *Je pars chercher de l'aide, Katharine. Tu comprends ? Il y a un autre avion près d'ici, mais il n'y a pas de kérosène. Je croiserai peut-être une caravane ou une Jeep, et dans ce cas je serai plus vite de retour. Je ne sais pas.* Il tira son ouvrage d'Hérodote qu'il posa à côté d'elle. On était en septembre 1939. Il s'éloigna de la grotte, de cette flamme vacillante, se retrouva dans l'ombre puis dans le désert inondé par la lune.

Il descendit les rochers jusqu'au pied du plateau et attendit.

Pas de camion. Pas d'avion. Pas de boussole. Rien que la lune et son ombre. Il retrouva la vieille borne d'autrefois qui indiquait la direction d'El Taj, nord, nord-ouest. Il repéra l'angle de son ombre et se mit à marcher. A cent kilomètres de là, il y avait le souk avec la rue des horloges. Dans l'outre, qu'il avait remplie à l'*ain* et suspendue à son épaule, l'eau clapotait, comme un placenta.

Il y avait deux moments de la journée où il ne pouvait bouger. A midi, quand son ombre était au-dessous de lui, et au crépuscule, entre le coucher et l'apparition des étoiles, quand tout se confondait sur le cadran du désert. S'il bougeait, il pouvait s'éloigner de quatre-vingt-dix degrés de sa destination. Il attendait qu'apparaisse cette carte vivante que sont les étoiles, puis il avançait en les lisant à chaque heure. Par le passé, au temps où ils faisaient appel à des guides dans le désert, ils accrochaient une lanterne au bout d'un long bâton et tous suivaient les bonds de la lumière au-dessus de celui qui lisait les étoiles.

Un homme va aussi vite qu'un chameau. Quatre kilomètres à l'heure. S'il avait de la chance, il trouverait des œufs d'autruche, s'il n'en avait pas, une tempête de sable effacerait tout. Il chemina pendant trois jours sans manger. Il refusait de penser à elle. S'il atteignait El Taj, il mangerait de l'*abra*, que les tribus de Goran préparaient avec de la coloquinte dont ils faisaient bouillir les pépins pour en retirer le goût amer, avant de la broyer avec des dattes et des caroubes. Il marcherait à travers la rue des horloges et de l'albâtre. Que Dieu t'accorde la sécurité pour compagne, avait dit Madox. Au revoir. Un geste de la main. On ne trouve Dieu que dans le désert, il en était témoin maintenant. A part cela, il n'y avait que commerce et pouvoir, guerre et argent. Des despotes financiers et militaires menaient le monde.

Il était dans un pays brisé. Il était passé du sable au roc. Il refusait de penser à elle. Des collines émergèrent alors, comme des châteaux médiévaux. Il marcha jusqu'à ce qu'il rentre avec son ombre dans l'ombre d'une montagne. Buissons de mimosas. Coloquintes. Il hurla son nom dans les rochers. *Car l'écho est l'âme de la voix qui s'excite dans les endroits creux.*

Il y eut ensuite El Taj. Il avait imaginé la rue des miroirs pendant presque tout son voyage. A la lisière de la colonie, des Jeeps militaires britanniques l'entourèrent et l'emmenèrent, sans écouter son histoire de la femme blessée à Uwaynat, à cent kilomètres de là. Sans rien écouter, en fait, de ce qu'il disait.

Êtes-vous en train de me dire que les Anglais ne vous croyaient pas ? Que personne ne vous écoutait ?

Personne n'écoutait.

Pourquoi ?

Je ne leur ai pas donné un nom qui les satisfaisait.

Le vôtre ?

Je leur ai donné le mien.

Et alors...

Le *sien*. Son nom. Le nom de son mari.

Qu'avez-vous dit ?

Il ne dit rien.

Réveillez-vous ! Qu'avez-vous dit ?

J'ai dit qu'elle était mon *épouse*. J'ai dit *Katharine*. Son mari était mort. J'ai dit qu'elle était sérieusement blessée, dans une grotte du Jilf Kabir, à Uwaynat, au nord du puits d'Ain Dua. Qu'elle avait besoin d'eau. De nourriture. Que je retournerais avec eux pour les guider. Je leur ai dit que tout ce que je voulais, c'était une Jeep. Une de leurs foutues Jeeps... Peut-être qu'après ce voyage j'avais l'air d'un de ces illuminés du désert, mais je ne le pense pas. La guerre commençait déjà. Ils traquaient les espions dans le désert. Toute personne portant un nom étranger, et egarée dans ces petites oasis, était tenue pour suspecte. Elle n'était qu'à cent kilomètres de là et ils ne voulaient rien entendre. Un équipage anglais à El Taj... J'étais fou furieux. Ils avaient avec eux ces espèces de cellules en osier de la taille d'une douche, on me fourra dans l'une d'elles et un camion m'emmena. Je me démenai comme un beau diable, tant et si bien que je tombai dans la rue avec ma cage. Et je hurlai le nom de Katharine, je hurlai le nom du Jilf Kabir. Alors que le seul nom que j'aurais dû hurler, que j'aurais dû laisser tomber entre leurs pattes comme une carte de visite, c'était celui de Clifton. Ils me remirent dans le camion. Je n'étais probablement qu'un espion de second ordre. Un salopard international.

Caravaggio veut se lever et quitter cette villa. Le pays. Les déchets d'une guerre. Il n'est qu'un voleur. Ce que veut Caravaggio, c'est prendre dans ses bras le sapeur ou Hana ou, mieux encore, des gens de son âge, dans un bar où il connaît tout le monde. Où il peut danser, parler à une femme, poser la tête sur son épaule, appuyer la tête contre son front, qu'importe. Mais il sait qu'il doit commencer par sortir de ce désert, de son architecture de morphine. Il lui faut s'éloigner de la route invisible qui mène à El Taj. Cet homme qu'il prend pour Almasy s'est servi de lui, s'est servi de la morphine pour retourner à son monde à lui. Pour soulager sa propre tristesse. Peu importe de quel côté il était pendant la guerre.

Mais Caravaggio se penche.

« Il faut que je sache quelque chose.

– Quoi ?

– Je veux savoir si vous avez assassiné Katharine Clifton. C'est-à-dire, si vous avez assassiné Clifton, la tuant ainsi, par contrecoup.

– Non, ça ne m'a jamais seulement effleuré l'esprit.

– La raison pour laquelle je vous pose cette question, c'est que Geoffrey Clifton faisait partie des services de renseignements britanniques. Ce n'était pas, j'en ai bien peur, un gentil Anglais innocent, votre copain. Il surveillait, pour le compte des Anglais, votre drôle de groupe dans le désert égypto-libyen. Ils savaient qu'un jour le désert serait le théâtre d'une guerre. Il était photographe aérien. Sa mort les a inquiétés, elle continue à les inquiéter. Ils continuent à se poser des questions. Les services de renseignements étaient au courant de votre liaison avec sa femme. Depuis le début. Même si Clifton, lui, n'en savait rien. Ils s'imaginaient que sa mort avait pu être manigancée par souci de protection, pour couper les ponts. Ils vous attendaient au Caire, mais bien entendu vous êtes retourné au désert. Ayant été par la suite envoyé en Italie, j'ai raté le dernier chapitre de votre histoire. J'ignorais ce qui vous était arrivé.

– Du coup, vous m'avez pisté jusqu'à mon terrier.

– Je suis venu à cause de la jeune femme. Je connaissais son père. La dernière personne que je m'attendais à trouver ici dans ce couvent bombardé, c'était bien le comte Ladislau de Almasy. A vrai dire, je finis par avoir plus de sympathie pour vous que pour la plupart de ceux avec qui j'ai travaillé. »

Le rectangle de lumière qui était lentement remonté le long de la chaise de Caravaggio encadrait son torse et sa tête. Pour le patient anglais, ce visage ressemblait à un portrait. Dans la pénombre, ses cheveux paraissaient sombres, mais à présent sa mèche rebelle brillait, les poches sous les yeux s'en étaient allées à la lumière rose du crépuscule.

Il avait tourné la chaise pour s'accouder au dossier, face à Almasy. Les mots ne sortaient pas facilement de la bouche de Caravaggio. Il se frottait la mâchoire, son visage se plissait, ses yeux se fermaient pour réfléchir dans l'obscurité ; alors seulement, s'arrachant à ses pensées, il laissait échapper quelque chose. C'était cette obscurité que l'on percevait en lui, dans ce losange de lumière, penché sur le dossier d'une chaise, à côté du lit d'Almasy.

« Je peux parler avec vous, Caravaggio, parce que je sens que nous sommes tous deux mortels. La jeune femme, le garçon, eux, ne sont pas encore mortels. Malgré ce par quoi ils sont passés. Hana faisait vraiment peine à voir quand je l'ai rencontrée.

– Son père avait été tué en France.

– Je vois. Elle ne voulait pas en parler. Elle se tenait à l'écart de tous. La seule façon dont je pouvais la faire parler était en la priant de me faire la lecture... Vous rendez-vous compte que ni vous ni moi n'avons d'enfants ? »

Une pause, comme s'il envisageait une possibilité.

« Avez-vous une femme ? » reprit Almasy.

Caravaggio était assis dans la lumière rose, les mains

sur son visage pour tout effacer afin de penser avec précision, comme s'il s'agissait là d'un don de la jeunesse qui ne lui venait plus si aisément.

« Il faut que vous me parliez, Caravaggio. Ou suis-je juste un livre ? Quelque chose à lire. Une créature que l'on tire de l'eau et qu'on bourre de morphine, une créature pleine de corridors, de mensonges, de végétation en folie, de sacs de pierres.

– On s'est beaucoup servi des voleurs dans notre genre pendant cette guerre. Nous agissions en toute légitimité. Nous volions. Certains d'entre nous se sont mis à donner des conseils. Lire à livre ouvert le camouflage et la tromperie nous était plus naturel qu'aux services d'espionnage. Nous avons bluffé tout le monde. Des campagnes entières ont été menées par cette mafia d'escrocs et d'intellectuels. J'ai roulé ma bosse à travers tout le Moyen-Orient, c'est là-bas que j'ai entendu parler de vous pour la première fois. Vous étiez un mystère, un blanc sur leurs cartes. Livrant votre connaissance du désert aux mains allemandes.

– Ce qui s'est passé à El Taj, en 1939, quand on m'a embarqué pour espionnage, dépassait la mesure.

– C'est donc à ce moment-là que vous êtes passé dans le camp allemand. »

Silence.

« Et vous n'avez pas réussi à retourner à la grotte des Nageurs ni à Uwaynat ?

– Pas avant que je ne me propose pour faire traverser le désert à Eppler.

– Il faut que je vous parle de quelque chose. C'était en 1942, quand vous guidiez l'espion au Caire...

– Opération Salaam.

– Oui. Quand vous travailliez pour Rommel.

– Un homme brillant... Qu'alliez-vous me dire ?

– J'allais dire que votre traversée du désert avec Eppler, en évitant les troupes alliées, a été un *véritable* acte d'héroïsme. De l'oasis de Gialo jusqu'au Caire. Vous seul pouviez faire rentrer l'homme de Rommel au Caire avec son exemplaire de *Rebecca*.

– Comment avez-vous su tout ça ?

– Ce que je veux dire, c'est qu'ils n'ont pas découvert Eppler comme ça, par hasard, au Caire. Ils étaient au courant de tout le voyage. Il y avait déjà longtemps que nous avions déchiffré un message allemand codé, mais nous devions veiller à ce que Rommel n'en sache rien pour protéger nos sources. Il nous fallut donc attendre d'être au Caire pour capturer Eppler.

« Nous vous avons surveillé pendant tout le trajet. A travers tout le désert. Et comme les services secrets connaissaient votre nom et savaient que vous étiez impliqué, ils étaient d'autant plus intéressés. Ils voulaient aussi votre peau. On devait vous tuer... Si vous ne me croyez pas, vous êtes parti de Gialo et ça vous a pris vingt jours. Vous avez suivi la route du puits enseveli. Vous n'avez pas pu vous rapprocher d'Uwaynat à cause des troupes alliées et vous avez évité Abu Ballas. Eppler a eu des accès de fièvre du désert, il vous a fallu le veiller et le soigner même si vous dites que vous ne l'aimiez guère...

« Les avions vous ont "perdu" mais on suivait très attentivement votre piste. Les espions, ce n'était pas vous, c'était nous. Les services secrets ont cru que vous aviez tué Geoffrey Clifton à cause de la femme. Ils avaient retrouvé sa tombe en 1939, mais il n'y avait aucune trace de sa femme. Vous êtes devenu l'ennemi non pas le jour où vous avez pris fait et cause pour l'Allemagne, mais le jour où votre liaison avec Katharine Clifton a commencé.

– Je comprends.

– Après votre départ du Caire, en 1942, nous avons perdu votre trace. Ils devaient vous cueillir dans le désert et vous tuer, mais ils vous ont perdu. Deux jours dans la nature. Ça ne devait plus tourner rond, vous n'aviez pas toute votre tête, sinon, nous vous aurions trouvé. Nous avions miné la Jeep qui était cachée. Nous l'avons retrouvée, elle avait explosé. Mais pas la moindre trace de vous.

Vous étiez parti. Sans doute votre fameux voyage. Pas celui du Caire. Celui où vous avez perdu la tête.

– Étiez-vous aussi au Caire à me filer ?

– Non, j'ai vu les dossiers. Je partais pour l'Italie et ils pensaient que vous y étiez peut-être.

– Ici.

– Oui. »

Le losange de lumière glissa sur le mur, laissant Cara vaggio dans l'ombre. Ses cheveux s'assombrirent à nouveau. Il se pencha en arrière, l'épaule contre la charmille.

« Je suppose que ça n'a pas d'importance, murmura Almasy.

– Voulez-vous de la morphine ?

– Non. J'essaie de remettre les choses dans l'ordre. J'ai toujours été un homme discret. J'ai peine à croire que j'aie tant fait *parler* de moi.

– Vous aviez une liaison avec quelqu'un qui était en relation avec les services de renseignements. Dans les services de renseignements, il y avait des gens qui vous connaissaient personnellement.

– Bagnold, sans doute.

– Oui.

– Un Anglais très anglais.

– Oui. »

Caravaggio marqua une pause.

« Il y a une dernière chose dont je dois vous parler.

– Je sais.

– Qu'est-il arrivé à Katharine Clifton ? Que s'est-il passé juste avant la guerre pour que vous reveniez tous au Jilf Kabir ? Après le départ de Madox pour l'Angleterre. »

Je devais faire un dernier voyage au Jilf Kabir pour rassembler ce qui restait au camp d'Uwaynat. C'en était fini de notre vie là-bas. Je me disais qu'il ne se passerait plus rien entre nous. Cela faisait plus d'un an que nous ne nous étions pas retrouvés en amants. La guerre rôdait quelque part, comme une main qui se glisse par la lucarne du grenier. Elle et moi nous étions déjà retranchés derrière nos habitudes antérieures. Dans une apparente innocence. Désormais, nous ne nous voyions plus beaucoup.

Pendant l'été 1939, je devais donc accompagner Gough au Jilf Kabir pour enlever tentes et matériel. Il était prévu que Gough irait en camion. Clifton viendrait me rechercher en avion. Nous devions ensuite nous disperser, briser ce triangle qui s'était créé entre nous.

Quand j'entendis l'avion, quand je le vis, j'étais déjà en train d'escalader les rochers du plateau. Clifton était toujours précis.

Un petit avion-cargo a une façon bien à lui d'atterrir, en se laissant glisser depuis la ligne d'horizon. Ses ailes piquent dans la lumière du désert et le bruit cesse. Il dérive vers la terre. Je n'ai jamais vraiment compris comment fonctionnent les avions. Quand je les voyais venir à ma rencontre, dans le désert, je sortais toujours apeuré de ma tente. Ils piquent dans la lumière puis ils pénètrent dans ce silence.

Le Moth arriva en rasant le plateau. J'agitai la toile goudronnée bleue. Clifton perdit de l'altitude et passa en vrombissant au-dessus de ma tête, si bas que les buissons d'acacias en perdirent leurs feuilles. L'avion vira à gauche, décrivit un cercle et, m'apercevant à nouveau, il se réaligna et se dirigea tout droit vers moi. A une cinquantaine de mètres, il se cabra et s'écrasa. Je me précipitai.

Je pensai qu'il était seul. Il devait être seul. Lorsque j'arrivai pour le sortir de là, elle était à ses côtés. Il était mort. Elle essayait de remuer le bas de son corps, tout en regardant droit devant elle. Du sable, entré par la fenêtre du cockpit, était allé s'accumuler sur ses genoux. Apparemment, elle ne portait aucune trace de l'accident. Sa main gauche s'était tendue devant elle, comme pour amortir cette chute en plein vol. Je la tirai de l'avion que Clifton avait baptisé *Rupert* et l'emportai vers les grottes. Dans la grotte des Nageurs, celle des peintures rupestres. Latitude 23° 30' sur la carte, longitude 25° 15'. Ce soir-là, j'enterrai Clifton.

Étais-je pour eux une malédiction ? Et pour elle ? Et pour Madox ? Et pour le désert violé par la guerre, bombardé comme s'il n'était qu'un amas de sable ? Les Barbares contre les Barbares. Les deux armées traversaient le désert sans la moindre idée de ce qu'il était. *Les déserts de Libye*. Enlevez la politique, et ce sont les plus jolis mots que je connaisse. *Libye*. Un mot érotique, une source. Le *b*, le *y*. Madox disait que c'était l'un des rares mots où l'on entend la langue faire une corne. Vous rappelez-vous Didon dans les déserts de Libye ? *L'homme sera comme des fleuves dans un endroit sec...*

Je ne crois pas que cet endroit fût maudit, ni qu'on m'eût attiré dans une situation diabolique. Dans chaque endroit, dans chaque être, je voyais un don. Découvrir les peintures rupestres de la grotte des Nageurs. Chanter les « refrains » avec Madox au cours des expéditions. L'apparition de Katharine parmi nous dans le désert. La façon dont j'allai vers elle sur le sol de béton rouge et tombai à genoux, son ventre contre ma tête comme un gamin. La tribu d'hommes en armes qui m'a soigné. Même nous quatre, Hana, le sapeur et vous.

Tout ce que j'ai aimé, tout ce qui a pour moi quelque valeur, m'a été enlevé.

Je restai auprès d'elle. Je m'aperçus que trois de ses côtes étaient brisées. Je continuai à attendre que son œil s'anime, que son poignet blessé remue, que sa bouche immobile parle.

Pourquoi me détestiez-vous ? murmura-t-elle. Vous avez tué presque tout ce qui était en moi.

Katharine... Vous n'avez pas...

Serrez-moi. Cessez de vous défendre. Rien ne vous fera changer.

Son regard ne bougeait plus. Je ne pouvais échapper à ce regard fixe. Je serais la dernière image qu'elle verrait. Le chacal de la grotte qui la guiderait et la protégerait. Qui jamais ne la tromperait.

Il y a une centaine de divinités associées aux animaux,

dis-je. Il y a celles qui sont apparentées aux chacals – Anubis, Heranubis, Duamutef, Wepwawet. Ce sont là des créatures qui vous mènent dans l'après-vie – comme mon fantôme vous accompagnait jadis, pendant les années qui ont précédé notre rencontre. Toutes ces soirées à Londres et à Oxford. A vous regarder. Je m'asseyais en face de vous tandis que vous travailliez, un gros crayon à la main. J'étais là quand vous avez fait la connaissance de Geoffrey Clifton, à deux heures du matin, dans la bibliothèque de l'Union, à Oxford. Le sol était jonché de manteaux et vous étiez là, nu-pieds, comme un héron cherchant son chemin. Il vous regarde, mais moi aussi je vous regarde. Même si vous n'avez pas remarqué ma présence, même si vous m'ignorez. Vous êtes à l'âge où on ne remarque les hommes que quand ils sont beaux. Vous n'avez pas encore conscience de ceux qui ne répondent pas à vos critères de beauté. A Oxford, les jeunes filles ne sortent pas avec un chacal. Moi, je suis l'homme qui jeûne jusqu'à ce qu'il ait trouvé ce qu'il désire. Le mur derrière vous est tapissé de livres. Votre main gauche joue avec un long collier de perles qui pend de votre cou. Vos pieds nus cherchent leur chemin. Vous cherchez quelque chose. Vous étiez bien en chair, à l'époque, mais d'une beauté parfaite pour la vie universitaire.

Nous sommes trois à la bibliothèque de l'Union, mais vous ne remarquez que Geoffrey Clifton. Ce sera un roman d'amour express. Vous serez mariés dans le mois. Il fait je ne sais trop quoi avec des archéologues et, qui plus est, en Afrique du Nord. « Un drôle de type avec qui je travaille. » Votre mère est ravie de votre aventure.

Mais l'esprit du chacal, qui était « l'ouvreur de chemins », et qui, en fait, s'appelait Wepwawet ou Almasy, était dans la pièce avec vous deux. Les bras croisés, je suivais vos efforts pour entamer une petite conversation enthousiaste – difficile, car vous étiez tous les deux ivres Mais ce qui était merveilleux, c'est que même dans l'ivresse de deux heures du matin, chacun percevait dans l'autre une valeur et un plaisir plus durables. Vous étiez arrivés avec les autres, vous passeriez peut-être cette nuit avec les autres, mais vous vous étiez trouvés.

A trois heures du matin, vous sentez que vous devez partir, mais impossible de retrouver une de vos chaussures. Vous avez l'autre à la main, une mule de couleur rose. J'en aperçois une à moitié enfouie près de moi. Je la ramasse. Elle est toute lustrée. Ce sont de toute évidence des chaussures que vous aimez bien, on le voit aussi à la marque des orteils. Merci, dites-vous en la prenant, et vous vous éloignez, sans même regarder mon visage.

Je suis persuadé que lorsque nous rencontrons ceux dont nous tombons amoureux, il y a en nous ce côté historien, un peu vaniteux, qui soudain imagine ou se rappelle cette rencontre où l'autre est passé innocemment à côté de vous, tout comme Clifton aurait pu vous ouvrir la portière d'une voiture l'année précédente en n'ayant aucune idée de son destin. Mais pour que naisse le désir, toutes les parties du corps doivent être prêtes pour l'autre, tous les atomes doivent bondir dans une même direction.

J'ai passé des années dans le désert et j'ai fini par croire à ce genre de choses. C'est un endroit plein de poches. Le trompe-l'œil du temps et de l'eau. Le chacal avec un œil qui regarde en arrière et l'autre qui examine le sentier que vous envisagez de suivre. Dans ses mâchoires, il y a des morceaux du passé qu'il veut bien vous livrer, et le jour où toute cette époque sera mise au grand jour, il s'avérera qu'on la connaissait déjà.

Ses yeux me regardaient, fatigués de tout. Une fatigue terrible. Lorsque je la sortis de l'avion, son regard avait essayé de s'imprégner de tout ce qui l'entourait. Maintenant les yeux étaient méfiants, on aurait dit qu'ils protégeaient quelque chose à l'intérieur. Je m'approchai et m'assis sur mes talons. Je me penchai et mis la langue contre l'œil bleu. L'œil droit. Un goût de sel. Du pollen. Ma langue contre la délicate porosité de la prunelle, effaçant le bleu. Je reculai, une traînée blanche raya son regard. Je séparai les lèvres de sa bouche, laissant mes doigts aller plus loin, je lui fis desserrer les dents. Elle avait avalé sa langue, il me fallut la tirer vers l'avant. Sa mort ne tenait qu'à un fil. A un souffle. Il était presque trop tard. Je me penchai et, avec ma langue, déposai le pollen bleu sur sa langue. Nous nous touchâmes une fois. Il ne se passa rien. Je me retirai, respirai et recommençai. Au moment où je rencontrai sa langue, celle-ci se contracta.

Alors un râle terrible, violent, intime, sortit d'elle et m'envahit. Un frisson sur tout son corps, comme une décharge électrique. Elle se jeta contre le mur peint. La créature était entrée en elle, elle bondissait et retombait contre moi. La lumière dans la grotte semblait baisser. Son cou se tordait.

Je connais les pièges dont se sert le démon. Enfant, on m'a appris ce qu'était le démon de l'amour. On m'a raconté l'histoire de cette belle tentatrice qui visitait la chambre des jeunes gens. Si le garçon avait du bon sens, il lui demandait de se retourner, car démons et sorcières n'ont pas de dos, ils n'ont que ce qu'ils veulent bien vous montrer. Qu'avais-je fait ? Quel animal avais-je libéré en elle ? Cela faisait plus d'une heure, je pense, que je lui parlais. Avais-je été son amant démoniaque ? Avais-je été l'ami démoniaque de Madox ? Ce pays, l'avais-je sillonné pour le transformer en champ de bataille ?

Il est important de mourir dans un lieu sacré. C'était l'un des secrets du désert. C'est ainsi que Madox entra dans une église du Somerset, dans un lieu qui lui parut avoir perdu son caractère sacré, et qu'il commit ce qu'il crut être un acte sacré.

Quand je me retournai, son corps était recouvert d'un pigment brillant. D'herbes, de pierres, de lumière et de cendre d'acacia pour la rendre éternelle. Seul le bleu de l'œil avait disparu, rendu anonyme. Une carte nue où rien n'est représenté. Ni la signature d'un lac, ni la tache sombre des montagnes, comme au nord du Borkou-Ennedi-

Tibesti. Pas d'éventail vert là où le Nil pénètre dans la paume ouverte d'Alexandrie, au bord de l'Afrique.

Et tous les noms de tribus, ces nomades de la foi, pèlerins de la monotonie du désert où ils voyaient clarté, foi et couleur. Tout comme une pierre, une boîte métallique ou un os rencontrés au hasard peuvent devenir objets d'amour. Accéder à l'éternité à travers une prière. C'est dans la gloire de ce pays qu'elle entre maintenant. C'est de cette gloire qu'elle participe. En mourant nous emportons avec nous la richesse des amants et des tribus, les saveurs que nous avons goûtées, les corps dans lesquels nous avons plongé et que nous avons remontés à la nage comme s'ils étaient fleuves de sagesse, les personnages dans lesquels nous avons grimpé comme s'ils étaient des arbres, les peurs dans lesquelles nous nous sommes terrés comme si elles étaient des grottes. Je souhaite que tout cela soit inscrit dans ma chair lorsque je serai mort. Je crois à ce genre de cartographie – celle dont la nature vous marque, et non celle que nous croyons lire sur une carte comme les noms des riches sur les immeubles. Nous sommes des histoires communes, des livres communs. Nous n'appartenons à personne et nous ne sommes monogames ni dans nos goûts ni dans notre expérience. Je n'avais qu'un désir, marcher sur une terre privée de cartes.

J'emportai Katharine Clifton dans le désert, là où se trouve le livre commun du clair de lune. Dans le murmure des puits. Dans le palais des vents.

Le visage d'Almasy retomba vers la gauche, il ne regardait rien. Sauf peut-être les genoux de Caravaggio.

« Voulez-vous de la morphine ?
– Non.
– Puis-je aller vous chercher quelque chose ?
– Non, rien. »

X

Août

Caravaggio descendit l'escalier dans l'obscurité et entra dans la cuisine. Du céleri sur la table, des navets aux racines encore terreuses. La seule lumière provenait d'un feu que Hana venait d'allumer. Lui tournant le dos, elle n'avait pas entendu ses pas dans la pièce. Les jours qu'il avait passés à la villa avaient détendu son corps, l'avaient libéré de ses tensions, il paraissait plus gros, plus ample dans ses gestes. Seul restait ce silence dans ses mouvements. Il y avait en lui une douce inactivité, des gestes somnolents.

Il tira la chaise pour qu'elle se retourne, se rende compte qu'il était dans la pièce.

« Salut, David. »

Il leva le bras. Il avait passé trop de temps dans les déserts.

« Comment va-t-il ?

– Il dort. Il s'est épuisé à force de parler.

– Il est bien celui que tu pensais ?

– Ça va. Il faut le laisser tranquille.

– C'est ce que je me disais. Nous sommes tous deux persuadés, Kip et moi, qu'il est anglais. Kip pense que les gens les meilleurs sont des excentriques, il a travaillé avec l'un d'eux.

– A mon avis, l'excentrique, c'est plutôt Kip. D'ailleurs, où est-il ?

– Il est en train de comploter quelque chose là-haut, sur la terrasse. Il ne veut pas de moi là-bas. Quelque chose pour mon anniversaire. » Hana, qui était accroupie près du feu, se releva en essuyant sa main sur son avant-bras.

« Pour ton anniversaire, je te raconterai une petite histoire », dit-il.

Elle le regarda.

« Pas au sujet de Patrick, d'accord ?

– Un petit peu au sujet de Patrick et beaucoup à ton sujet.

– Je ne suis pas encore capable d'entendre ce genre d'histoires, David.

– Les pères meurent. On continue à les aimer à sa façon. Tu ne peux pas le garder enfoui dans ton cœur.

– Attends que l'effet de la morphine s'atténue pour me parler. »

Elle s'approcha de lui, l'entoura de ses bras, se hissa pour l'embrasser sur la joue. Il resserra son étreinte, sa barbe de trois jours comme du sable contre sa peau. Elle adorait cette nouveauté chez lui : par le passé, il avait toujours été si méticuleux. La raie dans ses cheveux rappelait Yonge Street à minuit, avait dit Patrick. Autrefois, en sa présence, Caravaggio évoluait comme un dieu ; maintenant, son visage et son tronc bouffis, sa grisaille l'humanisaient.

Ce soir, le dîner serait préparé par le sapeur. Caravaggio ne s'en réjouissait guère. A l'en croire, un repas sur trois était une catastrophe. Kip trouvait des légumes qu'il servait à peine cuits, à peine bouillis dans une soupe. Ce serait encore un repas de Spartiate, sûrement pas ce que souhaitait Caravaggio après une journée comme celle-ci, passée à écouter l'homme qui était là-haut. Il ouvrit le placard sous l'évier. Il y avait de la viande séchée enveloppée dans un linge humide, Caravaggio en découpa un morceau qu'il glissa dans sa poche.

« Je peux t'aider à te sevrer de la morphine, tu sais. Je suis une bonne infirmière.

– Tu es entourée de fous...

– A mon avis, nous sommes tous fous. »

Kip les appela ; ils sortirent de la cuisine et se rendirent sur la terrasse, la petite balustrade en pierre était enrubannée de lumière.

Caravaggio crut qu'il s'agissait d'une guirlande de bougies électriques comme on en trouve dans les églises poussiéreuses ; il se dit que le sapeur était allé trop loin en les volant dans une chapelle, fût-ce pour l'anniversaire de Hana. Cette dernière s'approcha lentement, la main sur son visage. Il n'y avait pas de vent. Ses jambes et ses cuisses bougeaient sous sa blouse, comme à travers une eau peu profonde. Ses chaussures de tennis ne faisaient pas de bruit sur la pierre.

« Où que je creuse, je n'arrêtais pas de trouver des coquilles vides », racontait le sapeur.

Ils ne comprenaient toujours pas. Caravaggio se pencha sur les lumières clignotantes. Des coquilles d'escargots remplies d'huile. Il parcourut du regard ce long chapelet. Il devait y en avoir une quarantaine.

« Quarante-cinq, précisa Kip. Une pour chaque année de ce siècle. Là d'où je viens, nous fêtons aussi l'époque. »

Hana évoluait à côté d'eux, les mains dans les poches, de la façon dont Kip aimait la voir marcher. Détendue, sans bouger les bras.

Caravaggio fut distrait par la surprenante présence de trois bouteilles de vin rouge sur la table. Il s'approcha, lut les étiquettes et secoua la tête, ahuri. Il savait que le sapeur n'y toucherait pas. Toutes trois étaient ouvertes. Kip avait dû dénicher un manuel de savoir-vivre dans la bibliothèque. Il vit alors le maïs, la viande et les pommes de terre. Hana passa son bras dans celui de Kip et se dirigea avec lui vers la table.

Ils mangèrent et burent, goûtant l'épaisseur inattendue du vin comme de la viande sur leurs langues. Ils ne tardèrent pas à dire des bêtises en levant leur verre en l'honneur du sapeur, « le grand fouineur », et du patient anglais. Ils trinquèrent à leur santé mutuelle. Kip se joignit à eux avec son gobelet d'eau. C'est alors qu'il se mit à parler de lui. Et Caravaggio le pressa de continuer, sans toujours l'écouter, se levant et se promenant autour de la table, arpentant la terrasse avec un évident plaisir. Il voulait les voir mariés, ces deux-là, il mourait d'envie de les y inciter, mais leur relation semblait gouvernée par de curieuses règles de leur invention. Que faisait-il dans *ce* rôle ? Il se rassit. De temps en temps, il remarquait qu'une des petites lumières s'était éteinte : les coquilles d'escargot ne contenaient que peu d'huile. Kip se levait pour les remplir de paraffine rose.

« Il faut que nous les gardions allumées jusqu'à minuit. »

Ils abordèrent le sujet de la guerre, si lointaine. « Dès que la guerre avec le Japon sera terminée, chacun s'en retournera enfin chez soi », dit Kip. « Et où irez-vous ? » demanda Caravaggio. Le sapeur roula la tête, indéchiffrable et souriant. Caravaggio se mit alors à parler, s'adressant surtout à Kip. Le chien s'approcha de la table avec précaution et posa la tête sur les genoux de Caravaggio. Le sapeur réclama d'autres histoires sur Toronto, comme si c'était un pays merveilleux. La neige qui noyait la ville gelait le port des ferry-boats où, l'été venu, les gens venaient écouter des concerts. Ce qui en fait l'intéressait, c'était de trouver des clefs pour comprendre Hana ; elle était toujours évasive, détournant Caravaggio des histoires mettant en scène tel ou tel moment de sa vie. Elle voulait que Kip la connaisse uniquement telle qu'elle était aujourd'hui, c'est-à-dire, sans doute, plus imparfaite, plus compatissante, ou plus dure que la jeune fille qu'elle avait été. Dans sa vie, il y avait sa mère, Alice, son père, Patrick, sa belle-mère Clara et Caravaggio. Elle avait déjà confié ces noms à Kip comme s'ils étaient ses lettres de créance. Sa dot. Des noms irréprochables qui se passaient d'explications. Ils étaient comme les sources d'un livre auquel elle aurait pu se référer pour savoir comment faire un œuf à la coque ou mettre une gousse d'ail dans un gigot. On ne les remettait pas en question.

Et parce qu'il était vraiment ivre, Caravaggio raconta

l'histoire de Hana chantant *La Marseillaise*, une histoire qu'il lui avait déjà racontée. « Oui, je connais cette chanson », dit Kip, et il se lança dans sa version de *La Marseillaise*. « Non, ça se chante haut et fort, dit Hana. Ça se chante debout ! »

Elle se leva, enleva ses chaussures de tennis et grimpa sur la table. A côté de ses pieds nus, quatre escargots-lampions vacillaient, moribonds. « Ça, c'est pour toi. C'est comme ça que tu dois apprendre à la chanter, Kip. C'est pour toi. »

Son chant s'éleva dans la pénombre, par-delà les lampions, par-delà le carré de lumière provenant de la chambre du patient anglais, jusque dans le ciel sombre tout frémissant de l'ombre des cyprès. Ses mains sortirent de ses poches.

Kip avait entendu la chanson dans des campements, chantée par des hommes, souvent en des moments étranges, avant un match de foot improvisé, par exemple. Et lorsque Caravaggio l'avait entendue, pendant les dernières années de la guerre, il ne l'avait pas vraiment aimée : jamais il n'avait eu plaisir à l'écouter. Il avait gardé dans son cœur la version de Hana, elle remontait à de nombreuses années. S'il écoutait maintenant avec plaisir, c'est parce qu'elle chantait à nouveau, un plaisir que sa façon de chanter eut tôt fait d'altérer. Ce n'était plus la fougue de ses seize ans, mais une sorte d'écho. Un écho à cette auréole de lumière malhabile qui l'entourait, dans l'obscurité. Elle la chantait comme si elle était marquée de manière indélébile, et qu'il fût désormais impossible d'y retrouver l'espoir. Elle était marquée par les six années aboutissant à la soirée de son vingt et unième anniversaire, en la quarante-cinquième année du XXᵉ siècle. Elle chantait avec la voix du voyageur épuisé, seul contre le reste du monde. Un nouveau testament. On ne sentait plus aucune assurance dans ce chant, le chanteur n'était qu'une voix qui s'élevait face aux montagnes du pouvoir. C'était là la seule certitude. Cette voix était la seule et unique chose intacte. Une chanson aux lampions d'escargot.

Caravaggio comprit qu'elle chantait avec le sapeur, qu'elle faisait écho à son cœur.

Sous la tente, il y avait eu des nuits muettes et des nuits de grande palabre. Ils ne savaient jamais vraiment ce qui allait se passer. A qui appartiendrait la portion de passé qui émergerait. Si le contact serait anonyme et silencieux dans l'obscurité. L'intimité de sa chair ou la chair de son langage dans son oreille, tandis qu'ils reposaient sur le coussin qu'il insistait pour gonfler et utiliser chaque soir. Il avait été séduit par cette invention occidentale. Chaque matin, il le dégonflait et le pliait en trois, comme lorsqu'il remontait l'Italie.

Sous la tente, Kip se blottissait contre son cou. Il fondait en sentant ses ongles gratter sa peau. La bouche contre sa bouche. L'estomac contre son poignet.

Elle chantait et fredonnait. Dans l'obscurité de la tente, elle l'imaginait à moitié oiseau, la plume noble, le fer glacial à son poignet. Dès qu'il se trouvait avec elle dans cette obscurité, il se déplaçait à moitié endormi, pas tout à fait aussi vite que le monde ; de jour, il glissait à travers tout ce qui l'entourait, comme la couleur glisse sur la couleur.

La nuit, il étreignait la torpeur. Quand elle ne voyait plus ses yeux, elle ne percevait plus son sens de l'ordre et de la discipline. Il n'existait aucune clef pour accéder à lui. Son corps était comme un alphabet en braille, permettant de voir les organes sous la peau, le cœur, les côtes. Comme si la salive sur sa main était devenue couleur. Il avait dressé la carte de sa tristesse, comme elle connaissait l'étrange façon dont il aimait son dangereux frère. « Être des vagabonds, nous avons ça dans le sang. C'est pourquoi il est si dur pour lui d'être enfermé dans une prison, pourquoi il se tuerait pour être libre. »

Les nuits de palabre, ils parcouraient son pays aux cinq fleuves. Sutlej, Jhelum, Ravi, Chenab, Beas. Il la guidait dans le grand *gurdwara*, il lui retirait ses chaussures, il la regardait se laver les pieds, se couvrir la tête. Ce lieu où ils pénétraient avait été construit en 1601, profané en 1757 et aussitôt reconstruit. En 1830, on y avait ajouté de l'or et du marbre. « Si je t'y emmenais avant le point du jour, tu verrais avant tout la brume sur l'eau. Elle se dissipe par la suite, laissant apparaître le temple. Tu entendrais déjà les hymnes des saints – Ramananda, Nanak et Kabir. Les chants sont l'essentiel du culte. Tu entends les chants. Tu sens les fruits des jardins du temple : des grenades, des oranges. Le temple est un havre dans le flux de la vie. Un havre accessible à tous. Le bateau qui traverse l'océan de l'ignorance. »

Ils glissaient à travers la nuit, ils passaient la porte d'argent jusqu'au sanctuaire où le Livre saint repose sous le dais de brocart. Les *ragis* chantaient les versets du Livre, accompagnés par des musiciens. Ils chantaient de quatre heures du matin à onze heures du soir. On ouvrait au hasard le Granth Sahib, on choisissait un passage, et pendant trois heures, avant que la brume se lève au-dessus du lac et laisse apparaître le temple d'or, les versets se mêlaient sans interruption.

Le long d'une pièce d'eau, Kip la conduisit au sanctuaire au milieu des arbres, là où reposait Baba Gujhaji, le premier prêtre du temple. Un arbre de superstitions, vieux de quatre cent cinquante ans. « Ma mère est venue attacher une corde à l'une de ses branches et le supplier de lui accorder un fils. Après la naissance de mon frère, elle est revenue demander le bonheur d'en avoir un autre. Il y a des arbres sacrés et de l'eau magique dans tout le Pendjab. »

Hana était tranquille. Il connaissait la profondeur de ses ténèbres, sa douleur d'être sans foi et sans enfant. Il s'efforçait toujours de la tirer de sa tristesse. Un enfant perdu. Un père perdu.

« J'ai perdu moi aussi quelqu'un qui était comme un père », avait-il dit. Mais elle savait que cet homme à ses côtés était sous un charme, et qu'ayant grandi à l'écart de tout il pouvait à volonté changer d'allégeance et remplacer ce qui était perdu. Il y a ceux qui sont détruits par l'injustice et ceux qu'elle n'atteint pas. Si elle lui posait la question, il répondrait qu'il avait eu une vie heureuse – son frère était en prison, ses camarades avaient sauté sur des mines et lui-même risquait chaque jour sa vie dans cette guerre.

En dépit de leur bonté, de tels êtres étaient d'une terrible injustice. Il pouvait passer sa journée dans un trou à désamorcer une bombe qui pouvait le tuer à tout moment, rentrer de l'enterrement d'un camarade, toute son énergie minée par le chagrin ; quelles que fussent les épreuves, il y avait toujours une solution, une lumière. Elle, elle n'en voyait aucune. Pour lui, il y avait les différentes cartes du destin ; au temple d'Amritsar, les visiteurs de toute foi, de toute origine étaient les bienvenus et partageaient le même repas. Elle-même aurait le droit de déposer une pièce ou une fleur sur le drap étalé sur le sol, et de se joindre ensuite à cet admirable chant continu.

Elle souhaitait cela. A l'intérieur, elle n'était que tristesse. Il la laisserait pénétrer en lui par chacune des treize portes de son être intime, mais elle savait que, s'il était en danger, il ne se tournerait jamais vers elle. Il créerait un espace autour de lui et se concentrerait. C'était là son art. Les Sikhs, disait-il, étaient de brillants techniciens. « Nous avons une proximité mystique... Comment dirais-je ? – Une affinité. – Oui, une affinité avec les machines. »

Il se perdait parmi elles pendant des heures, le rythme de la musique du poste à galène martelant son front, vibrant dans ses cheveux. Elle n'avait pas cru pouvoir lui appartenir, et devenir sa maîtresse. Il avançait à la vitesse qui lui permettait de remplacer ce qu'il avait perdu. C'était sa nature. Elle ne lui en tiendrait pas rigueur. De quel droit l'aurait-elle fait ? Kip sortait tous les matins, sacoche à l'épaule gauche, et descendait le sentier de la villa San Girolamo. Chaque matin, elle le suivait du regard, peut-être était-ce la dernière fois qu'elle observait sa naïveté devant le monde. Au bout de quelques minutes, il levait la tête et regardait les cyprès mutilés par le shrapnel, et dont les branches médianes avaient été emportées par les obus. Pline avait dû descendre un sentier comme celui-ci. Stendhal aussi : certains passages de *La Chartreuse de Parme* avaient eu pour décor cette contrée.

Kip relevait la tête. Au-dessus de lui, la voûte d'arbres blessés. Devant lui, le sentier médiéval et lui, un jeune homme appartenant à la profession la plus étrange que son siècle ait inventée. Un sapeur. Un ingénieur militaire qui détectait et désamorçait les mines. Chaque matin, il émergeait de la tente, prenait son bain, s'habillait dans le jardin et s'éloignait de la villa et de ses environs, sans même entrer dans la maison – peut-être un signe de la main s'il la voyait –, comme si la langue, l'humain pouvaient le dérouter, s'insinuer comme du sang dans la machine qu'il lui fallait comprendre. Elle le voyait à une quarantaine de mètres de la maison, quand le sentier était à découvert.

C'était le moment où il laissait tout le monde derrière lui. Le moment où le pont-levis se relevait derrière le chevalier, le laissant seul, dans la paix que lui apportait son talent. A Sienne, il y avait cette peinture murale qu'elle avait vue, une fresque représentant une ville. A quelques mètres des murs d'enceinte de la ville, la peinture de l'artiste s'était effritée, de sorte que le voyageur quittant le château ne pouvait même plus compter sur le réconfort de l'art. C'était là, pensait-elle, que Kip passait ses journées. Tous les matins, il sortait de la fresque et se dirigeait vers les sombres falaises du chaos. Le chevalier. Le saint guerrier. Elle voyait l'uniforme kaki passer entre les cyprès. L'Anglais l'avait appelé *fato profugus*, celui qui fuit le destin. Elle devinait que ses journées commençaient par le plaisir de lever les yeux vers les arbres.

Au début d'octobre 1943, les sapeurs avaient été expédiés par avion à Naples. On avait choisi les meilleurs parmi les soldats du génie stationnés en Italie du Sud. Kip était l'un des trente hommes transportés dans cette ville truffée de pièges.

Lors de la campagne d'Italie, les Allemands avaient organisé l'une des plus brillantes et des plus terribles retraites de l'histoire. Au lieu de durer un mois, la progression des troupes alliées dura un an. Leur route était de feu. Au fur et à mesure que les armées avançaient, les sapeurs, grimpés sur les garde-boue des camions, essayaient de repérer des endroits où le sol avait été fraîchement remué, ce qui signalait la présence de mines. La progression des Alliés était d'une insupportable lenteur. Plus au nord, dans la montagne, des groupes de partisans communistes, identifiables à leur foulard rouge, posaient eux aussi sur les routes des engins qui explosaient au passage des camions allemands.

On ne saurait imaginer le nombre de mines qui furent posées en Italie et en Afrique du Nord. A l'endroit où la route de Kismaayo rejoint celle d'Afmadu, on retrouva deux cent soixante mines. Trois cents dans la zone du pont de l'Omo. A Mersa Matruh, dans la seule journée du 30 juin 1941, des sapeurs sud-africains posèrent deux mille sept cents mines de type Mark II. Quatre mois plus tard, les troupes britanniques débarrassèrent Mersa Matruh de sept mille huit cent six mines qu'ils s'en furent poser ailleurs.

On fabriquait des mines à partir de n'importe quoi. Il suffisait de bourrer d'explosifs des tuyaux galvanisés d'une quarantaine de centimètres de long et de les semer sur les routes empruntées par les convois militaires. On laissait dans les maisons des mines dans des coffrets en bois. La charge explosive de ces mines artisanales était faite de gélignite, additionnée de bouts de métal et de clous. En bourrant de fer et de gélignite des bidons de vingt litres, les sapeurs sud-africains réussissaient à faire sauter des voitures blindées.

Dans les villes, la situation était dramatique. On expédiait du Caire ou d'Alexandrie des unités de déminage à peine entraînées. C'est ainsi que la 18e division devint célèbre : au mois d'octobre 1941, en l'espace de trois semaines, ils désamorcèrent mille quatre cent trois engins hautement explosifs.

En Italie, ce fut pire qu'en Afrique. Les détonateurs à retardement étaient d'une excentricité cauchemardesque. Activés par un ressort, les mécanismes étaient différents des engins allemands sur lesquels ces unités s'étaient entraînées. En pénétrant dans les villes, les sapeurs marchaient dans des avenues où l'on voyait des corps pendus aux arbres ou aux balcons. Si l'un des leurs avait été tué, les Allemands exécutaient souvent dix Italiens en représailles. Certains cadavres de pendus étaient minés, il fallait les faire exploser en l'air.

Le 1er octobre 1943, les Allemands évacuèrent Naples. Au mois de septembre, au cours d'un raid allié, des centaines de Napolitains avaient fui la ville ; ils campaient dans des grottes, à l'extérieur de la ville. En se retirant, les Allemands bombardèrent l'entrée de ces grottes, forçant leurs habitants à rester sous terre. Une épidémie de typhus s'ensuivit. Dans le port, des navires sabordés furent à nouveau minés.

Les trente sapeurs entrèrent dans une ville truffée de pièges. Des bombes à retardement avaient été scellées dans les murs de bâtiments publics, presque chaque véhicule était piégé. Les sapeurs en étaient à soupçonner tout objet placé négligemment dans une pièce, et particulière-ment sur une table, à moins qu'il fût orienté vers « quatre heures ». Des années après la guerre, un sapeur posant un stylo sur une table l'orientait encore vers quatre heures.

Naples demeura zone de combat pendant encore six semaines, Kip y passa cette période avec son unité. Au bout de quinze jours, ils découvrirent les gens enfermés dans les grottes. Leur peau était noire d'excréments et de typhus. Leur départ pour l'hôpital municipal fit penser à une procession de fantômes.

Quatre jours plus tard, la poste centrale sauta, tuant ou blessant soixante-douze personnes. La plus riche collec-tion d'archives médiévales d'Europe avait déjà brûlé.

Le 20 octobre, trois jours avant la date à laquelle l'élec-tricité devait être rétablie, un Allemand se rendit. Il déclara aux autorités que des milliers de bombes avaient été cachées dans le quartier du port et qu'elles étaient reliées au système électrique : dès que l'on rétablirait le courant, la ville partirait en flammes. Il subit plus de sept interro-gatoires, variant de la courtoisie à la brutalité ; mais les autorités ne surent que penser de sa confession. Cette fois, un quartier entier de la ville fut évacué. Enfants, personnes âgées ou mourantes, femmes enceintes, rescapés des grot-tes, animaux, Jeeps, soldats blessés non hospitalisés, malades mentaux, prêtres, moines et religieuses non cloî-trées. Le 22 octobre 1943, à la tombée du jour, il ne restait plus que douze sapeurs.

L'électricité devait être rétablie le lendemain, à trois heures de l'après-midi. Aucun des sapeurs ne s'était jamais trouvé dans une ville déserte ; ces heures seraient les plus étranges et les plus troublantes de leur vie.

En Toscane, le soir, l'orage gronde. La foudre est attirée par le moindre bout de métal, par la moindre flèche qui dépasse du paysage. C'est toujours vers sept heures du soir que Kip regagne la villa par le sentier jaune qui passe entre les cyprès. C'est aussi l'heure des premiers coups de tonnerre, s'il doit y avoir de l'orage. Expérience médiévale.

Il semble apprécier ce genre d'habitudes. Hana ou Caravaggio aperçoivent sa silhouette dans le lointain, ils le voient s'arrêter sur le chemin de la maison et se retourner vers la vallée, pour voir si la pluie est encore loin. Tandis qu'ils regagnent la villa, Kip continue à gravir les huit cents mètres du sentier qui serpente lentement vers la droite, puis vers la gauche. On entend le bruit de ses bottes sur le gravier. Le vent l'atteint par rafales, prenant les cyprès par le travers, ce qui les fait ployer ; des feuilles pénètrent dans les manches de chemise du jeune sapeur.

Pendant les dix minutes qui suivent, il avance, sans trop savoir si la pluie va le surprendre. Il entend la pluie avant de la sentir, un cliquetis sur l'herbe sèche, sur les feuilles d'olivier. Mais pour l'instant, il est dans le grand vent rafraîchissant de la colline. Aux premières lignes de la tempête.

Si la pluie l'atteint avant qu'il regagne la villa, il continue à marcher d'un même pas, déploie la cape de caoutchouc au-dessus de son havresac et poursuit sa route ainsi enveloppé.

Sous sa tente, il entend le tonnerre. Le tonnerre pur. De violents craquements au-dessus de sa tête, un bruit rappelant les roues d'un wagon qui disparaît dans la montagne. Un éclair illuminant soudain le côté de la tente, toujours, lui semble-t-il, plus éclatant que le soleil. Un éclair de phosphore sous pression, quelque chose qui rappelle une machine, et qu'il associe au nouveau mot qu'il a entendu pendant les cours théoriques, et dans son poste à galène. « Nucléaire. » Sous la tente, il déroule son turban mouillé, sèche ses cheveux et enroule un autre turban autour de sa tête.

La tempête s'éloigne du Piémont en grondant. Elle se dirige vers le sud et vers l'est. La foudre tombe sur les clochers des petites chapelles des Alpes dont les tableaux font revivre les stations du chemin de croix ou les mystères du rosaire. Dans les petites villes de Varèse et de Varallo, des silhouettes de terre cuite, du début du XVIIᵉ siècle, plus grandes que nature, apparaissent brièvement. Elles représentent des scènes de la Bible. Le Christ flagellé, les bras tirés en arrière. Le fouet en l'air. Le chien qui aboie, et, dans le tableau de la chapelle suivante, trois soldats brandissant le crucifix vers les nuages peints.

La position de la villa San Girolamo lui permet de connaître elle aussi ces moments de lumière. Voici que les couloirs sombres, la pièce où gît l'Anglais, la cuisine où Hana prépare un feu, la chapelle minée sont soudain éclairés, sans ombre. Pendant ces tempêtes, Kip se promène calmement sous les arbres dans son coin du jardin. Les risques d'être tué par la foudre sont ridicules comparés à ceux qu'il court au quotidien. Les naïves images catholiques qu'il a vues dans les sanctuaires de montagne l'accompagnent dans la pénombre, tandis qu'il compte les secondes entre l'éclair et le coup de tonnerre. La villa rappelle un de ces tableaux : tous quatre saisis dans un élan intime, momentanément éclairés, se détachant ironiquement sur le paysage de cette guerre.

Les douze sapeurs restés à Naples s'éparpillèrent dans la ville. Ils avaient passé la nuit à se frayer un accès dans des tunnels dont les bouches avaient été cimentées ; ils étaient descendus dans les égouts, en quête de détonateurs susceptibles d'être reliés aux générateurs centraux. Ils devaient repartir à deux heures du matin, une heure avant que l'on rétablisse l'électricité.

Une ville de douze âmes. Un par quartier. L'un au générateur, un autre près du réservoir, dans lequel il continue à plonger : les autorités sont en effet persuadées que les dégâts les plus importants seront causés par l'inondation. Comment miner une ville. Le plus éprouvant, c'est le silence. Tout ce qu'ils entendent du monde humain, ce sont des chiens qui aboient, des chants d'oiseaux provenant des fenêtres des appartements qui donnent sur la rue. Le moment venu, il entrera dans une de ces pièces où il y a un oiseau. Quelque chose d'humain dans ce vide. Il passe devant le Museo Archeologico Nazionale, qui abrite les vestiges d'Herculanum et de Pompéi. Il a aperçu le vieux chien figé dans la cendre blanche.

La lampe écarlate que le sapeur porte à son bras gauche est allumée lorsqu'il marche, seule source de lumière dans la Strada Carbonara. Cette exploration nocturne l'a épuisé ; pour le moment, il ne semble pas qu'il y ait grand-chose à faire. Chacun d'eux a sa radio, mais on ne s'en sert que pour une découverte présentant un caractère d'urgence. Ce qui le fatigue le plus, c'est le terrible silence des cours désertes. Des fontaines taries.

297

A une heure de l'après-midi, il prend le chemin de San Giovanni a Carbonara, une église qui a souffert. Elle abrite, il le sait, une chapelle du rosaire. En traversant l'église, un soir précédent, alors que les éclairs emplissaient l'ombre, il avait repéré de grandes silhouettes humaines dans le tableau. Un ange et une femme dans une chambre. L'obscurité avait délogé cette apparition fugace. Il s'était assis sur un banc, avait attendu. Mais il ne devait pas y avoir d'autre révélation.

Il pénètre dans ce coin de l'église, où des silhouettes de terre cuite sont peintes de la même couleur que les hommes blancs. La scène montre une chambre, une femme y converse avec un ange. Sous l'ample pèlerine bleue, apparaissent les mèches brunes et bouclées de la femme, les doigts de sa main gauche reposent sur sa poitrine. En entrant dans la pièce, il se rend compte que tout est plus grand que nature. Sa tête ne dépasse pas l'épaule de la femme. Avec son bras levé, l'ange atteint cinq mètres de haut. Malgré tout, pour Kip, c'est une compagnie. La pièce est habitée, il entre dans la discussion de ces créatures représentant une fable où il est question de l'humanité et des cieux.

Il fait glisser sa musette de son épaule et se place face au lit. Il veut s'étendre dessus, la présence de l'ange le fait hésiter. Il a déjà fait le tour de ce corps éthéré, il a remarqué les ampoules poussiéreuses fixées à son dos, sous les ailes sombres, et il sait que, malgré le désir qu'il en a, il ne lui serait pas aisé de dormir tranquillement en pareille présence. Subtilité de l'artiste, trois paires de chaussons pointent sous le lit. Il est environ une heure et demie. Il étale sa cape sur le sol, aplatit sa musette pour en faire un oreiller et s'étend sur la pierre. A Lahore, il a passé la plupart des nuits de son enfance sur une natte, à même le sol de sa chambre. En fait, il ne s'est jamais habitué aux lits à l'occidentale. Une paillasse et un oreiller gonflable sont tout ce dont il se sert sous sa tente ; en Angleterre, lors de ses séjours chez Lord Suffolk, il s'enfonçait dans la mollesse d'un matelas et y restait, captif et éveillé, souffrant de claustrophobie, jusqu'à ce qu'il aille en rampant s'endormir sur le tapis.

Il s'étire à côté du lit. Il remarque que les chaussons sont eux aussi plus grands que nature. On y glisserait des pieds d'amazones. Au-dessus de sa tête, l'esquisse d'un bras droit de femme. Au-delà de ses pieds, l'ange. Un des sapeurs rétablira bientôt l'électricité. S'il doit sauter, il sautera en compagnie de ces deux êtres. Ou ils mourront, ou ils seront saufs. De toute façon, il n'a pas le choix. Il a passé la nuit à chercher une dernière fois des cachettes de dynamite et de cartouches à retardement. Soit les murs s'écrouleront autour de lui, soit il traversera une ville illuminée. Au moins, il a trouvé ces figures parentales. Cette conversation muette le détend.

Les mains sous la tête, il note une opiniâtreté dans le visage de l'ange qu'il n'avait pas remarquée. La fleur blanche qu'il tient l'a trompé. L'ange est lui aussi un guerrier. Au milieu de ces pensées, son œil se ferme et il cède à la fatigue.

Il est étendu de tout son long, un sourire éclaire son visage. Comme s'il était soulagé d'avoir fini par s'endormir ; quel luxe... La paume de sa main est posée sur le béton. La couleur de son turban fait écho au col de dentelle de Marie.

Aux pieds de la statue, le petit sapeur indien, en uniforme, à côté des six chaussons. Il semble que le temps n'existe plus. Chacun a choisi la position la plus confortable pour oublier le temps. Ainsi les autres se souviendront-ils de nous. Dans une souriante béatitude, confiants dans ce qui nous entoure. Le tableau formé par Kip au pied des deux silhouettes suggère un débat sur le destin du jeune sapeur. Le bras levé en terre cuite, un condamné en sursis. La promesse d'un grand avenir pour ce dormeur, naïf, né en terre étrangère. Tous trois presque au seuil d'une décision, d'un accord.

Sous la fine couche de poussière, le visage de l'ange reflète une joie puissante Six ampoules sont fixées à son dos, deux sont mortes. Malgré cela, la merveille de l'électricité allume soudain ses ailes, par en dessous. Leur rouge de sang, leur bleu, leur or de la couleur des champs de moutarde frissonnent dans la lumière de cette fin d'après-midi.

Où qu'elle soit maintenant, quelque part dans l'avenir, Hana est consciente de la trajectoire qu'a suivie le corps de Kip pour s'éloigner de sa vie. Son esprit la revit. Elle entrevoit le sentier qui la conduit parmi eux. Le moment où il s'est transformé en pierre silencieuse. Elle se rappelle chaque instant de ce jour du mois d'août. A quoi ressemblait le ciel, la façon dont l'orage assombrissait les objets sur la table en face d'elle.

Elle le voit dans le champ, les mains jointes au-dessus de sa tête. Elle comprend alors qu'il ne s'agit pas là d'un geste de douleur, mais qu'il lui faut maintenir les écouteurs contre son crâne. Il est là, dans le champ, à une centaine de mètres d'elle, lorsqu'elle entend un cri sortir de son corps. De ce corps qui n'a jamais élevé sa voix en leur compagnie. Il tombe à genoux, comme si on l'avait délié Au bout d'un moment, il se relève doucement et se dirige en diagonale vers sa tente, y entre et en fait retomber les rabats. Le craquement sec du tonnerre. Elle voit ses bras foncés.

Kip ressort de la tente avec la carabine. Il entre dans la villa San Girolamo, passe en trombe à côté d'elle, à la vitesse d'une bille d'acier dans un de ces jeux d'arcades. Il traverse l'entrée, grimpe l'escalier quatre à quatre. Ses bottes heurtent les contremarches. Elle entend ses pieds dans le couloir, mais elle reste là, assise à la table de la cuisine, le livre devant elle et le crayon figés, comme assombris dans la lumière qui précède l'orage.

Il pénètre dans la chambre. Il se tient au pied du lit où repose le patient anglais.

Salut, sapeur.

La crosse du fusil est contre son torse, la bretelle tendue contre son bras en triangle.

Que se passait-il dehors ?

Kip paraît condamné. Détaché du monde. Son visage brun pleure. Il se retourne et tire dans la vieille fontaine. Le plâtre retombe en poussière sur le lit. Il pivote sur lui-même, le fusil est maintenant pointé vers l'Anglais. Il frissonne d'horreur, essaie par tous les moyens de se contrôler.

Posez le fusil, Kip.

Son dos heurte le mur, il cesse de trembler. La poussière de plâtre remplit l'air autour d'eux.

Je me suis assis au pied de ce lit et je vous ai écouté, mon oncle. Ces derniers mois. Quand j'étais gosse, je faisais la même chose. Je croyais pouvoir absorber tout ce que mes aînés m'enseignaient. Je croyais pouvoir garder cet enseignement, en le modifiant peu à peu, tout au moins pouvoir le transmettre à un autre après moi.

J'ai grandi avec des traditions de mon pays et, par la suite, plus souvent de *votre* pays. Votre île blanche et fragile qui, avec des coutumes, des manières, des livres, des préfets et la raison, a en quelque sorte converti le reste du monde. Il s'agissait de se comporter d'une manière précise. Je savais que si je tenais ma tasse de thé avec le mauvais doigt, je serais banni. Que si je ne nouais pas correctement ma cravate, c'en serait fini de moi. Était-ce seulement des bateaux qui vous donnaient pareille puissance ? Était-ce, comme le disait mon frère, parce que vous aviez l'histoire et les imprimeries ?

Vous, et ensuite les Américains, vous nous avez convertis. Avec vos préceptes missionnaires. Et les soldats indiens ont gâché leurs vies en jouant aux héros, pour devenir *pukkah*. Vos guerres ressemblaient au cricket. Comment avez-vous fait pour nous y prendre ? Tenez... Écoutez ce que vous autres avez fait...

302

Il jette la carabine sur le lit et se dirige vers l'Anglais. Le poste à galène pend à sa ceinture. Il le détache, met les écouteurs sur la tête noire du patient qui tressaille de douleur, car son cuir chevelu est sensible. Mais le sapeur les y laisse et vient rechercher la carabine. Il aperçoit Hana à la porte.

Une bombe. Puis une autre. Hiroshima. Nagasaki.

Il pointe la carabine vers l'alcôve. Le faucon, au-dessus de la vallée, semble intentionnellement flotter dans la ligne de mire en forme de V. S'il ferme les yeux, il voit les rues d'Asie en flammes. Le feu dévaste les villes comme une carte en folie, l'ouragan de chaleur dessèche les corps sur son passage, des ombres humaines se dissolvent dans l'air. Ce sursaut de sagesse occidentale.

Il observe le patient anglais coiffé des écouteurs, le regard tourné vers l'intérieur, en train d'écouter. La mire de la carabine suit le nez en lame de couteau jusqu'à la pomme d'Adam, au-dessus de la clavicule. Kip cesse de respirer. La carabine Enfield en joue. Ne pas hésiter.

Le regard de l'Anglais se pose à nouveau sur lui.

Sapeur.

Caravaggio entre dans la pièce et tend la main vers lui. Kip se retourne et pointe la crosse du fusil dans ses côtes. Un petit coup de patte d'animal. Et comme si cela faisait partie du même mouvement, il se retrouve dans la position en joue des pelotons d'exécution, qu'on lui a apprise dans les casernes des Indes et d'Angleterre. Le cou brûlé dans sa ligne de mire.

Kip, parlez-moi

Son visage est un couteau. Larmes d'émotion et d'horreur refoulées en voyant son entourage sous un jour différent. La nuit pourrait tomber, le brouillard pourrait s'installer, les yeux brun foncé du jeune homme atteindraient l'ennemi qui vient de se révéler.

Mon frère me l'avait bien dit. Ne tourne jamais le dos à l'Europe. Ces gens qui font des affaires, des contrats

303

des cartes. Ne fais jamais confiance aux Européens, disait-il. Ne leur serre jamais la main. Mais nous, oh ! nous nous laissions aisément impressionner par les discours, les médailles, et par vos cérémonies. Qu'ai-je fait ces dernières années ? J'ai tranché, désamorcé des membres diaboliques. Et pour quoi ? Pour que *ça* arrive ?

Qu'est-ce qui se passe ? Nom de Dieu, dites-nous !

Je vous laisserai la radio pour que vous ingurgitiez votre leçon d'histoire. Ne bougez plus, Caravaggio. Tous ces discours de rois, de reines et de présidents au nom de la civilisation... Ces voix abstraites. Sentez ça. Écoutez la radio, sentez l'odeur de fête. Dans mon pays, quand un père offense la justice, on tue le père.

Vous ne savez pas qui est cet homme.

La ligne de mire de la carabine reste rivée sur le cou du brûlé. Le sapeur l'oriente ensuite vers les yeux de l'homme.

Allez-y, dit Almasy.

Le regard du sapeur et celui du patient se rencontrent dans cette pièce à demi éclairée, encombrée maintenant par le monde entier.

Il fait un signe de tête en direction du sapeur.

Allez-y, dit-il tranquillement.

Kip éjecte la cartouche et la rattrape dans sa chute. Il jette le fusil sur le lit, comme un serpent dont on a extrait le venin. Il voit Hana à la périphérie.

Le brûlé retire les écouteurs de sa tête, il les pose lentement devant lui. Sa main gauche atteint son appareil de correction auditive, le détache et le fait tomber par terre.

Allez-y, Kip. Je ne veux plus entendre.

Il ferme les yeux. Il se coule dans l'obscurité. Loin de la pièce

Le sapeur s'appuie contre le mur, les mains jointes, la tête baissée. Caravaggio peut entendre l'air entrer et sortir par ses narines, vite, comme dans un piston.

Il n'est pas anglais.

Américain, français, je m'en moque. Quand vous vous mettez à bombarder les races brunes de ce monde, vous êtes anglais. Vous aviez le roi Léopold en Belgique, et maintenant vous avez Harry Trou-du-Cul Truman aux USA. Vous avez tout appris des Anglais.

Non. Pas lui. Erreur. S'il y en a un qui est de votre côté, c'est sans doute lui.

Il dirait que ça n'a aucune importance, dit Hana.

Caravaggio s'assied dans le fauteuil. Il est toujours, se dit-il, assis dans ce fauteuil. Dans la pièce, on entend les timides grincements du poste à galène, la radio continue à parler de sa voix sous-marine. Se retourner pour regarder le sapeur ou la blouse floue de Hana lui serait trop pénible. Il sait que le jeune soldat a raison. Ils n'auraient jamais lancé une pareille bombe sur une nation blanche.

Le sapeur sort de la pièce, laissant Caravaggio et Hana près du lit. Les abandonnant tous trois dans leur monde. Il n'est plus leur sentinelle. Si le patient meurt, Caravaggio et la jeune femme l'enterreront. Laissez les morts enterrer leurs morts. Il n'a jamais été sûr de ce que voulaient dire ces paroles bibliques.

Ils enterreront tout, sauf le livre. Le corps. Les draps. Ses vêtements. La carabine. Bientôt il se retrouvera seul avec Hana. Et la raison de tout cela, on l'entend à la radio. Un terrible événement émergeant des ondes courtes. Une nouvelle guerre. La mort d'une civilisation.

Nuit tranquille. Il entend les chouettes, leurs discrets chuintements. Le bruit mat de leurs ailes lorsqu'elles changent de direction. Les cyprès pointent au-dessus de sa tente, immobiles en cette nuit sans vent. Il se laisse retomber en arrière, le regard fixé sur la partie obscure de la tente. Il ferme les yeux et voit du feu, des gens sautant dans des rivières, dans des réservoirs pour éviter la flamme ou la chaleur qui, en quelques secondes, consume tout ce qu'ils ont dans les mains, leur peau, leurs cheveux, même l'eau dans laquelle ils plongent. La bombe étincelante, portée par un avion au-dessus de l'océan, laissant la lune à l'est, en direction de l'archipel vert. Lâchée.

Il n'a rien mangé, il n'a pas bu d'eau. Il n'arrive pas à avaler quoi que ce soit. Avant la tombée du jour, il a retiré de la tente tous les objets militaires, tout le matériel nécessaire au déminage. Il a retiré tous les insignes, tous les galons de son uniforme. Il a défait son turban, peigné ses cheveux, les a noués au-dessus de sa tête, puis il s'est laissé retomber en arrière. Il a vu la lumière sur la peau de sa tente se disperser lentement, tandis que ses yeux s'accrochaient au dernier éclat du jour, et qu'il entendait le vent retomber, les faucons rabattant sourdement leurs ailes. Et tous les bruits délicats de l'air.

Il a l'impression que tous les vents du monde ont été aspirés en Asie. Il abandonne toutes les petites bombes de sa carrière pour une bombe de la taille, semble-t-il, d'une ville. Si vaste qu'elle permet aux vivants d'assister à la mort d'une population entière. De cette arme, il ne connaît rien. Il ne sait si une attaque soudaine de fer et de feu s'est produite, ou si c'est l'air en ébullition qui s'est en quelque sorte nettoyé de tout ce qu'il contenait d'humain. Ce qu'il sait, c'est qu'il ne peut plus se laisser approcher. Qu'il ne peut plus rien manger, qu'il ne peut même plus boire l'eau de la flaque sur un banc de pierre de la terrasse. Il redoute de tirer une allumette de son sac et d'allumer la lampe, car il s'imagine que la lampe mettra le feu à tout. Sous la tente, avant que la lumière ne s'évapore, il a sorti la photo de sa famille et l'a contemplée. Il s'appelle Kirpal Singh et il ne sait pas ce qu'il fait là.

Il est là, sous les arbres, dans la chaleur du mois d'août, sans turban, ne portant qu'un *kurta*. Il n'a rien dans les mains, il marche le long des haies, pieds nus sur l'herbe, sur les dalles de la terrasse ou dans les cendres d'un ancien feu de joie. Le corps vivant dans son insomnie, debout, au bord d'une admirable vallée d'Europe.

Au petit matin, elle l'aperçoit à côté de la tente. La veille, elle avait guetté une lumière parmi les arbres. A la villa, ce soir-là, chacun avait mangé dans son coin. L'Anglais n'avait touché à rien. Elle voit le bras du sapeur balayer les airs et les côtés de la tente s'affaisser comme une voile. Il se retourne, se dirige vers la maison, monte les marches de la terrasse et disparaît.

Dans la chapelle, il passe le long des bancs brûlés, gagne l'abside où, sous une bâche retenue au sol par des branches, se trouve une motocyclette. Il commence à dégager la machine. Il s'accroupit à côté de la moto, renifle l'huile dans les pignons et la chaîne.

Lorsque Hana pénètre dans la chapelle qui n'a plus de toit, il est assis, le dos et la tête appuyés contre la roue.

Kip.

Il ne dit rien. Son regard ne la voit pas.

Kip, c'est *moi*. Qu'avons-nous à voir là-dedans ?

Elle a en face d'elle un roc.

Elle s'agenouille et se penche vers lui, la tempe contre son torse. Elle reste ainsi un moment.

Un cœur qui bat.

Devant son impassibilité, elle recule sur ses genoux.

L'Anglais m'a lu un jour quelque chose. Dans un livre. L'amour est si petit qu'il peut se déchirer en passant par le chas d'une aiguille.

Il se penche de l'autre côté. Son visage s'arrête à quelques centimètres d'une flaque d'eau de pluie.

Un garçon et une fille.

Tandis que le sapeur sortait la motocyclette de sous la bâche, Caravaggio était penché au-dessus du parapet, le menton contre son bras. Il sentit qu'il ne pouvait plus supporter l'atmosphère de la maison et s'éloigna. Il était déjà parti quand le sapeur rappela la moto à la vie en faisant rugir le moteur, avant de l'enfourcher grondante. Hana se tenait tout près.

Singh toucha le bras de Hana. Il laissa la machine dévaler la pente. Alors, seulement, il fit partir le moteur à plein régime.

A mi-chemin du portail, Caravaggio l'attendait, la carabine à la main. Il ne la leva même pas quand le garçon ralentit en voyant Caravaggio sur sa route. Caravaggio vint à lui et passa les bras autour de son cou. Une vigoureuse étreinte. Pour la première fois, le sapeur sentit la barbe de trois jours contre sa peau. Il eut l'impression d'être aspiré à l'intérieur, d'être partie de ses muscles. « Il va falloir que j'apprenne à me passer de toi », dit Cara vaggio. Le garçon s'éloigna et Caravaggio s'en retourna à la maison.

La machine revint à la vie d'un seul coup. La fumée de la Triumph, la poussière, le gravier voletèrent dans les arbres. La moto sauta les barbelés. Déjà, il sortait en zig-zaguant du village, parmi les effluves des jardins, sur les pentes à l'escarpement trompeur.

Son corps retrouva une position habituelle. Le torse parallèle au réservoir, le touchant presque, les bras à l'horizontale, pour diminuer la résistance. Il se dirigea vers le sud, évitant Florence. Il traversa Greve, Montevarchi et Ambra, petites villes ignorées par la guerre et l'occupation. Dès qu'apparurent les premières collines, il gravit leur croupe pour rejoindre Cortone.

Il allait à contre-courant de l'invasion, comme s'il rembobinait le fil de la guerre. La route n'était plus encombrée de militaires. Il n'emprunta que des routes qu'il connaissait, entrevoyant au loin des villes que leurs châteaux rendaient familières. Il était là, couché sur la Triumph toute brûlante de sa course folle par les routes de campagne. Il n'avait que peu de bagages, ne s'était pas encombré de munitions. La moto traversait en trombe les villages, ne ralentissant ni pour une ville, ni pour un souvenir de guerre. *« La terre va chanceler, chanceler comme l'ivrogne, elle sera ébranlée comme une hutte. »*

Elle ouvrit son sac à dos. Il contenait un pistolet enveloppé dans de la toile cirée, une odeur s'en échappa lorsqu'elle défit le paquet. Brosse à dents, poudre dentifrice, carnet de croquis. L'un d'eux, esquissé depuis la chambre de l'Anglais, la représentait assise sur la terrasse. Deux turbans, une bouteille d'amidon, une lampe de sapeur avec ses bretelles en cuir, en cas d'urgence. Elle l'alluma et le sac à dos s'emplit d'une lumière cramoisie.

Dans les poches de côté, elle trouva du matériel auquel elle ne voulut pas toucher. Elle repéra, enveloppée dans un bout de tissu, la cheville de bois qu'elle lui avait donnée ; on s'en servait dans son pays pour recueillir le sucre d'érable.

De la tente qui gisait au sol, elle déterra un portrait, sans doute quelqu'un de sa famille. Elle garda un moment la photo dans la paume de sa main. Un Sikh et sa famille.

Un frère aîné qui n'avait que onze ans sur la photo. A côté de lui, Kip à huit ans. « Quand vint la guerre, mon frère prit le parti de tous ceux qui étaient contre les Anglais. »

Il y avait aussi un petit manuel renfermant un relevé topographique des zones minées. Et le croquis d'un saint en compagnie d'un musicien.

Elle remit le tout dans le sac, mais garda la photographie dans sa main libre. Sac à l'épaule, elle traversa le bosquet, la loggia, et arriva à la maison.

Presque toutes les heures, il ralentissait l'allure, s'arrêtait, crachait sur ses lunettes et les essuyait avec la manche de sa chemise. Il regardait à nouveau la carte. Il irait jusqu'à l'Adriatique, puis se dirigerait vers le sud. La majeure partie des troupes était aux frontières nord.

Il grimpa dans Cortone, suivi par les pétarades suraiguës de la moto. Il gravit sur la Triumph les marches de l'église ; puis il entra. La statue était toujours là, éclissée dans un échafaudage. Il voulut se rapprocher du visage, mais il n'y avait pas de lunette à son fusil, et lui-même était trop raide pour escalader les échafaudages. Il erra en dessous, comme un étranger incapable de pénétrer dans l'intimité d'une maison. Il ramena la moto au pied des marches de l'église puis il traversa les vignes dévastées et continua vers Arezzo.

Arrivé à Sansepolcro, il prit une route en lacet qui montait à travers les montagnes. La brume l'obligea à passer à la vitesse minimale. La Bocca Trabaria. Il avait froid mais il s'interdit de penser au temps. La route finit par s'élever au-dessus de la blancheur, et la brume ne fut plus qu'un lit dans le lointain. Il fit le tour d'Urbino, où les Allemands avaient brûlé des chevaux. Ils s'étaient battus pendant un mois dans cette région qu'il traversait maintenant en quelques minutes. Il ne reconnaissait plus que les sanctuaires de la Vierge Noire : après la guerre, villes et cités se ressemblaient toutes.

Il descendit vers la côte. A Gabicce Mare, où il avait vu la Vierge sortir des flots. Il s'endormit sur la colline. Au-dessus des falaises, au-dessus de l'eau, près de l'endroit où la statue de la Vierge avait été prise. Ce fut la fin de son premier jour.

Chère Clara-Chère Maman,

Maman *est un mot français, Clara un mot rond, suggérant des câlins. Un mot personnel que l'on peut crier en public. Quelque chose de confortable et d'éternel, comme une péniche. Même si, en esprit du moins, je sais que tu restes un canoë. Que tu peux en trois secondes, d'un coup de pagaie, entrer dans une crique. Toujours indépendante. Toujours secrète. Pas une péniche responsable de ton entourage. C'est ma première lettre depuis des années, Clara, et je ne m'encombre pas de formalités quand j'écris. J'ai passé ces derniers mois avec trois camarades ; nous parlions de la pluie et du beau temps. Maintenant, je n'arrive plus à parler autrement.*

Nous sommes en 194- Combien ? L'espace d'une seconde, j'ai oublié. Mais je connais le mois et le jour. Au lendemain du jour où nous avons appris que des bombes avaient été lâchées au-dessus du Japon,

311

on se croirait à la fin du monde. Je crois que ce sera à jamais la guerre entre l'individu et la collectivité. Si nous étions à même de rendre cela rationnel, nous pourrions rendre n'importe quoi rationnel.

Patrick est mort en France, dans un colombier. Aux XVIIe et XVIIIe siècles, les Français en construisaient d'énormes, plus vastes que la plupart des maisons. Comme ceci.

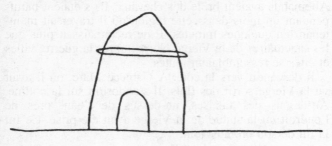

On appelait la ligne horizontale, au tiers de la hauteur, la corniche à rats. Elle devait empêcher les rats de grimper sur les briques, une façon de proté ger les pigeons. Un lieu aussi sûr qu'un colombier. Un lieu sacré. Comme une église, à bien des égards. Un lieu où l'on trouve du réconfort. Patrick est mort dans un lieu de réconfort.

A cinq heures du matin, il réveilla la Triumph d'un coup de pied, et la roue arrière expédia des gravillons dans le carénage. Il était toujours dans l'obscurité. Il ne parvenait pas encore à distinguer la mer au-delà de la falaise. Pour atteindre le sud, il n'avait pas de carte, mais il reconnaissait les routes où l'on s'était battu, et pouvait suivre la route côtière. Au lever du jour, il redoubla de vitesse. Il lui restait encore à atteindre les fleuves.

Vers deux heures de l'après-midi, il parvint à Ortona, où les sapeurs avaient installé des ponts de fortune, et failli se noyer dans la tempête, au milieu du fleuve. Voyant qu'il pleuvait, il s'arrêta pour passer une cape imperméable. Il fit le tour de la machine dans l'herbe mouillée. Maintenant qu'il faisait de la route, le bruit avait changé. Le *chut chut* avait remplacé les gémissements et les hurlements du moteur. La roue avant éclaboussait ses bottes. A travers les lunettes, tout ce qu'il voyait paraissait gris. Non, il ne penserait pas à Hana. Et dans tout ce silence, au milieu du bruit de la moto, il ne pensa pas à elle. Sitôt qu'apparaissait le visage de la jeune femme, il l'effaçait, empoignait le guidon pour changer de direction, une façon de se concentrer. S'il devait y avoir des mots, ce ne serait pas ceux de Hana, mais plutôt des noms de cette région de l'Italie à travers laquelle il faisait route.

Il sentit que, dans sa fuite, il emportait le corps de l'Anglais, assis sur le réservoir, face à lui. Le corps noir étreignant son corps, face au passé qui filait derrière son épaule, face à ce paysage qu'ils fuyaient, à ce palais d'étrangers qui s'estompait au loin, sur la colline italienne, et jamais ne serait reconstruit. « *Et les paroles que j'ai mises dans ta bouche ne s'éloigneront pas de ta bouche, ni de la bouche de ta descendance, ni de la bouche de la descendance de ta descendance.* »

La voix du patient anglais lui chantait Isaïe à l'oreille, comme cet après-midi où le jeune homme avait parlé du visage peint sur le plafond de la chapelle romaine. « Il y a bien sûr une centaine d'Isaïe. Un jour, il faudra que vous le voyiez âgé. Les abbayes du midi de la France l'honorent vieux et barbu, mais son énergie transparaît encore dans son regard » L'Anglais avait chanté dans la pièce aux fresques « *Voici que Yahvé va te rejeter, homme ! t'empoigner avec poigne Il te roulera comme une boule, une balle vers un vaste espace* »

Il s'enfonçait dans la pluie dure et serrée Parce qu'il avait aimé le visage sur le plafond, il avait aimé ces paroles. Tout comme il avait cru dans l'homme brûlé, dans la civilisation qu'il perpétuait. Isaïe, Jérémie étaient présents dans le livre de chevet du brûlé, son livre saint, dans lequel il avait collé, fait sien tout ce qu'il avait aimé. Il avait confié son livre au sapeur, et le sapeur avait dit, nous avons nous aussi un livre saint.

Les joints d'étanchéité des lunettes s'étant fendillés au cours des derniers mois, la pluie s'insinuait dans la moindre poche d'air devant ses yeux. Il continuerait sa route sans les lunettes, le chuchotis de l'eau serait comme le bruit incessant de la mer dans ses oreilles, son corps raidi à force d'être accroupi, glacé, car de cette machine qu'il montait de manière aussi intime il n'émanait qu'une idée de chaleur, et sa vapeur blanchâtre tandis qu'il glissait à travers les villages comme une étoile filante, une visite d'une demi-seconde, juste le temps de faire un vœu... « *Oui, les cieux se dissiperont comme la fumée, la terre s'usera comme un vêtement et ses habitants mourront comme de la vermine... car la teigne les rongera comme un vêtement et les mites les dévoreront comme de la laine.* » Un secret des déserts. D'Uwaynat à Hiroshima.

Il enlevait ses lunettes au moment où il sortit du virage et se retrouva sur le pont au-dessus de l'Ofanto. Le bras gauche les écartant de son visage, il commença à déraper. Il les laissa tomber, calma sa machine, mais il ne s'attendait pas à la ruade contre le rebord du pont, la moto glissant sur le flanc droit, en dessous de lui. Voici qu'il glissait avec elle sur la pellicule d'eau de pluie vers le centre du pont, des étincelles bleues du métal écorché auréolant son visage et ses bras.

De l'acier voltigea, lui effleurant l'épaule. Moto et conducteur penchèrent sur la gauche, le pont n'avait pas de parapet, et ils filèrent parallèlement à l'eau, couchés sur le côté, lui, les bras rejetés derrière la tête. La cape se détacha de lui, de tout ce qui, machine ou mortel, appartenait à l'élément de l'air.

L'engin et le soldat s'immobilisèrent à mi-hauteur avant de se retourner dans l'eau. Il serrait le corps de métal entre ses jambes, fendant l'eau d'un sillon blanc, disparaissant, tandis que la pluie se mêlait à son tour au fleuve. « *Il te roulera comme une boule, une balle vers un vaste espace.* »

Comment Patrick s'était-il retrouvé dans un colombier, Clara ? Son bataillon l'avait abandonné alors qu'il était brûlé et blessé. Brûlé à ce point que les boutons de sa chemise faisaient maintenant partie de sa peau, partie de sa chère poitrine. Que j'embrassais et que tu embrassais. Et comment mon père fut-il brûlé ? Lui qui savait se dérober au monde réel comme une anguille, ou comme ton canoë, comme par magie. Avec son innocence délicieuse et compliquée. Il était le moins causant des hommes et j'ai toujours été étonnée qu'il plaise aux femmes. Nous avons tendance à apprécier la présence d'un homme qui parle, à nos côtés. Nous sommes les rationnelles, nous sommes les sages ; lui était souvent égaré, incertain, taciturne.

C'était un grand brûlé, j'étais infirmière, j'aurais pu le soigner. Tu vois comme c'est triste, la géographie ? J'aurais pu le sauver ou du moins rester auprès de lui. Jusqu'à la fin. Les brûlures, ça me connaît. Combien de temps passa-t-il en la seule compagnie des colombes et des rats, alors que le sang et la vie s'épuisaient en lui ? Des colombes au-dessus de sa tête. Leur bruissement tandis qu'elles s'agitaient. Incapable de dormir dans l'obscurité. Il avait toujours détesté l'obscurité. Et il était seul, sans une amie, sans un proche.

J'en ai assez de l'Europe, Clara. Je veux rentrer. Je veux retrouver ta petite cabane et son rocher rose, dans la baie de Géorgie. J'irai en car jusqu'à Parry Sound. Et du continent j'enverrai par ondes courtes un message vers les Pancakes. Et je t'attendrai J'attendrai de voir ta silhouette dans un canoë venir me délivrer de cet endroit où nous sommes tous

315

entrés, en te trahissant. Comment es-tu devenue si
maligne ? Aussi déterminée ? Comment se fait-il que
tu ne te sois pas laissé abuser comme nous ? Toi, si
douée pour les plaisirs, soudain devenue si sage. La
plus pure d'entre nous. Le haricot le plus sombre. La
feuille la plus verte.

Hana.

La tête nue du sapeur sort de l'eau, il aspire en haletant
l'air qui flotte au-dessus du fleuve.

A l'aide d'une corde de chanvre, Caravaggio fabriqua
une passerelle de fortune permettant d'atteindre le toit de
la villa voisine. De ce côté, la corde enserrait la taille de
la statue de Démétrius, puis elle était attachée au puits. A
peine plus haut que les deux oliviers sur son chemin. S'il
perdait l'équilibre, il se retrouverait dans les bras rudes et
poussiéreux de l'un d'eux.

Il s'y aventura, ses pieds en chaussettes agrippant la
corde. Elle a de la valeur, cette statue ? avait-il un jour
demandé à Hana d'un ton désinvolte. Elle lui avait
répondu que, d'après le patient anglais, les statues de
Démétrius n'avaient aucune valeur.

Elle cacheta la lettre, se leva et traversa la pièce pour
aller refermer la fenêtre. Un éclair stria la vallée. Elle
aperçut Caravaggio dans les airs, au milieu du ravin qui
courait le long de la villa. Elle se tint là, comme dans un
rêve, puis elle grimpa dans le renfoncement de la fenêtre,
s'assit et regarda au-dehors.

A chaque éclair, la pluie se figeait dans la nuit soudain
éclairée. Elle vit les buses s'élancer dans le ciel, chercha
Caravaggio du regard.

Il était à mi-chemin lorsqu'il sentit l'odeur de la pluie
qui, brusquement, se mit à ruisseler sur tout son corps, se
collant à lui, alourdissant ses vêtements.

Elle tendit ses paumes en coupe par la fenêtre et peigna ses cheveux sous la pluie.

La villa glissa dans l'obscurité. Dans le couloir, près de la chambre de l'Anglais, la dernière bougie brûlait. Quand il ouvrait les yeux, émergeant de son sommeil, il voyait la lumière jaune et tremblotante.

Pour lui, le monde était désormais muet ; même la lumière paraissait inutile. Au matin, il dirait à la jeune femme qu'il n'avait que faire de la flamme d'une bougie pour lui tenir compagnie dans son sommeil.

Vers trois heures du matin, il sentit une présence dans la pièce. L'espace d'un instant, il entrevit une silhouette au pied de son lit, contre le mur, ou, qui sait, peinte sur celui-ci, à peine discernable, dans l'obscurité, du feuillage derrière la bougie. Il marmonna quelque chose, quelque chose qu'il avait voulu dire, mais tout était silence, et la délicate silhouette brune, sans doute une ombre de la nuit, ne bougea pas. Un peuplier. Un homme emplumé. Un nageur. D'ailleurs, se dit-il, jamais il n'aurait la chance de parler à nouveau au jeune sapeur...

Cette nuit-là, il resta éveillé, pour voir si la silhouette s'approcherait de lui. Ignorant le comprimé qui lui apportait répit dans sa douleur, il resterait éveillé jusqu'à ce que la lumière s'éteigne et que l'odeur de la bougie se dissipe dans sa chambre et dans celle de la jeune femme, plus loin dans le couloir. Si la silhouette se retournait, on verrait de la peinture dans son dos, à l'endroit où, dans sa douleur, il avait heurté la charmille peinte sur le mur. Quand la bougie s'éteindrait, il pourrait voir cela.

Sa main s'avança lentement, elle toucha son livre et retourna se poser sur son torse noir. Rien d'autre ne bougea dans la pièce.

Et maintenant, où est-il tandis qu'il pense à elle ? Après toutes ces années. Galet d'histoire ricochant au-dessus de l'eau, rebondissant si haut qu'ils ont tous deux mûri lorsqu'il retombe et coule.

Où est-il, là, dans son jardin, à se dire une fois de plus qu'il devrait rentrer écrire une lettre ou se rendre au bureau de poste et remplir un formulaire pour essayer de la retrouver, dans un autre pays. C'est ce jardin, ce carré d'herbe rase et desséchée qui le renvoie à ces mois passés avec Hana, Caravaggio et le patient anglais au nord de Florence, dans la villa San Girolamo. Il est médecin, il a deux enfants, une épouse qui rit toujours. Dans cette ville, il n'arrête pas. A six heures du soir, il enlève la blouse blanche qu'il porte sur un pantalon sombre et une chemise à manches courtes. Il ferme la clinique ; les documents sont soigneusement retenus par des presse-papiers – pierres, encriers, un petit camion avec lequel son fils ne joue plus – car, sous l'effet du ventilateur, ils pourraient s'envoler. Il enfourche son vélo et se laisse descendre sur les six kilomètres qui le mènent à la maison, traversant le bazar avant de rejoindre la route. Chaque fois qu'il le peut, il se met du côté ombragé de la rue. A son âge, il se rend soudain compte que le soleil de l'Inde l'épuise.

Il glisse sous les saules qui bordent le canal puis il s'arrête dans un hameau, retire ses pinces à vélo et descend la bicyclette au pied des marches, dans le petit jardin dont prend soin son épouse.

Ce soir, quelque chose a fait resurgir la pierre de l'eau,

318

l'a renvoyée dans les airs vers la ville dans les collines, en Italie. Peut-être était-ce la brûlure chimique sur le bras de cette petite fille qu'il soignait aujourd'hui. L'escalier de pierre, où des herbes brunes s'acharnent contre les marches. Il était là, son vélo dans les bras, au beau milieu de l'escalier, lorsque cela lui est revenu. Cela s'était passé alors qu'il se rendait au travail, et les sept heures de consultations et de tâches administratives qui l'attendaient à son arrivée à l'hôpital avaient retardé le déclic de la mémoire. A moins que ce ne fût la brûlure au bras de la fillette.

Assis dans le jardin, il regarde Hana. Ses cheveux sont plus longs, elle est dans son pays. Et que fait-elle ? Il voit son visage, son corps, mais il ne sait pas ce qu'elle fait, il ignore sa situation, même s'il la voit réagir à son entourage, se pencher vers des enfants, la porte blanche d'un réfrigérateur derrière elle, et, à l'arrière-plan, des tramways silencieux. C'est une sorte de cadeau qui lui a été fait là, comme si un film la laissait entrevoir, mais elle seule et en silence. Il ne peut ni distinguer les gens qui l'entourent, ni discerner ses pensées. Tout ce qu'il peut voir, c'est son aspect extérieur, et ses cheveux noirs qui ont poussé et ne cessent de lui tomber devant les yeux.

Elle aura à jamais un visage sérieux, maintenant il le sait. La jeune femme en elle a pris les allures anguleuses d'une reine, elle a construit son visage à partir du désir d'être une certaine personne. Il l'aime tout autant pour cela, il aime son intelligence, le fait que ces allures, cette beauté ne sont pas simple héritage, mais le fruit d'une recherche, l'éternel reflet de son caractère à un moment donné. Il semble que presque chaque mois il l'aperçoive ainsi, comme si ces moments de révélation perpétuaient les lettres qu'elle lui a écrites pendant un an, jusqu'à ce qu'elle renonce, découragée par son silence. Elle est comme ça, se dit-il.

Il y a désormais ce besoin subit de parler avec elle pendant un repas, de retrouver ce temps où ils étaient intimes, sous la tente ou dans la chambre du patient anglais, séparés par les turbulences de l'espace. En y repensant, il est tout aussi fasciné par lui-même que par elle – son bras grêle s'agite vers la fille dont il est tombé amoureux. Ses bottes humides sont près de la porte, là-bas, en Italie, les lacets attachés, son bras cherche son épaule, il y a la silhouette allongée sur le lit.

Pendant le dîner, il regarde sa fille se débattre avec ses couverts, essayant de tenir ces grosses armes avec ses petites mains. A cette table, toutes les mains sont brunes. Chacun est à l'aise avec les us et coutumes. Sa femme leur a donné l'exemple d'un humour farouche dont son fils a hérité. Il aime sentir l'esprit vif de son fils dans cette maison. La manière dont l'enfant traite les chiens dans la rue, dont il imite leur démarche, leurs mines, ne cesse de l'étonner, les dépasse sa femme et lui, dépasse leur humour. Il aime se dire que cet enfant arrive presque à deviner les désirs des chiens à partir de la variété d'expressions dont ils disposent.

Voilà où en est Hana, sans doute dans une compagnie qu'elle ne s'est pas choisie. Même à son âge – trente-quatre ans –, elle n'a pas trouvé sa compagnie à elle, celle qu'elle voulait. C'est une femme d'honneur et d'intelligence dont l'amour sauvage dédaigne la chance, qui prend toujours des risques, et il y a maintenant quelque chose sur son front qu'elle seule peut remarquer dans un miroir. Idéale et idéaliste sous ses cheveux de jais ! On tombe amoureux d'elle. Elle se rappelle encore les vers que l'Anglais tirait pour elle de son recueil de citations. C'est une femme que je ne connais pas assez pour la garder sous mon aile, si tant est que les écrivains aient des ailes, et l'y abriter pour le restant de mes jours.

Voilà où en est Hana, son visage se tourne, dans un geste de regret elle laisse retomber ses cheveux. Son épaule effleure le bord d'un placard, délogeant un verre. La main gauche de Kirpal rattrape la fourchette au vol, à deux centimètres du sol, il la glisse doucement dans les doigts de sa fille, une ride au coin des yeux, derrière ses lunettes.

Remerciements

Parce que certains passages de ce livre s'inspirent de figures historiques, et qu'un grand nombre de lieux où se déroule l'action – comme le Jilf Kabir et le désert qui l'entoure – existent réellement, il me paraît important de rappeler qu'il s'agit d'une œuvre de fiction. Les personnages qu'il met en scène, les situations, et – pour une large part – les lieux qu'il décrit, sont imaginaires.

Je voudrais remercier la Royal Geographical Society de Londres, qui m'a autorisé à consulter ses archives, me permettant ainsi de reconstituer le monde des explorateurs du désert en me servant de leurs récits, souvent merveilleusement écrits. Je cite notamment un passage de l'article de Hassanan Bey, « Through Kufra to Darfur » (1924), décrivant les tempêtes de sable, et lui emprunte son évocation du désert dans les années 20 et 30. Bien des informations m'ont été fournies par un texte de Richard A. Bermann, « Historical Problems of the Libyan Desert » (1934), et par l'article de Bagnold rendant compte de la monographie d'Almasy sur ses explorations du désert.

De nombreux livres ont orienté mes recherches. *Unexploded Bomb*, du Major A.B. Hartley, m'a été particulièrement utile pour décortiquer le fonctionnement des bombes et décrire les techniques employées par les unités de déminage de l'armée britannique, au début de la Seconde Guerre mondiale. Certains passages de ce livre sont cités en italiques. Les méthodes mises en œuvre par Kirpal Singh y figurent également. J'ai emprunté les données concernant la nature des vents au livre magnifique de Lyall Watson, *Heavens Breath*. Ont également compté, dans ma bibliographie : Anne Wilkinson, Christopher Smart, Alan Moorehead (*The Villa Diana*), Mary McCarthy (*The Stones of Florence*), Leonard Mosley (*The*

Cat and the Mice), ainsi que des ouvrages de référence militaires.

Je remercie le département d'Anglais de Glendon College (université de York), la Villa Serbelloni, la Fondation Rockefeller et la Metropolitan Toronto Reference Library.

Je tiens également à remercier, pour leur aide généreuse : Elisabeth Dennys ; sœur Margare* (Villa San Girolamo) ; Michael Williamson (Bibliothèque Nationale du Canada, Ottawa) ; Anna Jardine ; Rodney Dennis ; Linda Spalding ; Ellen Levine. Lally Marwah, Douglas LePan, Donya Peroff.

Merci, enfin, à Ellen Seligman, Liz Calder et Sonny Mehta.

RÉALISATION : IGS-CHARENTE-PHOTOGRAVURE À L'ISLE-D'ESPAGNAC

 Cet ouvrage a été imprimé en France par
CPI Bussière
à Saint-Amand-Montrond (Cher)
en avril 2013.
N° d'édition : 110115. - N° d'impression : 2002256.
Dépôt légal : mai 2013.

Éditions Points

Le catalogue complet de nos collections est sur Le Cercle Points, ainsi que des interviews de vos auteurs préférés, des jeux-concours, des conseils de lecture, des extraits en avant-première...

www.lecerclepoints.com